중학생 독후감 따라잡기 128

중학생이 보는
예브게니 오네긴

연세대 추천도서

알렉산드르 푸슈킨 지음 | 이철(전 한국외국어대학교 교수) 옮김
성낙수(한국교원대 교수)·오은주(서울여고 교사)·김선화(홍천여고 교사) 엮음

좋은 책 좋은 독자를 만드는 —
(주)신원문화사

　더 이상 언급할 필요도 없지만 요즘은 독서의 중요성이 더욱 강조되는 시대입니다. 첨단과학으로 이루어진 대중매체 덕분에 눈으로 읽는 것보다는 말초신경을 자극하는 동영상 쪽으로 관심이 모아지는 데 대한 우려 때문일 것입니다. 꿈과 희망을 가지고 자라나는 학생들에게는 올바른 사고력과 분별력을 키워 주어야 합니다. 그런 점에서 다른 사람들의 생각과 철학, 인생관과 세계관이 들어 있는 명작들을 많이 읽는 것이야말로 바람직한 학습 효과를 거둘 수 있는 지름길이라 생각합니다.

　명작은 오랜 세월에 걸쳐 많은 사람들이 읽고 크게 감동을 받은 인정된 작품들로서, 청소년들의 삶에 지침이 되어 주고 인생관에 변화를 주게 될 것입니다.

　이번에 중학생들에게 꼭 읽히고 싶은 명작들을 선정하여, 작품을 바르게 감상하고 독후감을 쓰는 데 도움을 주고자 이 시리즈를 기획하게 되었습니다. 작품들은 동서고금에 걸쳐 객관적으로 인정받은, 훌륭한 대상만을 선정하였습니다. 그리고 책의 구성을 다음과 같이 하여, 읽고 쓰는 데 도움이 되도록 하였습니다.

하나, 삶에 대한 지혜와 용기를 주고 중학생이라면 꼭 읽어야 할 명작만을 골랐습니다.

둘, 명작을 읽고 난 후의 솔직한 느낌을 논리적·체계적으로 쓸 수 있도록 중학생들의 독후감 작성에 따르는 부담을 덜어 주도록 구성하였습니다.

셋, 작품 알고 들어가기, 내용 훑어보기, 작품 분석하기, 등장인물 알기를 통해 작품을 분석하는 힘을 기를 수 있도록 하였습니다.

넷, 작가 들여다보기, 시대와 연관 짓기, 작품 토론하기 등을 통해 작가의 일생을 알고 시대의 흐름을 파악하여 상상력과 창의력을 키워 주도록 하였습니다.

다섯, 독후감 예시하기와 독후감 제대로 쓰기에서는 책을 읽는 방법과 독후감 모범답안 실례를 제시함으로써 문장력을 길러 주는 한편 독후감 쓰기의 충실한 길라잡이가 되도록 했습니다.

아무쪼록 이 책들이 중학생들의 학습 능력 향상에 큰 도움이 되길 빌어 마지 않습니다.

엮은이 성 낙 수

차 례

"삶이 그대를 속일지라도 슬퍼하거나 노여워하지 말라.

슬픔의 날 참고 견디면 기쁨의 날이 오리니

마음은 미래에 살고 현재는 늘 슬픈 것

모든 것은 순간에 지나가고 지나간 것은 다시 그리워지나니……."

여러분, 이 구절을 들어본 적이 있나요? 시에 관심이 없는 사람이라도 한 번 쯤은 들어봤을 법한 이 구절은,《예브게니 오네긴》의 작가 푸슈킨이 쓴 시《삶이 그대를 속일지라도》의 일부입니다. 푸슈킨은 이 시를 통해서 슬프고 노여운 일이 생기더라도 참고 견디면 언젠가는 기쁨이 올 거라고 이야기합니다. 푸슈킨이 어떤 사람이었을지 상상해 볼까요?

그리고 푸슈킨의 또 다른 시,《나는 그대를 사랑했다오》에서는 푸슈킨은 사랑에 관하여, 그리고 삶에 대하여 굉장히 정열적인 사람이었음을 보여줍니다. 38세라는 짧은 삶을 산 푸슈킨은 그런 자신의 열정을 자신의 작품을 통해 표출해 내는 사람이었죠. 그는 자신의 작품을 통해서 당당하게 당시 러시아 사회의 체제 및 농노 제도를 비판했고, 그로 인해 탄압을 받는 상황 속에서도 열심히 창작활동을 했습니다. 그 결과 '러시아의 국민작가'라는 칭호를 들으며 러시아 리얼리즘 문학의 선구자로서 위치하고 있습니다.

이렇게 열정적인 삶을 산 푸슈킨의 작품 중 하나가 바로《예브게니 오네긴》입니다. 무료한 나날을 보내는 귀족 청년 '오네긴'이 진정한 사랑을 깨닫게 되는 모습을 그린 '운문 소설'입니다. 산문을 통해 주인공과 주인공을 둘러싼 상황들을 길게 줄글로 풀어내는 것이 일반적인 소설의 모습입니다. 하지만《예브게니 오네긴》은 일반적인 소설과 달리 사랑과 갈등의 과정을 '시'로 표현한 작품입니다. 그리고 '시'적으로 모든 과정을 표현한 만큼 주인공 '오네긴'의 심리가 절절하게 잘 드러나 있습니다. 또 그와 더불어 작가인 푸슈킨의 사랑에 대한 열정, 독자에게 전하는 심경이 진솔하면서도 감각적으로 드러나 있습니다.

자, 그럼 푸슈킨이 우리에게 어떤 메시지를 전하려고 하는지 자세히 살펴볼까요?

예브게니 오네긴

Pétri de vanité il avait encore plus de cette espéce d'orgueil qui fait avouer avec la même indifférence les bonnes comme les mauvaises actions, suite d'un sentiment de supériorité, peut-étre imaginaire.

Tiré d'une lettre particuliére

그는 허영심에 가득 차고, 게다가 선행도 악행도 똑같은 무관심으로써 고백하는 특수한 오만을 몸에 지니고 있었습니다. 그것은 우월감, 아마도 가공(架空)의 우월감 때문입니다.

— 어느 사신(私信)의 한 구절

페테르 알렉산드로비치 플레르네프에게

희희낙락하는 사교계를 즐겁게 하려고는 조금도 생각 않고

다만 우정의 애고(愛顧)만을 희구하며 너에게 바치고 싶었다.

한결 더 너에게 어울리는 저당물을

성스러운 꿈과 생명력 있는 반짝이는 청랑(晴朗)한 시와

순박하고 고상한 상념이 넘쳐 흐르는

아름다운 영혼에 완벽하게 어울리는 저당물을.

하지만 보다시피 이 얼룩덜룩한 누더기에 대해

너의 용서를 바라네—한번 시의 실을 자아보게나

너의 손으로, 반은 장난 반은 슬픈

대중적이고 이상적인 갖가지 글월,

다채로운 재미의

뜬눈으로 지새는 밤 어렴풋한 영감의

성숙지 못한 채로 말라 시든

이지의 차디찬 관찰의, 근심 걱정 없는 시간의 산물 그리고

감정의 비애가 가득한 기록의 터무니없는 이 성과.

예브게니 오네긴

제1장

살기에도 바쁘고 사랑에도 다급해.

브야젬스키 공작[*]

1

아저씬 비록 저래 보이지만 얼마나 고상하신지
저런 중병에 신음한 뒤론
나 같은 사람도 다시 보게 되었지.[*]
저 정도로 훌륭한 사려분별
저 아저씨 같은 분은 천하의 귀감이지.
그건 그렇다 치고 이 얼마나 답답하리

낮이나 밤이나 중환자에 매달려
한 발짝도 바깥엘 못 나가다니!
죽어 가는 양반에게 비위나 맞추고
비뚤어진 베개 고쳐 베어 주든가
울상이 되어서 약시중이나 들고
내 신세 한탄하며 뱃속에선 빌어먹을
언젠가는 날 데리러 올 거라고 바라는
내 맘의 간사함 한심스러워!

2

역마차 타고 먼지 피우며
젊은 탕아는 그런 것을 생각했다.
제우스 신의 고마운 배려로 말미암아
수많은 친척 중에서 상속인이 된 사나이 ―
루스란과 류드밀라*의 친구 여러분,
이 소설의 주인공일랑 서론 일체를 생략하옵고
우선 여러분에게 소개부터 하겠소.*
이름은 오네긴 나의 친구라오.
태어나기는 네바 강가의 도시.
독자 중에는 같은 곳 태생으로서

이름난 양반도 있으리라만,

실은 나도 그 옛날엔

그 땅에서 들떠서 떠들어댄 적이 있지.

하지만, 북국은 내 몸에는 독이었지.*

3

예브게니의 아버지는 고지식한 관리로서

빚 쓰는 재미로 세상을 살고 있었는데

한 해 세 번의 야회(夜會) 빚을 못 갚아

드디어 몰락하고 말았다.

그러나 운명이 예브게니를 돌봐 주었다.

제일 먼저 마담(Madame)이 돌보고

이제는 무슈(Monsieur)가 대신 돌본다.

예브게니 녀석은 장난꾸러기지만 꽤 귀여운 아이였다.

몰락한 프랑스 귀족 아베* 씨는

어린이가 싫증을 안 나게 하려고

수업은 모두 장난으로

듣기 싫은 잔소리로 괴롭히지도 않고

장난을 하면 아주 조금만 꾸짖고

틈만 있으면 여름 공원*으로 데리고 갔다.

4

그러나 한창 들뜬 청춘의 한 시절

예브게니에게 기대와 비애가 엇갈린 낭만 풍조가 찾아드는 때가 되자

아베 선생은 쫓겨나고야 말았다.

이리하여 우리 주인공 예브게니는 이제 자유의 몸

최신 유행으로 머리를 깎고 나서

런던의 멋쟁이 못지않게 차려 입고

대망의 사교계에 발을 디디었다.

프랑스말이라면 문제없겠다,

말하고 쓰는 것은 유창하고,

마주르카 춤추는 발로

가볍게 인사하는 맵시도 제법이었다.

이만하면 어엿하니 어느 누가 탓하랴.

영리한 사나이, 호감이 가는 사나이

사교계에선 그렇게 일컬었다.

예브게니 오네긴

5

우리들의 학문은 어중이떠중이도 조금씩은

겨우 수박 겉핥기. 덕택에

러시아에서는 교양인이라는 호평 들으려면
지나친 장난 필요 없이 누워 떡먹기.
예브게니는 '다수자'의
(엄격하게 판단하는 심판관의) 의견으로는
다독하였지만, 공론가 성향이라는 것이었다.
살롱의 담소(談笑)에서 넌지시
여러 가지 일에 아는 체하고
심각한 토론에서도 깊이 아는 체하고
잠자코 있든지, 아니면 느닷없이
그럴듯한 경구(警句)를 토하며
부인네들의 미소를 자아내는
복된 재능도 그에게는 있었다.

6

라틴어는 그 당시 벌써 옛 유행이 된 터라
예브게니의 라틴어 소양은
희롱조가 아니라 솔직히 말해서
제명(題銘)의 뜻을 풀든지
유에나리스*를 논하든지
편지 끝에 발레(vale)*라고 쓰는 정도

거기다 자신은 없지만
〈아에네이스〉*에서 두어 줄쯤
틀렸는지는 몰라도 외고는 있었다.
여러 나라의 역사적 사건,
티끌의 태산 따위 따질 생각은 없었지만
로물루스*의 시대에서 오늘날까지의
지난 연대기의 여러 사건을
기억의 밑바닥에 재 놓았다.

7

시가(詩歌)라면 목숨도 아끼지 않는
고상한 정열 따위는 없고
우리들이 기를 쓰고 가르쳐 주어도
약강격(弱强格)과 강약격(强弱格)의 구별조차 못하고
호메로스와 테오크리토스*조차 욕을 하는 판.
그 대신 애덤 스미스라면 눈을 뒤집고 덤벼
심원(深遠)한 경제학자가 되었다.
국가의 부(富)란 무엇이고, 그것은 어떻게 증대되는가,
국가는 무엇으로 유지되는가 또 무엇 때문에
단순 생산품의 공급이 메워지기만 하면

국가는 돈이 필요 없는가 하는 학설 따위
당당히 논쟁을 하는 재주를 알고 있었다.*
아버지는 아들의 이론을 모르고
영지(領地)를 자꾸 담보로 넣었다.

8

예브게니가 알고 있는 모든 지식을
일일이 예로 들 겨를은 없다.
그러나 그가 참으로 재능을 발휘한 것
속속들이 도통한 것,
어려서부터 고생하던 것
고생이자 또 희열이었던 것
하염없이 괴로운 나날
그의 마음을 사로잡은 것 ―
그것은 저 나소*가 노래한 사랑의 길.
그 사람은 이 길 때문에 죄를 짓게 되어서
고향인 이탈리아를 멀리 바라보며
몰다비아 광야의 끝에서
꽃처럼 화려했던 삶을
수난자로서 눈을 감았다.

(9) 10

어떻게 해서 그는 일찍이 뽐내든지

기대를 감추든지, 질투해 보이든지

조바심을 내거나 한탄하든지

짐짓 음울한 꼴을 보이든지, 낙심해 보이든지

때로는 자랑스럽게 때로는 한풀이 꺾인 듯

때로는 친절히 때로는 싸늘하게 대할 수 있었을까!

어떤 때 그는 수심에 싸여 묵묵히 있고

열렬하게 남을 설득하고

제멋대로 연문(戀文)을 썼던가!

이 길로 전심전력하여

몰아지경(沒我之境)에 들었던가!

그의 시선은 얼마나 재빠르며 얼마나 부드럽고

얼마나 겁이 많고 얼마나 대담하며 또 때로는

얼마나 가련한 구슬 같은 눈물이 반짝였던가!

11

별안간 훌쩍 태도를 바꾸거나

장난으로 처녀들을 놀려 주거나

예브게니 오네긴

절망한 나머지 최악의 경우는 협박을 하고
간사한 말로 기분이나 맞춰 주고
감동어린 한 순간을 포착하고
처녀의 순진한 편견을
재간과 정열로 산산조각을 내거나
열렬한 애무를 가만히 기다리거나
교묘하게 또는 강박으로 사랑의 고백을 조르거나
사랑의 동계(動悸)를 재빨리 귀에 담아
오로지 사랑이 움틈을 기다렸다가 어느 날 별안간
밀회를 약속하고…… 이내 뒤이어
남의 눈을 감쪽같이 속여 연애의 연습
이런 일에 있어서는 얼마나 선수였다고!

12

얼마나 일찍이 그는 아양 떠는
계집의 가슴에 불을 붙일 수 있었던가!
연적(戀敵)을 덤비는 대로 격퇴하려고 할 때에는
적에게 상처를 주는 방법을 그는 얼마나 잘 알고 있던지.
그 독설은 얼마나 신랄하고
늘어놓은 올가미는 또 얼마나 악랄했던가.

하지만 사람 좋은 그녀의 남편은

언제까지나 친구였다오.

모두들 그를 주목한 포블라스*의 옛 제자의

간악한 꾀를 자랑하는 서방님도

의처증 많은 늙은 양반도 자신은 말할 것도 없이

자기 집 식사며 아내까지도

지극히 만족하여 거드름 피우는

그리고 계집을 빼앗긴 줄도 모르는 남편도.

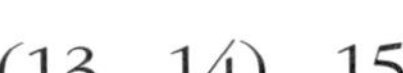

(13   14)   15

그가 아직 이불 속에 있을 때

편지를 받는 일도 있었다.

무얼까? 초대장인가? 역시 그렇군.

세 집에서의 야회 초대다.

한 집은 무도회 또 한 집은 아이의 생일.

우리 난봉꾼은 대체 어느 집으로 갈 생각이신가?

어디서부터 시작할 작정인가? 무어

뉘집에서부터나 마찬가지지

세 집을 한 바퀴 도는 것은 어려울 건 없어.

처음에는 오전 나들이옷으로 차려 입고

챙이 넓은 볼리바르 모양의 모자*를 쓰고
도시의 큰거리*로 마차를 달리고 실컷 산보를 즐긴다.
시간 잘 맞는 브레게 시계*가
저녁 시간을 알리기까지.

16

벌써 해는 저물어 썰매를 탄다,
"이랴! 이랴!" 말 모는 소리.
두꺼운 모직 자수의 옷깃에 내린 서리는
마치 은모래를 뿌린 듯하고.
그가 나는 듯이 가는 곳은 탈롱*, 거기에
친구 카베린*이 기다리고 있네.
집에 들어서니 — 천장 높이까지 펑 터지는 코르크
혜성이 보인 해의 포도주*가 놓였다.
잔치는 생피가 도는 로스트비프
송로(松露), 젊은 날의
멋의 표상, 프랑스 요리 중의 요리
그것뿐이랴, 스트라스부르의 통조림 필로그*
그 양 곁에는 린부르크의 푸른 곰팡이가 낀 치즈,*
금빛 파인애플 아나나스.

17

커틀릿의 더운 기름으로 마른 목을
샴페인으로 축이고 싶은 생각은 있었지만
브레게 시계는 신작(新作) 발레의
개막 시간을 알리고 있었다.
극단(劇壇)의 심술궂은 입법자
화려한 무희들의 변덕스런 숭배자
분장실의 명예 시민인
예브게니는 극장으로 줄달음친다.
거기서는 모두들 자연스런 공기를 호흡하면서
앙트르샤(entrechat) 동작에 갈채하자
클레오파트라를 조롱하고 야유하여 물러나게 하자.
모이나*를 불러내자고 자신만만
자기 목소리를 남에게 들려주면서 좋아하고 있다.

18

요술의 나라여! 여기는
그 옛날 두려움 없던 풍자의 왕
자유의 벗인 폰비진*과

흉내 잘 내는 쿠냐주닌*이 이름 떨치던 곳
오제로프*, 젊디젊은 세묘노바
이 둘이서 실내에 꽉 들어찬 관객의 눈물과 갈채의
열광적인 환호를 나누어 갖던 곳
우리의 친구 카테닌*이 대 코르네이유의
위대한 이야기를 되살리던 곳
비꼬기 선수 샤호프스코이*가
인기 높은 희극들을 이끌어 내던 곳
거기다 또 디드로*가 영광을 차지하던 곳
그리고 무대 배경 뒤의 어두운 한구석은
내 청춘이 흘러간 곳.

19

여신들이여! 당신들은
지금 그 어디에 있느뇨?
부디 내 슬픈 소리를 들어 주렴.
당신들은 그 옛날 그대로인가? 아니면
비록 아직 명성을 얻지는 못했을지라도 다른
처녀들이 당신들의 자리를 차지했는가?
당신들의 합창을 또 들을 수 있을까?

우리나라의 테르프시코레*, 영감에 찬 비상(飛翔)을
눈앞에서 바라볼 수 있을지?
아니면 또 수심에 싸인 시선이 재미없는 무대 위에
낯익은 얼굴들을 찾을 수 없어
환멸의 귀고리 안경을 무연 중생(無緣衆生)을 향해
그 열락(悅樂)의 모습을 냉정하게 바라보며
말 없이 하품을 하고는 지난 옛일을 돌이키는가?

20

극장은 만원. 박스는
빛나고 무대 앞과 1층 좌석은 물 끓는 듯.
입석에서는 성급한 박수 소리.
서서히 막 오르면
가만히 서 있는 이스토미나*의 요염한 모습.
반짝이는 얇은 옷 몸에 감고
님프의 무리에 둘러싸여,
요술과 같은 바이올린의 소리,
활이 쉬는 사이사이에 한 발을 바닥에 대고
다른 발을 천천히 한 바퀴 돌린다. 그러자
춤추어 오르는가 했더니

하늘 높이 두둥실 날아올라
에올루스*의 입김에 불린 솜털인 양
몸을 움츠리고 펴며 발과 맞추어 친다.

21

극장이 떠나갈 듯한 박수. 예브게니는 안으로 들어갔다.
남의 발등을 밟고 일등석 의자 사이로
쌍안(雙眼)의 귀고리 안경을 끼고서
비스듬히 박스에 앉은
새 얼굴의 부인들을 살펴보았다.
그는 열정 없이 박스를 살펴보았다.
아래서 위로 훑어보면 모두 알아차렸다. 얼굴이랑 옷이랑
몹시도 마음에 들지 않는다.
곁에 앉은 신사들과 인사를 하고 이윽고 무대를
관심 없는 듯 흘긋 보고
등을 돌리고, 하품하며 말했다.
"이젠 모두 바꿔도 좋을 텐데.
발레도 너무 오래 보았어.
디드로도 이젠 싫증이 났어."

22

무대 위에선 큐피드, 악마, 용이
아직도 쉼 없이 뛰놀고 있다.
주차장에서는 지친 하인들이
털외투를 걸친 채 잠들어 있다.
관중은 여전히 발을 구르며 코를 풀고
기침을 하거나 야유를 하며 박수를 친다.
아직까지도 극장 안팎에는
빈틈없이 등불이 환히 켜져 있고
여전히 아주 혹독한 추위에 몸을 떠는
말들은 재갈이 싫다고 더욱 더 몸을 비틀고
마부들은 모닥불 주위에 모여서 손뼉을 치며*
주인들 흉보기에 정신이 없다.
그럴 때 예브게니는 극장을 나왔다.
옷을 갈아입으러 집에 돌아가는 것이다.

23

최신 유행의 모범 학생이
이런 저런 옷을 입었다 또 벗고 또 입는

이 친구의 아늑한 의상실을
있는 그대로 보여나 드릴까?
장신구 화장품 도매상인 런던이
끝없는 허영심을 만족시키기 위해 장사를 하며
목재와 지방(脂肪)과 바꾸기 위해
발틱 해의 물결을 헤치고
보내는 모든 물건들,
호기심 많은 파리의 취미가
돈이 되는 장사에만 눈독들여
권태와 오락을 위한 벗들, 이 시대에 맞는 일락을 위한 사치품들
열여덟 살 소년의 의상실을 장식한 것은
모두 이런 물건들.

24

이스탄불의 호박(琥珀) 파이프
탁자 위의 자기(磁器)와 브론즈
놀고 싶고 게으른 마음을 채워 주는
커트글라스 병 속의 최고급 향수
빗, 손질용 강철 도구들,
바른 가위, 굽은 가위

손톱 소제, 이 닦기에 쓰는
서른 가지 제각각의 솔들도 있다오.
(겸하여 말하지만) 이 세상이 다 아는
별난 사람 루소는 일찍이 거드름 피우는 친구 그림이
왜 또 하필이면 자기 앞에서 손톱을 갈려는
생각이 났을까 하고 이상하게 생각했다.*
자유의 보호자이자 민권의 강력한 옹호자가 한 일인데
미처 생각 못한 멍청이 짓.

25

능수능란한 신사가
손톱의 미를 생각했다고 해서 무어 나쁘랴.
세상 일반의 통념을 상대로
가타부타함은 천하의 바보 짓.
이 세상에선 습관은 폭군이다.
질투가 늘 퍼져 있는 가시가 돋힌 비난을 두려워하는
아들 대(代)의 챠다에프* 예브게니는
옷에 대해선 말도 못할 전문가
세상에서 손꼽히는 멋쟁이였다.
거울 앞에서 적어도 세 시간이나 보낸 뒤에야

옷 걸치고 화장을 하고 나오는 모습은

변덕스런 여신 비너스가

남장을 하고

가면무도회에 달려가는 모습 그대로였다.

26

최신 유행에 어울리는 화장술을 말하는 것으로

독자 여러분의 호기심을

끌어 모을 바에야 식자(識者)들 앞에서

그의 옷차림을 묘사해 보는 것도 재미있을 일.

물론 그것은 좀 건방지긴 하지만

묘사는 내가 할 구실.

그가 입고 있는 것은

판탈롱 바지, 양복 조끼, 프록코트

어느 것이나 러시아어에는 없는 단어.

거기다 나의 서투른 시는,

삼가 독자 여러분께 미리 사과하지만

그러지 않으려 해도 이국(異國)의 말이 너무 많지는 않을는지.

사실 나도 전에는 아카데미아의 사전* 따위

들여다본 일이 있기는 하지만.

27

쓸데없는 말은 그만두고
서두르는 편이 좋겠다.
예브게니가 줄달음쳐서
승합 썰매 타고 급히 가장무도회로 간다.
어두컴컴한 집들의 앞에
졸리운 듯 길거리에 줄지어 서 있는
궤짝썰매 좌우의 등불이
유쾌한 빛을 던지며 쌓인 눈 위를
무지개로 물들인다. 등잔마다
남김없이 불을 켜
낮과 같이 빛나는 호사스런 저택.
유리창 안에서 사람들 그림자가 오가고
귀부인이나 신식을 쫓는
별난 사람들의 얼굴이 보일 듯 말 듯.

28

우리 주인공은 어느덧 현관에 닿았다.
문지기 옆을 나는 듯 들어가

대리석 큰 계단을 뛰어올라가
한 손으론 머리를 빗질하며
들어갔다. 대청은 만원……
악대는 이미 지친 기색,
마주르카는 이제 막 한창.
손님들은 떠들썩 비비대듯.
근위 기병의 박차가 울리자
아름다운 귀부인들의 발들이 뛰논다.
가슴이 설레는 그 뒤를
불과 같은 시선이 쫓는다.
매력적인 부인들의 부러운 듯한 속삭임을
귀가 째지는 듯한 바이올린의 소리가 억누른다.

29

환락과 희망의 나날,
그때는 나도 야회에 열중했다.
편지를 슬쩍 넘겨주든지 마음먹은 전부를
몽땅 밝히는 데 이렇게 떳떳한 곳이 또 어디 있는가.
존경하는 남편 여러분!
호의로써 말씀드리지만 제발 조심하시기를,

내 말을 교훈 삼기를 바랍니다.
또한 대부분의 어머니들이여
잠시라도 안경을 벗지 마시고
방심하지 마시고 따님들을 감독하세요.
그렇지 않으면 큰일 납니다!
이런 말을 쓸 수 있는 것도
무엇을 숨기리요.
벌써 오래 전부터 꺼림 직한 짓은 이 몸 안하고 있기 때문.

30

아! 갖가지 위안에
얼마나 많은 나날을 헛되이 보냈던가!
미풍양속을 손상만 시키지 않았다면
지금도 가무를 즐겼으리.
나는 사랑한다, 청춘과 광기의 분위기를,
저 사람들과의 우정과 기쁨을,
저 부인들의 아름다운 옷치장을.
나는 사랑한다, 그녀들의 어여쁜 다리를,
그러나 가령 러시아 전국을 찾아본들
밋밋하게 뻗은 여자의 다리는

세 짝밖에 찾아내지 못하리라.

아아! 나는 긴 두 다리를 잊을 수 없었다……

정열이 식어 버려 슬퍼진 지금도 잊지 못할 그 발.

꿈에도 생생하게 내 가슴이 설렌다.

31

아, 언제, 얼마나 황량한 광야에 유배되었길래,

치정(癡情)에 지친 사나이여, 저런 다리를 잊을 수가 있단 말이냐?

나의 작은 다리여! 지금은 어디에서,

어떤 봄꽃을 밟고 있는가?

동방의 일락에 익숙한 그대는

북국의 쓸쓸한 눈 위에

발자국조차도 남기지 않고 떠났다.

모피의 화사한 감촉을

융단의 화려한 세련미를 아쉬워하는 그대.

그를 위하여 명예도 허영심도

조국도 귀양살이도

잊어버리고 지내던 것은 옛일이었던가?

젊은 날의 행복은 헛되이 사라졌다.

가볍게 풀을 밟는 그대의 발자국과 같이.

다이아나*의 가슴, 플로라*의 뺨,
친구들이여, 그것들은 아름답다!
허나 나에겐
테르프시코레의 귀여운 발이 왠지 더 아름답구나.
그 발은 보는 사람의 눈에
헤아릴 수 없는 깊음을 예언하고
의미심장한 그 아름다움은
방자한 욕망의 무리를 꾀어낸다.
엘비나* 나의 벗이여, 나는 네가 좋다.
늘어진 긴 식탁보 밑에 숨은 저 발이
봄엔 목장의 파란 풀 위의,
겨울엔 난로의 쇠창살 위의
거울과 같은 무도회장 바닥 위의
나아가서는 해변가 쑥돌 위의 그 발이.

예브게니 오네긴

33

폭풍우 몰아치는 저 바다, 그 해변가에
광란의 물결 또 물결이 치달아

여자의 발에 그리운 듯 다가오는 모습을
얼마나 나는 부러워했던가!
넘나드는 흰 파도처럼
귀여운 그 발에 노예처럼 입맞춤하려고 얼마나 애썼던가!
아니 아니 나는 피가 끓는
저 청춘이 불타오르는 나날에까지
저만큼의 괴로움을 가슴에 담고서
아르미다*의 입술에 키스하거나
장미꽃 같은 뺨 아니 또 동경하는
가슴에 입맞춤하려고 애쓴 일은 없었다.
폭풍우 같은 열정이
저렇게 내 넋을 못살게 굴던 일은 없었다.

34

또 이런 기억도 있었다!
언젠가 고이 간직한 꿈속에서
때로 애정을 담아 등자(鐙子)를 잡아 주고…….
내 손에 언뜻 발을 느낀다.
또다시 공상은 부풀어 올라
또다시 그 발의 감촉이 시든

내 심장의 피를 거칠게 들끓게 하고
또다시 그 연정이, 그 애틋한 사랑이…….
하지만 이제 그만두자, 수다스런 하프를 울려
냉정한 그녀를 칭찬하는 것은.
정열이나 정감 넘쳐흐르는 노래 따위를
그녀 같은 여인네가 받을 자격이 있을 소냐.
저 요녀(妖女)들은 입도 눈동자도
믿을 수 없나니, 발도 그렇지만.

35

그런데 예브게니는 어떻게 되었을까?
꾸벅꾸벅 졸며 돌아갔다, 이 야회장에서 자기 집 침대로.
휴식 없는 페테르부르크는 일찌감치
북 치는 소리에 잠이 깬다.
장사꾼은 일어나고 행상이 거리를 지나간다.
마부가 손님을 기다린다.
물동이를 들고 서두르는 것은 젖 짜는 여인들,
그녀들의 발에 밟혀 소리 내는 서설.
상쾌한 아침의 소리가 눈을 뜬다.
덧창이 열린다. 희미한

굴뚝 연기가 마치 하늘을 받치는 기둥인 양 치솟는다.
무명의 나이트 캡을 쓴
고지식한, 독일 빵집 주인은
벌써 몇 번이나 매출창(賣出窓)을 여닫았다.

36

그렇지만 야회의 속삭임에 만취한
환락과 사치의 포로들은
아침을 밤중과 맞바꾸어 근심걱정 없는
구석구석 찾아서 깊이 잠들어 있다.
낮이 지나 언뜻 눈을 뜨면
또다시 이튿날 아침까지 단조로운
화려한 생활이 그를 맞이한다.
내일도 또한 어제와 마찬가지이다.
그러나 인생의 꽃다운 한 시절을
뜻대로 눈부신 사랑의 승리와
날마다 밤마다 환락 속에서 지내며
예브게니는 행복했을까?
진수성찬 가운데서
그럭저럭 편안하게 살 수 있었을까?

37

아니 그렇지 않다. 일찍이

그의 열은 식어 있었다.

상류 사회의 헛소동에도 정념이 떨어졌다.

마녀들에게 끊임없이 신경을 쓰는 것도 그쳤다.

불의의 사랑에도 싫증이 났다.

친구도, 우정도, 영혼도 파괴되었다.

골치가 아플 때는 샴페인에

비프스테이크를 곁들이거나

스트라스부르 필로그를 먹든지,

재치와 지혜로 가득 찬 교훈을 강조하든지,

언제까지나 그렇게 할 수는 없기 때문이지.

혈기 왕성한 멋대로 노는 자라고는 하지만

결투에도 칼에도 총알에도

그는 이젠 흥미를 잃었다.

예브게니 오네긴

38

일찍이 그 원인을 물었어도 좋았을 병

영국의 '스플린'*과 비슷한 병

쉽게 러시아어로 말하자면 '우울한 벌레'에
어느새 조금씩 흘리기 시작했다.
다행히 권총 자살 따위 해볼 생각은 안 했지만
도대체 인생이 싫어진 것이다.
침울하게 살롱에 출입하는 모습은
마치 차일드 해럴드*식.
상류 사회의 험담도, 보스턴*도
아름다운 눈초리도 들어 보라는 듯한 탄식도
모두가 흥미 없는 것,
마음에 내키지 않았다.

(39　40　41)　42

상류 사회의 변덕스런 부인들이여!
예브게니가 제일 먼저 걷어찬 것은 바로 당신들이라오.
의심할 필요 없이 상류 사회의 취미란 것은
젊은이들에게 어지간히 숨막히는 것.
정말로, 사실을 있는 그대로 옮기자면
그중에는 세*나 벤덤*을 논하는 부인들도 있기는 하지만
도무지 그분들이 말씀하시는 것은
악의는 없을지라도 참을 수 없는 난센스

그리고 게다가 그 부인들은 거만하기도 하고,
그 위에 기품 있고, 순진무구하며,
그 위에 총명, 경신(敬神) 사상 자못 두텁고
자못 신중, 자못 정확
정조 자못 견고하다고 하니 그 얼굴 보기만 해도
이내 어떤 사내에겐 '스플린'의 발작이 인다.

43

아직 젊고 요염한 맵시의 여인들
밤이 깊은 페테르부르크의 포도를
마차 달려 뒤도 돌아보지 않고 달려가는 당신들도
예브게니는 본 체 만 체했다.
오로지 쾌락주의자 예브게니는
저 세계에의 충절을 굽혀
두문불출 굴속에 틀어박혀
하품을 참고 펜을 들어
글을 좀 써 볼까 생각했는데,
끈덕진 일은 나면서부터 싫어해
일언반구도 채우지 못했다.
그렇다고 신이 난 저 무리*에도 끼어들지 않았다.

그 무리의 일은 이제 이야기하지 말자.
나 자신도 그 무리의 한 사람이기에.

44

이리하여 재차 하는 일도 없이
마음이 허전한 그는
억지로라도 책상 앞에 앉았다.
남의 지혜를 제 살에 붙이려는 기특한 생각에서.
책을 주욱 책꽂이에 세워
차례로 읽고, 또 읽었지만 허사였다.
어떤 책은 진력이 나고 속임수,
혹세무민(惑世誣民), 뻔뻔스런 내용, 그렇지 않으면 난센스.
그 책 쓴 사람들 모두 인습을 벗어나지 못한 위인들.
옛 책은 곰팡내가 나고
신간(新刊)은 옛 꿈을 좇을 뿐.
예브게니는 여자와 마찬가지로 독서도 단념,
먼지투성이를 털지도 않고
책꽂이에 검은 보자기를 씌웠다.

45

예브게니와 같이 사회의 인습인

무거운 짐 벗어 던지고 덧없는 이 세상의

시끄러움을 벗어난 내가 그와 친해진 것은 마침 이즈음.

내 마음에 든 저 독특한 성격이

어쩌다 공상에 잠기는 저 버릇이,

남들과 다른 저 별난 짓이,

서리가 낀 듯 차갑고 까다로운 저 마음이.

나는 이 세상에 원한을 품고, 그는 근심에 싸여 있었다.

둘은 서로 정리(情理)의 움직임을 알고 있었다.

둘은 모두 인생에 지쳐 있었다.

둘은 모두 가슴의 불길이 식어 있었다.

아직 인생의 아침이라는데 둘은 모두

눈이 안 보이는 포르투나* 또 남들의

미움이라는 복병들에게 무방비 상태였다.

46

만약 살아서 사물을 숙고한 사람이라면

마음속 깊이 이 세상을 경멸하지 않고는 못 견딜 것이다.

정리를 안다면 되돌아오지 않는
나날의 환상이 무서워 떨 것이다.
지금은 더 매혹을 느끼지도 않고
다만 회한에, 추억의 뱀에게 내 마음을 헛되이 물릴 뿐.
이 모두는 그와 같은 사람의 말에,
대부분의 경우 친구 사이에
심상치 않은 매력을 느끼게 한다.
예브게니의 사고방식에 나는 처음 주저했는데
곧 나도 그와 같이 익숙해졌다.
독을 품은 그 논봉(論鋒)에,
쓰디쓴 그의 농담에,
음산한 경구의 심술궂음에.

47

네바 강에 걸친 하늘이 개어
밝고 즐거운 듯한 수면경(水面鏡)이
다이아나의 얼굴도 비치지 않는
여름밤 한때 우리는 얼마나 자주
지난날의 로맨스를 추억하며
지난날의 사랑을 더듬어

오랜만에 마음은 풀리고 거리낌 없이

온화한 밤의 입김을

우리의 대화가 멈출 때마다 침묵을

둘이서 마시고 즐겼던가!

꿈길에서 죄수가 감옥에서

푸른 숲속으로 풀려나는 것처럼

우리들도 공상의 날개를 휘어잡아 타고

젊었던 날의 시점(始點)으로 훨훨 날아갔다.

48

저 시인의 시에도 있듯이*

애상에 가득 찬 마음을 안고

사색에 잠겨 화강암 돌담에 기대어

예브게니는 서 있었다.

주위는 아주 조용하고

밤의 보초들이 서로 부르는 소리와

저편 멀리 미리온나야*에서 이따금씩

마차 삐걱거리는 소리가 들릴 뿐.

작은 배 한 척이 노를 저어

잠든 듯한 강 위를 미끄러져 간다.

저 멀리 뿔피리 소리와 용감한 노래에
둘은 귀기울이고 있었다.
그러나 이 밤의 즐거움이 무엇이냐 물으면
타소의 팔행시*만큼 고마운 것은 없다.

49

아드리아 해의 푸른 물결
오! 브렌다*여! 맹세코 너를 만나리라.
영감에 넘치는 매혹적인
너의 소리를 다시 한번 들어 보리라!
아폴론의 후예가 숭앙하는 그 소리는
자랑스러워라 알비온의 하프* 때문에
나에게도 귀 익은 그리운 소리.
때로는 재잘거리고 때로는 과묵한
젊디젊은 베네치아의 처녀와
신비스런 곤돌라를 띄우고
이탈리아의 밤에, 황금빛
타는 듯한 감미(甘味)를 즐기자 마음껏.
베네치아 아가씨와 같이만 있다면 내 입도
저 페트라르카*의 사랑의 말도 배울 수 있으리.

50

아! 나에게도 오는 것일까, 자유의 때가?

"와야 할 때"인데 나는 목말라 그것을 부르노라.

해변을 오가면서, 좋은 날씨 기다리면서

저 멀리 흰 돛대 소리쳐 부른다.

뱃길 도중에 폭풍우의 법의(法衣)에 싸여

산더미 같은 파도와 싸우면서 막는 자 없는 바다의 네거리를

언제나 마음대로 저어서 갈꼬?

때는 왔다. 자연조차 적의에 찬

쓸쓸한 언덕을 뒤에 두고

나의 아프리카* 하늘 아래

남쪽 바다의 한가운데서

햇빛이 부족한 러시아를 생각해 보자.

거기야말로 일찍이 내가 고생했던 나라

사랑했던 나라, 내 마음을 묻어둔 나라.

51

예브게니는 나와 더불어

외국에 가보고 싶어 했다.

그렇지만 얼마 안 가서 우리는 운명의 손에 의해
오랫동안 떨어져 있었다.
그의 아버지가 돌아가셨다. 그리고
예상대로 예브게니 앞에는
탐욕스런 고리대금업자가 수없이 몰려들었다.
벌어진 일에 대한 판단은 각인각색(各人各色)
소송이 싫은 예브게니는
자기 몫에 만족하고
유산을 그들의 자유에 맡겼다,
과히 손해라 생각도 않고.
그러나 작은아버지의 임종의 날은
미리 짐작하고 있었는지도 모른다.

52

이윽고 어느 날 갑자기 전갈이 왔다.
관리인으로부터 보고가 왔다.
작은아버지가 임종의 자리에서
그에게 작별하려 한다고.
슬픈 통지를 받자마자
예브게니는 작은아버지를 뵙고자

역마차를 몰아 달려갔으나

돈 욕심에 탄식을 하고 답답해하고

속이고 할 나 자신을 생각하고 만나기 전부터 하품이 났다.

(여기서 나는 이 소설을 쓰기 시작했다.)

하지만 목적지인 영지에 닿았을 때는

작은아버지는 이미 대지(大地)에 바치는 제물이 되어

테이블 위에 놓여 있었다.*

53

저택 안은 시중드는 사람들로 혼잡하고

고인의 영전에는

장례를 좋아하는 패들이

친구도, 적도 가리지 않고 줄곧 모여들었다.

장사도 무사히 끝났다.

사제도 손님도 먹고 마시고 한 뒤

마치 큰일을 치른 듯

뻐기며 유족과 인사하고 모두들 돌아갔다.

이리하여 예브게니도 시골 사람이 되었다.

그는 이제 공장, 숲, 들, 내의

어엿한 새 주인,

여태까지는 낭비를 일삼았는데
이제는 머릿속부터
생활 방침이 달라진 것을 기뻐했다.

54

이틀간은 쓸쓸한 들이나
어둠침침한 떡갈나무 숲의 시원함이나
조용한 시내의 물소리 따위를
신기한 듯 생각했었는데
사흘째부터는 언덕도, 숲도, 들판에도
매력을 잃었다. 마냥 졸음만 오고
드디어 이젠 뚜렷이 깨달았다.
진력나는 건 시골도 도시도 다 같고
여기에는 큰 거리도, 카드도,
궁전도, 무도장도,
야회도, 시도 없지만
역시 스플린이 노려보며
졸졸 뒤를 따르고 있었다.
그림자처럼 또 정숙한 아내처럼.

55

그런데 나는 평화스런 생활과
전원의 고요를 위해 태어났다.
계견성(鷄犬聲) 안 들리는 시골에 살라치면
하프 소리 더욱 새롭고
창조의 꿈도 한결 생기를 띤다.
순박한 한가로움에 몸을 맡기고
쓸쓸한 호숫가를 헤맨다.
파르니엔테* 나의 규칙.
아침 저녁 자유, 온화, 유쾌함을 위하여 눈을 뜬다.
오래 자고, 조금 읽고,
변덕스런 명예를 쫓지 않으리.
일찍이* 나는 이와 같이 하는 일 없이
내 생애의 가장 경사스런 세월을
남 몰래 지낸 게 아니었던가?

56

꽃이여! 사랑이여!
들판이여!

나는 너희들이 참으로 좋아.
예브게니와 다른 점을 지적할 수 있어 늘 기쁘게 생각한다.
왜냐하면 비꼬는 독자나
세세한 뒷소문을 내러 다니는 위인들이
예브게니를 나 자신과 비교해 보고 그리고 나중에
교만한 시인 바이런 경처럼
"놈은 흉내를 내어
내 초상을 그린 것"이라고
거리낌 없이 소문내면 안 되겠기에.
설마 시인은 서사시 중에서
자기 이외 다른 누군가의 일을
못 쓸 리도 없긴 하겠지만.

57

겸하여 한 마디. 시인이란 무릇
꿈속에서 다가오는 사랑을 숭배한다.
옛날 그리운 그 모습을
꿈속에서 보고 그 이름을
마음속에 은근히 잡아 두면
뮤즈가 그것을 소생시킨다.

이리하여 나는 아주 태평스럽게
내 이상인 산(山)의 처녀*나
사르기르 호반의
사로잡힌 여인*을 노래해 왔다.
그런데 요새 친구들이 이렇게
종종 질문한다.
"누구를 생각하여
네 하프는 한탄하느냐?
질투 강한 처녀들 가운데
그 누구에게 그 가락을 바치려 하느뇨?

58

누구의 눈동자가 영감을 불러일으키면서
사색하는 듯한 네 노래에
애처로운 애무를 해주더냐?
너는 도대체 누구를 찬송하여 노래하느냐?"
아니야! 이 친구야 아무도 아니야!
나는 사랑의 미칠 듯한 전율을
슬프게도 맛보았을 뿐이다.
그 사랑과 불같은 리듬을

둘 다 얻은 사람은 행복하다.
그런 사람이야말로 저 페트라르카의 비밀을 흉내 내어
신성한 시의 황홀을 헤치고 넓혀
가슴의 괴로움을 진정시킨 뒤에
영예를 내 것으로 한다. 그런데 나는
사랑을 할 때 우직한 벙어리가 된다.

59

그런데 사랑이 지나가면 뮤즈가 나타나
흐려진 지성도 다시 맑아진다.
가슴을 쓰다듬고 다시 찾는다,
만족스런 음률과 감정, 사고의 결합을.
상쾌한 기분으로 붓을 옮긴다.
쓰다 만 시의 여백에 나도 모르게
여자의 얼굴이나 발 따위의 낙서를 하는 일도 없다.
한번 꺼진 화로의 불은 다시 타오를 수 없다.
슬픔은 아직 남아 있어도
눈물은 이미 말라 버렸다.
얼마 뒤 폭풍우가 내 영혼 속에서
흔적도 없이 사라져 버렸다.

이런 때에야 나는 쓰기 시작한다,
25장의 긴 서사시를.

60

시의 구상이나 주인공의 이름은
벌써 생각해 놓았다.
이것으로 이럭저럭 이 소설의
제1장은 끝낸 것이야.
다시 한 번 정성을 들여 읽어 본다.
모순도 많이 있는 듯하다.
그렇지만 고칠 생각은 도무지 없다.
검열관의 신세를 지고 고생한 이 결정을
저널리스트의 밥이나 되어 줄까.
지금 막 태어난 내 창작이여
가거라. 네바 강변의 도시로
얻어 오려마.
영예의 공물(貢物)과 곡해를
조롱하고 떠드는 비난의 소리를!

제2장

O rus! …

Hor.

O Pycb![*]

1

예브게니가 하염없는 나날을 보낸 마을은
물 맑고 산 높은 아름다운 고장이었다.
정유(情遊)를 즐기는 호탕한 친구가 살았더라면
하느님을 고마워했을지도 모른다.
지주의 집은 깊숙이 틀어박혀,
바람을 막는 언덕에 가려져 있고,

시내가 보였다. 멀리 앞에는
황금빛으로 빛나는 들판에
꽃이 한창 피어 있고
여기저기 촌락도 보이고
가축의 무리들은 멋대로 풀을 뜯고
깊은 생각에 잠긴 숲의 님프가 숨어 사는
황폐한 거원(巨苑)은
울창한 그림자를 드리우고 있었다.

2

아름답고 운치 있는 그 저택은
총명한 선대(先代)의 취미를 살린
격식대로의 건물로서
멋지고 묵직한 안정감을 보이고 있었다.
방들은 모두 천장이 높게 꾸며져 있고
객실은 아름다운 비단으로 휘감겨 있으며
역대 황제들의 초상이 걸려 있고
페치카는 알록달록한 타일로 꾸며졌다.
도대체 이 모든 것들이
무슨 까닭인지 몰라도

유행과는 거리가 먼 취향. 그러나
예브게니에게는 아무래도 좋았다.
방의 치장이 신식이든 구식이든
하품 나는 것은 마찬가지니까.

3

예브게니는 마을의 늙은이들이
가정부들과 대소사에 대해 으르렁대고
들창으로 경치를 내다보고 파리채로 파리를 잡는 생활을
40년이나 하고 있던 방을 거실로 삼았다.
무엇이나 간소했다. 마룻바닥은 떡갈나무 판자
장은 둘, 테이블은 하나, 새 날개를 넣은 긴 의자 하나,
잉크의 얼룩 따위는 하나도 없다.
예브게니는 두 개의 장을 열어 보았다.
하나에는 지불장(支拂帳)
또 하나에는 주욱 늘어놓은 나리프카*
사과즙이 들어 있는 항아리와
1808년의 달력*이 들어 있었다.
늙은이는 볼일이 많아서
책을 제대로 읽지 않았던 것이다.

4

혼자서 영지에 살면서
어떻게든 한가로움을 메우려고
우리 젊은 예브게니는
우선 새 제도를 펴려고 했다.
풀 속에 묻혀 사는 이 현인(賢人)은
예로부터의 부역(賦役)의 무거운 멍에를
아주 가벼운 인두세(人頭稅)로 바꾸어 주었다.
농노들은 자기들의 새 운명을 기뻐했지만
그 대신 속셈이 빠른 이웃 지주들은
이 개혁을 가공할 만한 해독으로 보고
자기 마을에서 얼굴을 찡그리기도 하고
또 어떤 사람은 능청스럽게 싱끗 웃기도 했다.
그리고 저놈은 위험한 협박꾼이라고
모두들 입 모아 단정했다.

5

처음에는 모두들 손님으로 찾아 주었다. 그러나
큰길에 자가용 마차의 덜커덩 소리가

예브게니 오네긴

나기만 하면 뒷문으로 가
돈 산(産)의 말에 매단 마차를 돌려 빠져나가 버린다는
것을 시간이 지나자 파악하게 되었다.
이런 태도에 누구나 마음이 상하여
교제를 끊고서, 말을 나누지 않게 되었다.
"이번 지주는 버릇이 없어, 건방져,
파르마존*이야. 그는
자나 깨나 포도주만 마시고
부인들 손에 입맞춤도 한 번 안하고,
무슨 질문에도 '예' '아니오' 할 뿐
'그럼은요' '아니올시다'라곤 말하지 않아."
이것이 모든 이의 평판이었다.

6

마침 이때 새 지주 하나가
자기 영지에 나타나서
같은 마을에서 이 인물이 시끄러운
수다쟁이 입에 오르게 되었다.
이름은 블라디미르 렌스키.
모교인 괴팅엔의 정신*에 젖은 사람으로서

한창 나이의 미남자며
칸트를 숭앙하는 시인이었다.
유현(幽玄)한 나라 독일에서
학문의 여러 가지 성과를 안고 왔다.
공상적인 자유주의와
열렬하고 색다른 정신과
언제나 변치 않는 감격조의 말투
어깨까지 늘어뜨린 검은 곱슬머리 따위를.

7

상류 사회의 차고도 음란한 풍조에도
결코 시들지 않은 젊은이의 정신은
한창 활짝 꽃이 피어,
친구의 인사와 여성들의 위로를 받았다.
사랑에 대해서는 아무것도 모르는 애송이
희망만이 달콤하고,
아직도 진귀한 이 세상의 떠들썩함이
이 젊은이에게는 그저 흥미로울 뿐.
제 가슴의 의혹의 구름을
달콤한 몽상으로 헤치고 있었다.

인생의 목적도 그에게는
마음을 끄는 수수께끼였다.
그 수수께끼에 머리를 썩이면서
기적에 희망을 걸고 있었다.

8

그는 믿었다, 언젠가 자기와 맺어질
가까이에 있는 하나의 넋이
홀로 쓸쓸히 동경에 못견뎌하며
날마다 자기를 기다리고 있음을.
그는 믿었다, 친구는 모두 그의 명예라면
어떤 칼도 달게 받고
눈썹 하나 까딱 않고
비방자의 무기를 부숴 주리라고.
또 운명에 선택된 불멸자인
인류의 성스러운 친구가 이 세상에 있어서
그들의 생사를 같이하는 일단은
언젠가는 눈부신 광선으로
우리들을 비추어 주고
이 세상에 행복을 보내 주리라고.

9

감격과 애상과
지고의 선에 대한 깨끗한 헌신과
명예를 바라는 달콤한 괴로움은
일찍부터 그의 피를 끓게 했다.
하프를 손에 들고
그는 각국을 헤맸다.
실러와 괴테를 길러 낸 하늘 아래
두 시인의 시의 성화를 이어받아
그의 마음은 마찬가지로 불타오르기 시작하였다.
뮤즈의 고상한 예술과 패션을
다행히도 더럽힘 없이
항상 고상한 감정과
유치한 몽상의 격발과
장엄하고 소박한 아름다움을
그 노래는 떳떳이 지탱해 왔다.

10

그는 오로지 사랑을 귀담아듣고 사랑을 노래했다.

그 노래는 가리어진 것 없이 맑았다.
순진한 처녀의 마음처럼,
어린애의 잠과도 같이
부드럽고 끝없는 밤하늘을 비추는
신비와 상냥한 숨을 쉬는 여신이나 달처럼.
그는 노래했다, 이별의 시간을, 슬픔을.
모호한 무엇을, 몽롱한 저 먼 곳을,
낭만적으로 피어난 장미꽃을,
그는 비로소 노래를 부르기 시작하였다,
자기가 일찍이 적막한 가슴에 뜨거운 눈물을 쏟던
저 멀고 먼 나라들을.
그는 노래했다, 열여덟 살을 기다리지 않고
이미 퇴색한 생명의 꽃을.

11

천부의 재능을 예브게니 이외에는
아무도 알아보지 못하는 쓸쓸한 시골에서
근처 지주들이 모여 떠드는
연회 따위에 나가기도 싫어서 그는 가급적
시끄러운 세상 이야기를 피하고 있었다.

아는 체하는 그들의 대화는

추수·술·집안 일.

심지어 개집에 이르기까지.

그런 이야기에서 감동이나

시적인 영감이나 지성이나 기지

세련된 사교의 재능을

찾을 수가 없다 해도 당연.

게다가 여성들의 이야기투란

차마 들을 수도 없는 우열(愚劣)이었다.

예브게니 오네긴

12

돈 있고 미남인 블라디미르는

어딜 가나 사윗감 후보 대우를 받았다.

시골 풍습이란 그런 것,

반러시아 사람인 이 이웃 총각에게

너도 나도 딸을 주었으면 했다.

그가 모습을 나타내기만 하면 슬근슬쩍 생홀아비 신세의

쓸쓸한 집안 살림 이야기뿐이었다.

이웃집에서 차를 대접하겠다고 해서 가면 시중드는 것은 딸 도냐.

그 어머니는 나지막한 소리로

"도냐! 부끄러워 말고!"

그 뒤에서는 기타가 소리를 내고

이 댁 딸의 트이지 않은 노랫소리

(아! 차마 못 듣겠다!)

"오십시오, 오십시오, 황금의 이 집으로*……."

13

그렇지만 물론 렌스키는

결혼의 멍에를 받을 생각은 전혀 없었고

오직 오네긴과의 친교를

간절히 희구할 뿐이었다.

이윽고, 이리저리하여 둘은 친해졌다.

얼음과 불꽃, 폭풍우 치는 날씨와

화강암보다도 둘은 더 서로 달랐다.

처음에는 이러한 마음의 차이로

서로가 심심해서 못 견딜 판이었는데

그러다가 우의(友誼)가 싹트고 그리고

매일 말을 타고 왕래하는 동안에

떨어질 수 없는 사이가 되었다.

사람이란(그 첫째가 나지만)

심심풀이를 위해 벗이 되는 것이다.

14

그러나 우리 주인공들 사이의 그런 우정조차도

실제로는 있을 수 없다.

낡은 편견을 벗어던진 우리는,

모든 사람은 쓸모없다고 생각하고,

우리 자신만을 하나의 단위로 믿고 있다.

나폴레옹이야말로 우리들의 이상.

수백만의 두 발 가진 짐승은 모두 우리들의 도구에 불과하다.

감정 따윈 바보 같고 우스꽝스런 것.

그걸 생각하니 예브게니는 관대했다.

말할 것도 없이 남의 마음을 꿰뚫어보고

처음부터 경멸은 하고 있었지만 —

(예외가 없는 규칙은 없으니까.)

어떤 사람들은 인정하곤 은근히

그 감정을 소중히 여기고 싶었다.

15

그는 미소를 띠면서 블라디미르의 말을 들었다.
열렬한 시인의 완고한 언어,
아직 애매한 판단력을 가진 마음
언제까지나 감격이 사라지지 않는 시선 —
무엇이든 오네긴에게는 신기하고 감격스러웠다.
상대의 흥이 깨지는 말은 한 마디도
입 밖에 내지 않으려고 애쓰면서
예브게니는 마음속으로 생각했다.
한 순간의 행복의 전염을 방해한다는 건
정말 내겐 가장 어리석은 짓,
그냥 내버려 두어도,
세상사는 공평무사하여 때가 올 것인데.
혈기 왕성한 그런 나이니까
젊은이다운 정열도 공상도 내버려 두자.

16

두 친구 사이에선 모든 것이
논쟁을 낳고 사색을 자아냈다.

먼 옛날 종족들의 조약,

지식의 열매, 선과 악,

역사와 더불어 낡은 편견,

면하지 못할 무덤의 신비

거기다 또 운명과 인생에 관한 것

모든 사상(事象)이 화제에 올랐다.

시인은 토론에 열 오르자 황홀경 속에서

자신도 잊고 북방의 시*

한 구절을 읊기도 했다.

마음이 너그러운 예브게니는

잘 알지는 못했지만

젊은이의 낭송에 귀를 기울였다.

17

그러나 정열 문제는 더욱더

젊은 은둔자들의 관심을 끌었다.

미칠 듯한 정열의 위력을 벗어난 예브게니는

이 문제를 논하며

자기도 모르게 회한의 한숨을 쉬었다.

정열의 조급함에 사로잡혔음을 알고,

그것을 단념한 자는 행복하다.
그보다도 더 행복한 것은
정열에 인연이 없는 자,
번뇌를 떠남으로써, 증오를 미워함으로써,
온화한 자, 질투에 괴로워함 없이
때로는 하품이나 하면서 친구들이나 아내와 살며
부모에게서 물려받은 듬직한 재산을
한 판의 주사위 속임수에 걸지 않는 자다.

18

우리가 약삭빠르게도 평안이란 깃발
아래 몸을 기대었을 때
정열의 불도 꺼지고
그 방자함과 격렬함의 약하디약한 여파가
이상스럽게 보일 때면 —
반발심을 겨우 가라앉힌 우리는 때로,
남이 이야기하는 미칠 것 같은
정열을 토하는 말에
즐거운 마음으로 귀 기울이고
마음이 들뜨기도 일쑤.

마치 그것은 나이 먹어 세상에 잊혀지고

움막에 엎드린 늙은 병사가

젊은 용자(勇者)들의 무용담을

내 이야기처럼 듣고 싶어 하는 것과도 비슷하다.

19

그 대신 다혈질인 젊은이는

무엇 하나 감추지는 못해

미움도 사랑도 슬픔도 기쁨도

몽땅 지껄이지 않고는 견딜 수 없을세라.

자기를 사랑의 늙은 병사로 알던

예브게니는 점잖은 표정으로

진정 유로(流露)를 좋아하는

시인의 숨김없는 고백을 들었다.

상대는 매우 솔직하게

자기의 진심을 피력했으므로

예브게니는 아주 쉽게

순박한 사랑 이야기

우리가 이미 익숙해진

정감에 넘치는 이야기를 알아들었다.

20

아! 그는 이 세대에서는 볼 수 없는
사랑을 하고 있었다. 미친 듯이
시인이 아니면 감히 할 수 없는
사랑을 하고 있었다.
언제 어디에 있더라도 생각은 단 하나
다만 하나 변치 않는 소원,
다만 하나 변치 않는 비애.
마음 가라앉히는 저 먼 나라도,
오랜 세월 동안 끊긴 만남도
뮤즈에게 바치는 그 시간도,
이국의 그 여러 가지 아름다움도
환락의 속삭임도 학문의 길도
순진한 정화(情火)에 타는
그의 마음을 뒤엎지는 못했다.

21

가슴의 괴로움을 아직 모르던
어렸을 때 올가에게 반해서

소녀의 어린 장난을
넋 잃고 바라보던 그.
사람 없는 떡갈나무 숲속 나무 그늘에서
같이 놀기도 했다.
사이가 좋은 이웃이던 아버지들도
오래지 않아서 결혼시킬 작정이었다.
동네서 멀리 떨어진
점잖은 집안에서 태어나
순수한 매력에 가득 찬 딸을 양친은
나비도 벌도 모르는
깊은 산속에 고이 피어난
한 떨기 은방울꽃이라 여겼다.

예
브
게
니
오
네
긴

22

올가는 이 젊은 시인에게 젊은 날
불타는 기쁨의 첫 꿈을 선사했다.
올가의 추억을 가슴에 안은 채로
그는 갈대피리로 첫 가락을 불기 시작했다.
잘 가거라 인생의 황금 시절의 놀이!
울창한 숲이, 홀로 있는 고독이, 고요가,

밤이, 별이, 달이, 하늘의 등불인 저 달이
그의 마음을 사로잡았다.
우리들도 일찍이 달에게 들떠
초저녁 어둠 속을 헤매며
거닐다가 눈물 흘리고
간직한 괴로움을 즐기기에 몰두 했다지…….
그러나 그 달도 이제
어두운 램프의 대용품으로 전락했다.

23

언제까지나 변하지 않는 조심성과 솔직한 마음씨
변하지 않는 명랑함은 아침과 같고
시인의 생명인 양 그 순박함,
사랑의 키스를 연상시키는 매력
하늘빛 눈동자, 꽃의 웃음, 아마(亞麻)빛 머리카락
목소리와 몸가짐, 가벼운 몸매
올가는 무엇이나 있었다 …… 하지만
어떤 소설을 찾아보아도 이런 미녀는
찾아낼 수 있을 것이다.
그야 그지없이 귀엽고

나도 한때는 마음에 들었는데
지금은 지긋지긋 싫어졌다.
여기쯤에서 독자 여러분의 허락을 받아
손위 아가씨를 소개하리라.

24

언니의 이름은 타치아나*……
내 자의로서 우선 이런 이름으로
독자도 알다시피 소설의 페이지를 마음껏
장식하는 것은 처음이리라.
사양은 안 하리, 상쾌한 발음의 이름이니까.
그렇지만 이 이름이 나오면
그 순간 문득 머릿속에 떠오르는 것은 사실
옛날 일이나 하녀의 방.
이름 짓기 하나도 솔직히 말해
몹시 멋쩍게도 취향에 달려 있다.
(시가에 관해서는 말할 것도 없지만.)
문명은 우리들을 치유하기는커녕 상처를 준다.
우리의 버팀목으로 남은 것은 단 하나
솔직히 말하는 것, 다만 그것뿐이다.

예브게니 오네긴

25

아무튼 그녀 이름은 타치아나. 정말로

동생 올가와는 정반대로 아무도 거들떠보지 않는 얼굴에

장밋빛의 싱싱한 맛도 없어,

눈길을 끄는 매력이라곤 없다.

수줍어 반기지도 않고, 우울하며, 말도 없고

숲에 사는 사슴처럼 거칠고, 겁이 많은데다

부모 곁에 살면서도 그녀는

말 한 마디 못하고 묵묵하기만 했다.

아버지께도 어머니께도 어리광조차 못 부려 본 딸.

아이들끼리 소꿉장난에는,

참견 못 하고, 뜀박질 한번 않고

하루면 하루 이틀이면 이틀 온종일

혼자서 창가에 앉아 있었다.

26

요람 속에 있을 때부터

명상은 그녀의 친구이자 즐거움이었다.

명상은 한가로운

시골의 나날을 그녀를 위하여
갖가지 꿈으로 장식해 주었다.
가냘픈 손가락에 바늘을 쥐는 일도 없고
수틀에 가슴을 굽혀
삼베를 비단 무늬로 꾸미는 일도 없었다.
지배를 향한 충동의 신호들,
계집아이는 말 못하는 인형을 상대로 노는 동안에
상류 사회의 예의범절이나 법도를 배우든지
어머니의 교훈을 흉내 내어 깍듯이 인형에게 가르쳐 주든지
의전(儀典)을 준비하곤 했다.

27

아주 어릴 때 타치아나는
인형 따위도 거들떠보지 않았다.
말동무 삼아 거리의 소문이나
유행하는 이야기를 하고는 노는 일도 없었다.
아이들이 흔히 하는 장난도
그녀에겐 관심 없는 것. 그보다는
겨울밤의 괴담에 몸이 으스스해지면
마음속에 기쁨이 일었다.

또 유모가 올가를 위하여 넓은 풀밭에
어린 소꿉동무들을
모두 모을 때도
타치아나는 숨바꼭질 따위는 하지 않았다.
떠들썩한 들뜬 놀이도
크게 웃는 것도 그녀는 싫어했다.

28

그녀는 베란다에서
아침 해돋이를 기다리기 좋아했다.
어둠이 걷히는 푸른 하늘에서
별들의 윤무가 사라지면서
희뿌옇게 지평선 너머가 밝아오고
새벽을 알리는 바람이 불고
얌전히 해가 떠오른다.
겨울이면 밤의 장막이 늦도록
지구의 반을 점유하고
동녘 하늘은 평화스러운 고요에 싸여
몽롱한 달빛에 늦게까지
잠들어 있을 그런 때에

타치아나는 정한 시각에 눈을 떠
촛불의 도움으로 잠자리를 벗어난다.

29

소설은 어려서부터 좋아했다.
그녀에게 소설은 모든 것이었다.
리처드슨*이나 루소*의 이야기에
그녀는 열중하였다.
그녀의 아버지는 호인이었지만
아주 일찌감치 지력이 쇠퇴하여
책에서 해독을 입지 않았다.
도대체 책 한번 그는 읽은 일이 없고
쓸데없는 장난감으로 알고 있었으니,
딸의 방 베개 맡에 아침까지
어떤 비밀의 책이 잠자고 있더라도
별로 신경을 쓰지 않았다.
하지만 그 아내는 타치아나처럼
리처드슨에게 열중해 있었다.

30

그 까닭은 그녀가 리처드슨을 다 읽었기 때문도 아니고,
그리고 그녀가 그랜디슨*이나, 로브라스*를
좋아했기 때문도 전혀 아니며
그 옛날 모스크바에 있을 때
사촌 여동생인 공작의 딸 알리나가
사흘에 한 번 그러한 작가 이름을
여러 번 입에 올렸기 때문이다.
그 당시 지금의 남편은 아직 약혼자였고
더욱이 그녀 마음에 꼭 들지 않는 상대였다.
그녀에게는 정으로나 재주로나
훨씬 좋아하는 사나이가
그의 가슴을 태우고 있었다.
이 그랜디슨은 멋쟁이로서
노름의 명수에다 소위보였다.

31

마음에 둔 사나이와 똑같이 그녀도
당시 유행하는 맵시를 내고 있었다.

그러나 이윽고 싫건 좋건

혼례를 치르러 교회로 끌려갔다.

신부의 슬픔을 씻어 주려고

약삭빠른 신랑은 결혼 직후

일찌감치 시골 영지로 돌아갔는데

생판 모르는 남들에게 둘러싸인 아내는

당분간은 체면도 몸도 돌보지 않고 울어댔고

드디어는 시집을 뛰어나갈 판.

그러나 어느덧 살림에 재미를 들여

몸에 익자 안정되었다.

습관은 하늘이 준 선물,

말하자면, 행복과도 바꿀 수 있는 것.

32

아무것으로도 달랠 수 없는 그 슬픔을

습관은 훌륭하게 진정시켰다.

이어 일대 발견이 철저하게

그녀의 마음과 몸을 위로해 주었다.

그녀는 일하고 쉬고 하는 사이에 남편을 부하처럼

부려먹는 비결을 발견했다.

이로써 사태는 원만하게 해결되었다.
그 후로는 마차를 몰아 농장을 돌든지
버섯 김장을 담그든지,
그날그날 가계부를 적든지
이마 털을 깎든지,*
일요일마다 목욕을 가든지
화가 나면 하녀를 때리든지
이 모든 것은 남편과 의논 없이 했다.

33

아니, 순식간에 그녀는
자신의 낡은 행실을 바꾸었다.
여자 친구의 앨범에 자기 피로 글을 쓰거나
플라스코비야를 폴리나라고 부르고*
혀짜래기 흉내를 내거나
매우 답답한 코르셋을 입어 보거나
러시아어의 N을 프랑스어 식으로
콧소리를 내어 멋지게 발음도 하곤 했다.
그러나 머지않아 이런 짓은 모두 끝났다.
코르셋도, 앨범도, 공작의 딸 알리나도

감상적인 시구(詩句)를 적은 수첩도 잊고
한때의 셀리나를 아클리카*라고 부르게 되고
드디어는 솜을 누빈 실내복이랑
두건까지 쓰기 시작했다.

34

그러나 남편은 마음속으로부터 그녀를 사랑하여
그녀의 변덕을 도무지 탓하지 않고
뭐든 태평하게 신용하여
식사도 실내복을 입은 채로 했다.
이리하여 그의 나날은 안온하게 흘러갔다.
때로는 저녁때 사람 좋은
이웃집 식구가 몽땅 습격해 온다.
거리낌 없는 친구끼리
불평을 하든지 욕설을 늘어놓든지
이것저것 농담을 한다.
시간이 지나는 사이 딸 올가가
차를 준비해 온다.
이윽고 저녁식사 또
잘 시간. 손님들은 되돌아간다.

35

그들은 마음 편한 살림 가운데
그리운 옛날 풍습을 간직하고 있었다.
영양이 풍부한 버터 주간*에는
이 지방 독특한 부링*을 구웠다.
일년에 두 번 재(齋)를 지키고
둥근 그네, 접시의 노래*, 윤무(輪舞)를 모두 같이 즐겼다.
선남선녀가 하품하며
기도하러 나가는 삼위일체의 일요일*에는
예의 땅두릅 작은 다발*에
세 방울쯤 감동의 눈물을 흘리기도 했다.
그들에게 쿠아스*는
마치 공기와 같은 필수품.
손님을 대접할 때는
등급의 차례로 접시를 돌렸다.

36

이리하여 부부는 같이 늙어 갔다.
그러나 이윽고 남편 앞에

관(棺)의 뚜껑이 열리고

남편 머리에 새 관(棺)이 씌워졌다.*

점심 전 정해진 시각에 이웃 지주와

아이들과 아내들의 평소보다

진심에서 우러나온 눈물의 전송을 받으며

저 세상 사람이 되었다.

생각하면 소박하고 선량한 지주였다.

그 주검이 잠든 곳에 세워진

묘비에는 이렇게 씌어 있었다.

"드미트리 라린, 마음씨 고운 죄인,

주님의 종, 여단장,

이 돌 아래 고이 잠들다."

37

선조 대대의 영혼들 곁에

돌아온 블라디미르 렌스키는

어느 날 갑자기 이 이웃 사람의 근엄한 무덤을 찾았다.

고인을 추억하고 탄식하면서

잠시 동안 슬픔에 잠기어

"불쌍한 요리크*."라고 중얼거리는 소리도 구슬펐다.

"나는 자주 이 양반의 팔에 안겼었지.
어렸을 때 얼마나 많이 이 양반의
오챠코프* 훈장을 가지고 놀았던가!
이 양반은 올가를 나에게 시집보내겠다면서
걸핏하면 물어보았는데, 그날까지 내가 살는지……."
그래서, 상심으로 가득 찬
블라디미르는 그 자리에서
무덤의 애가(哀歌)를 지었다.

38

여기는 블라디미르가 눈물에 젖어
순박한 부모의 유해에 슬픈 비명(碑銘)을 바친 곳…….
아! 인생의 밭이랑 위에서
잠시 동안 수확하고
세상 사람의 자녀들은
운명의 비밀스런 목적에 따라
나고 자라고 죽는도다.
그 뒤를 다음 세대가 잇고…….
이리하여 우리 정처 없는 인생은
나서 자라고 물결 따라 이리저리 헤매다가

조상의 묘 앞에 모여든다.
우리들의 그때도 곧 오리라, 곧 오리라.
우리들도 이내 자손들의 손으로
이 세상에서 밀려나가노니!

39

그러니 친구여 잠시 만족할 때까지
즐김이 좋으리 보잘것없는 이 삶을!
나는 이 세상에 미련도 없지만
그 무상함의 끝을 잘 알아서,
여러 가지 미혹에도 눈을 감았도다.
그러나 먼 미래에 건 희망이
자칫하면 내 가슴을 뒤흔든다.
조그마한 흔적도 남기지 않고
이 세상을 떠나는 건 너무 슬프다.
명예를 위해 글을 써 놓을 생각은 아예 없지만
그래도 반복했던 나의 일생은 말해 두고 싶도다.
생각하면 그것은 나를 추억하는
실마리가 될 한마디를 진실한 반려(伴侶)처럼
이 세상에 남겨 놓고 가고 싶기에.

40

이 한마디에 감동하는 사람도 있으리라.

내가 짓는 시의 한 구절은 더러는

운명의 손에 호위 받아

레테 강*에 가라앉지 않을지도 모른다.

잘 하면(건방진 소리지만!)

후세에 무지한 사나이가

고명(高名)한 나의 상(像)을 가리켜

이 사람이야말로 진정한 시인이었노라고 할지도 모르지.

그러면 나의 감사를 받음이 좋으리

평화로운 뮤즈의 신을 숭앙하는 자들이여

변천하기 쉬운 내 작품을

오래 잊지 않은 분들이여

호의를 품은 손으로

노옹(老翁)의 월계관을 주는 사람들이여!

제3장

예
브
게
니
오
네
긴

Elle était fille, elle éait amoureuse.

Malfilre[*].

1

"어이구! 어디로? 시인이란 곤란한 친구야."

"미안하지만 오네긴 돌아갈 시간이야."

"물론 너를 말리고 싶지는 않아.

헌데 너는 도대체 어디서 매일 밤을 보내는 거야?"

"그걸 몰라, 라린 씨 댁이지."

"뭐라고? 미쳤나! 그런 데서 매일 밤 시간을 보내고

답답치도 않단 말인가?”

“아니, 천만에!”

“그거 신통하군. 거기서 노는 모습은 여기서도 잘 알지.

우선 말이야(아마 꼭 그럴 거야).

흔히 있는 러시아 가정

손님 대접은 아주 열심히 잼이 듬뿍.

비(雨) 이야기, 삼(麻) 이야기, 마구간 이야기……."

“그래도 난 별로……."

2

“하지만, 넌 진력이 날걸. 그건 못 견뎌.”

“하지만, 나는 자네들의 현대식 상류 사회는 질색이야.

그보다는 단란한 가정 쪽이

취미에 맞아. 거기서 나는……."

“또 그 소리, 그 목가(牧歌)를!

이젠 그만 제발 부탁이야.

그럼 돌아가는 건가? 그건 안됐군.

아 참, 렌스키 이 필리스*에게

네 사상과 시와 눈물과 운(韻)과

그밖의 대상이 된 여자를

인사 좀 시켜 주지는 않으려나? 소개 좀 해주게.”

“농담이겠지?” “아냐, 정말이야.”

“그럼 좋아.” “그럼 언제?”

“지금이라도 당장. 기꺼이 맞아 줄걸, 아마.”

3

“자, 가자.” 둘은 마차로 달렸다.

저 쪽에 가 닿으니 손을 반기는 옛 그대로의 풍습

칙사(勅使) 대접하듯 하는 바람에

때로는 귀찮을 정도.

내온 음식이란 으레 나오는 것,

작은 접시에 잼이 나오고

복숭아 짠 국물이 든 주전자가

초를 칠한 테이블에 놓이고

....

....

....

....

....

....

4

두 친구는 가장 가까운 길을 잡아
전속력으로 귀로에 오른다.
여기서 우리 주인공들이
주고받는 말을 몰래 들어보자.
"그래 어땠어, 오네긴? 넌 하품을 하고 있군."
"내 버릇이지 뭐, 렌스키."
"그렇지만 다른 때보다 더 진력을 내는 거 아냐?"
"뭐 마찬가지지. 그런데 벌써 들판은 어두워졌네.
서두르자 안드류드슈카, 더 빨리, 더 빨리.
참 바보 같은 짓이군.
그리고 보니 라린 부인은 머리는
나쁘지만 꽤 상냥한 할머니야…….
아까 나온 복숭아 국물로
배탈이나 안 나면 좋을 텐데.

5

그런데 말야 타치아나는 어느 쪽이야?"
"보라구, 마치 스베틀라나*처럼

잠자코 우울하게 들어오자마자
창가에 걸터앉은 저 아가씨라네."
"정말 너는 손아래 아가씨에게 반한 건가?"
"왜 자꾸 물어?"
"나 같으면 손위를 골라잡겠어.
만약 내가 너와 같이 시인이라면.
올가 얼굴에는 생기가 없는데 그래.
반 다이크가 그린 성모 마리아 같애.
저 둥근 미인의 얼굴은 마치
싱거워 빠진 공주의 멍청한 달 같애."
렌스키는 귀찮은 듯이 대답하고는
내리 입을 다물었다.

6

그러나 예브게니의 방문은 라린 가족에게
보통이 아닌 감명을 주었고
주변 사람들의 흥미도 끌었다.
추측은 추측을 낳고 모두들 속삭이고
농담을 지껄이고
실례된 말을 건네든지

저 사람은 타치아나의 신랑감이라고
제 마음대로 정해 버리곤 했다.
혼례 준비는 벌써 했지만
유행하는 반지를 아직 살 수가 없어
연기가 되었다고
지껄이는 축도 심지어 있었다.
블라디미르의 운명은 더 이상 논란거리가 아니었다.
그들 사이에서는 벌써 정해진 것이 되었다.

7

타치아나는 이런 세상의 헛소문을
기분 나쁘게 듣고 있었지만 가슴 한구석에선
말할 수 없는 기쁨에 젖어 마냥 그 일만 생각했다.
사념은 가슴에 아로새겨졌다.
때는 왔다. 그녀는
드디어 사랑에 빠졌다.
마치 땅에 떨어진 씨앗이
봄의 입김에 삶의 힘을 얻은 것같이.
타치아나의 상상은 오래 전부터
달콤한 꿈과 동경에 불타

운명적인 마음의 양식에 굶주리고 있었다.
가슴속 괴로움은 오래 전부터
청춘을 불태우고 있었다.
넋은 기다리고 있었다…… 누군가를.

8

기대는 드디어 성취되었다.
눈이 뜨이고 그녀는 말했다,
바로 저 사람이다! 아! 이제는
낮도 밤도 열을 품은 고독한 잠도
모든 것은 그의 모습으로 찼다.
모든 것이 악마 같은 힘으로
가련한 소녀에게 끊임없이 그의 일만을 속삭였다.
자비로운 어머니의 타이름도
하녀들의 보살펴 주는 시선도
이젠 오직 귀찮다고 느낄 뿐.
기쁜 근심에 싸여 손님들의 이야기에
귀를 기울이지도 않고
하는 일 없이 찾아드는 뜻하지 않은 손님이나
오래 앉아 있는 손님들을 은근히 미워했다.

9

이제야말로 얼마나 마음을 기울여
감상적인 소설을 읽고
얼마나 강한 매력을 느끼고
유혹적인 허구에 몸을 내맡겼으리!
공상의 고마운 상상력이
삶을 찾아 준 인물들
줄리 볼마르의 연인*도,
말렉 아델*, 드 리나르*,
사랑의 수난자 베르테르* 그리고
우리들을 꿈나라로 이끄는
희대의 그랜디슨도
어느 작품이나 꿈을 꿈직한 상냥한
소녀의 눈에는 단 하나의 형상으로 비치고
단 한 사람의 예브게니로 녹아 버렸다.

10

좋아하는 작자의 여주인공들
클라리사*, 줄리*, 델핀*

따위가 된 것처럼 타치아나는

숲의 정적을 찾아 거닌다,

홀로 위험한 책을 지니고.

그 책에서 남모르는 자신의 정열

그녀 마음의 욕망으로 차고 넘치는

가슴의 사념을 희구하고 발견한다.

그녀는 한숨을 쉰다.

남의 기쁨, 남의 슬픔을 나의 것으로 삼아

가장 사랑하는 주인공에게

보낸 편지를 모두 외어 속삭인다.

그러나 우리의 주인공은 누구이겠는가?

그랜디슨이 아닌 것만은 확실했다.

11

그 옛날 정열에 불타던 작가는

위엄 있는 문체를 빌어

우리 주인공의 기질이 배정되는 지점에서

완전무결한 귀감(龜鑑)으로 그를 드러내 보였다.

언제나 부당한 박해를 당하고 있는

자신이 사랑하는 인물에게

다정다감하고 우아한*,

뛰어난 재치, 사랑받는 용모를 부여했다.

늘 기쁨에 젖어 있는 주인공은

영원토록 순수한 정열을 가지고

자기 목숨이라도 바치리라는 각오가 되어 있었다.

마지막 권(卷) 끝에서는

악은 언제나 벌을 받고

선은 언제나 관을 썼다.

12

그러나 지금 인심은 모두 안개에 싸이고

도덕은 졸음이 올 뿐.

소설 속에서도 악이 사랑을 받고

언제나 승리의 개가를 올린다.

영국의 뮤즈가 우화로

어린 소녀의 잠을 설치고

사려 깊은 뱀파이어*,

음침한 성격의 방랑자 멜모트*

영원한 유태인*, 코세어*

신비스런 스보가르* 따위가

이제 그녀의 우상이다.
바이런 경은 들뜬 기분을 잘 살려서
구원받지 못할 이기주의자마저
울적한 로맨티시즘의 옷을 입혔다.

13

독자여 이것에 어떤 뜻이 있는가?
신의 생각 여하에 따라
나 같은 사람은 시인을 폐업할는지 모른다.
새로운 악마에게 반하기만 하면
아폴로의 위엄도 두려워 않고
천박한 수준의 산문에
이 몸을 더럽힐지도 모른다.
그때는 상쾌한 나의 만년(晩年)을
옛날 투의 소설이 우롱할지도 모른다.
비밀스런 범죄, 파멸 따위를
소름끼칠 정도로 기분 나쁘게 묘사할 생각은 추호도 없다.
다만 러시아 가정의 전설, 매혹적인 사랑의 꿈,
옛 러시아의 풍습 따위를
여러분에게 이야기할 뿐이리라.

14

아버지나 늙은 삼촌의 소박한 옛이야기
시냇가나 보리수 고목 아래
애들이 약속해 놓은 밀회
보기에도 가엾은 질투의 괴로움,
이별의 쓰라림, 화해의 눈물
그런 일들을 이야기한 후에
또 한 번 싸우고 나서
겨우 최후에 결혼식을 올리게 할 것이다.
일찍이 내가 그 아름답던
정겨운 사람의 무릎 위에서
지껄이던 짜릿짜릿한 정담이나
괴로운 사랑의 설득을
나는 지금 이 순간에 돌이켜 생각하리라.
지금은 그런 말에도 서툴러졌지만.

15

타치아나! 너와 더불어 나도 지금 울고 있다오.
너는 일찌감치 너의 운명을

요즘 세상의 폭군에게 맡겨 버렸지.
그리운 자여 너는 멸망하리.
그러나 그에 앞서 눈이
번쩍 뜨일 희망을 가슴에 안고
너는 음울한 행복을 부른다.
너는 삶의 쾌락을 배운다. 그리고
애욕이라는 마법의 독을 너는 마신다.
헛된 꿈이 너를 쫓아다닌다.
어디를 가도 즐거운 밀회의
숨을 곳을 너는 상상한다.
어디를 가나 네 앞에
숙명적인 유혹의 주인공이 있다.

16

사랑의 괴로움은 타치아나를 뒤쫓는다.
사색한다고 뜰에 나서면
느닷없이 눈동자는 고정되고
앞서 가는 것도 싫어진다.
가슴이 부풀어 오르고,

열정이 불타올라 두 뺨은 어느덧 붉게 물들며,

내쉬는 숨길이 막힌다.
귀에는 소음이 눈에는 현기증이…….
밤이 온다. 달은
저 멀리 하늘을 돌아보듯 한 바퀴 돈다.
침침한 숲 아래 나이팅게일이
낭랑한 운율로 울어대고
타치아나는 잠을 못 이룬 채 불도 안 켜고
유모를 말벗삼아 소곤소곤 이야기한다.

17

"유모! 난 잠이 안 와. 몹시 무더운 것 같아!
창을 열고 여기 앉아 주어요."
"아이고 아가씨도, 왜 그러세요?"
"심심해서. 옛날 일이라도 이야기해 주겠어?"
"아니, 무얼 별안간 이야기하란 말이에요?
옛날에는 나도 못된 귀신이나 딸 이야기는
있는 일 없는 일 퍽 많이 알고 있었지만 지금은
다 잊어먹어서 알던 것도 까마득해요
참 나이란 먹고 싶지 않지만,
유모는 이젠 늙어 빠졌어요……."

"그래도 유모! 들려주어요.
귀신 이야기가 아니더라도
유모가 젊었을 때 일을.
유모는 누구에게 사랑을 쏟았어요?"

18

"어머! 큰일 나겠네! 우리 젊어선
처녀 총각의 사랑 이야기 따윈 들은 적 없어요.
그런 짓이라도 하는 날이라면 저 돌아간 시어머니가
못살게 굴어 죽였을 거요."
"그럼 유모는 어떻게 결혼했어요?"
"그건 뭐 하나님의 뜻이었나 보죠.
우리 집 바냐는 나보다도 손아래였고,
그러니까 나는 열셋. 중매쟁이 노파가
두 주일쯤 친척 집에 드나들더니
드디어 아버님이 승낙을 하셨어요.
나는 어찌나 무서운지 울기만 하고
동무 계집애들도 눈물을 흘리면서
긴머리를 풀어 틀어 올리곤,
그리곤 노랫소리를 들으며 교회에 갔어요.

19

이렇게 해서 영 알지도 못하던 남의 집 사람이 되고……
어머나, 아가씬 듣지도 않으시면서…….”
“아이고 참, 그랬나봐 유모. 나는 어쩐지
기분이 안 좋아서요. 왜 그럴까 구역질이 나서.
금방 엉엉 울고만 싶어져…….”
“아가씨 어디 편찮으세요? 주여, 불쌍히 여기소서, 힘을 주소서!
자! 자! 무어든지 도와 드리죠.
성수라도 뿌려 드릴까요.
어머! 이마가 불덩이 같으니…….”
“병이 아니래도. 나는 말이에요, 유모
유모만이 알아 두어요, 사랑하고 있는 걸.”
“어머나! 아가씨가 그런 일을!”
유모는 기도를 올리면서 말라빠진 손으로
타치아나에게 십자를 그어 주었다.

20

“난 사랑을 하고 있는걸.” 하고 그녀는 다시
노파를 향해 슬픈 듯이 소리를 낮추어 말했다.

"가엾어라, 정말 편찮으신가 봐."
"내버려 두어요. 나는 사랑을 하고 있어요."
이러는 동안에도 달은 빛나고
타치아나의 창백한 아름다움,
눈물방울, 흐트러진 머리칼을
붉어진 뺨과 함께 달빛이 비추고,
긴 바람막이 코트를 입고
백발을 숄로 휩싸고
어린 여주인공 앞 의자에 앉은 노파를 비추고 있었다.
이 세상 모든 만물은 무엇을 생각하게 하는
달그림자의 고요 속에 잠이 들었다.

21

달을 쳐다보면서 타치아나는
먼 하늘로 사념의 날개를 펼쳤다.
언뜻 무슨 생각이 났다.
"그럼 가도 좋아요. 날 혼자 있게 해 줘요.
펜과 종이를 주어요. 그리고 책상을 여기 가까이 놓고.
난 곧 잘 테니까요. 그럼 안녕."
겨우 그녀는 혼자 즐기게 되었다.

주위는 고요하다. 달빛이 빛난다.
책상 위에 턱을 괴자, 영혼이 들끓고,
예브게니의 모습이 줄곧 머리에 떠올라, 타치아나는 편지를 썼다.
갑작스런 편지 속에
순수한 처녀의 사랑이 고동치고 있었다.
편지를 다 쓰고 곱게 접었다…….
타치아나! 대체 누구에게 보낼 셈인가?

22

어마어마하게 권위 있고
그 청정함, 냉정함은 추운 겨울 날씨 같고
정절은 견고하여 말을 붙어 볼 수도 없는
신비로운 미녀들을 나는 일찍이 알고 있었다.
그녀들의 현대식 멋이나 오만함,
타고난 정숙함에 기가 질려서
사실 나는 언제나 숨어 다녔다.
"영원히 희망을 버려라."*
지옥문의 이 경구를 어쩐지 나는 그녀들의 이마 위에서
소름이 오싹 끼치며 읽은 듯하다.
남자들의 마음을 들뜨게라도 하면 큰일

남자들의 마음을 위협하는 것이 그녀들의 기쁨이다.
혹시 네바 강변에서 이런 여성을
여러분도 만났을지도 모른다는 생각이 든다.

23

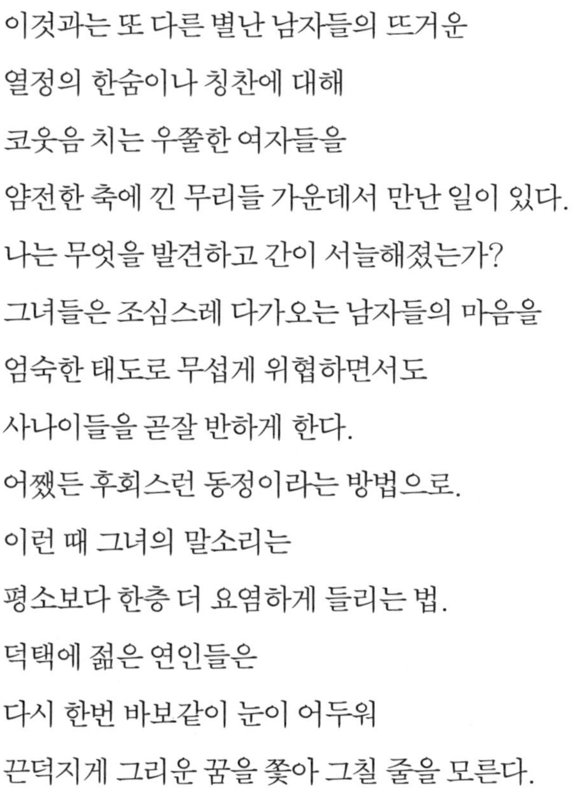

이것과는 또 다른 별난 남자들의 뜨거운
열정의 한숨이나 칭찬에 대해
코웃음 치는 우쭐한 여자들을
얌전한 축에 낀 무리들 가운데서 만난 일이 있다.
나는 무엇을 발견하고 간이 서늘해졌는가?
그녀들은 조심스레 다가오는 남자들의 마음을
엄숙한 태도로 무섭게 위협하면서도
사나이들을 곧잘 반하게 한다.
어쨌든 후회스런 동정이라는 방법으로.
이런 때 그녀의 말소리는
평소보다 한층 더 요염하게 들리는 법.
덕택에 젊은 연인들은
다시 한번 바보같이 눈이 어두워
끈덕지게 그리운 꿈을 쫓아 그칠 줄을 모른다.

24

어째서 타치아나가 이보다 더

죄를 지었다고 말할 수 있는가?

무척 단순한 인생의 달콤함,

거짓을 도무지 모르고

스스로 택한 공상을 믿었기 때문인가?

감정의 법칙이 이끄는 대로

기교도 없이 감춤 없이 사랑했기 때문인가?

너무 남을 잘 믿는데다가, 그리고 끝없는

그러한 상상력과 그러한 이성과

얽매이지 않는 사고와, 그리고 생생한 의지와,

열렬하고 또 우아한 영혼을

하늘로부터 부여받았기 때문인가?

정열의 경솔함을 그녀에게만은

용서치 않겠다고 당신은 말하시려는가?

25

요염한 계집은 냉정하게 주판을 놓는다.

그러나 타치아나는 한결같이 사랑하여

마치 귀엽고 애처로운 어린이같이

무조건 사랑에 뛰어든다.

"지금은 안 돼요." 따위 말은 하지 않는다.

실은 이 방법으로 사랑의 값어치를 한층 올리고

한층 확실히 올가미에 옭아 넣는 것이지만.

허영심을 따끔따끔 자극해 놓고,

다음은 의혹으로 고생시키고

그 다음은 질투의 불길로 번쩍이게 만든다.

그렇게라도 하지 않으면

능청스런 사랑의 포로는

쾌락에 금방 싫증이 나서 기회만 있으면

사랑의 쇠사슬을 벗으려고 노린다.

26

꺼림칙한 귀찮은 일이 또 하나,

조국의 명예를 구하기 위해

타치아나가 쓴 편지를 러시아어로 번역할 의무가 있는 것은

나로서는 당연한 일,

타치아나는 러시아어를 잘 모르며

잡지도 읽지 않았기 때문에

생각한 것을 자기 나라 말로 표현하는 데도 애를 먹었다.
그러므로 글을 쓸 때는
프랑스어로 썼다…… 고백조차도!
도리가 없는 노릇! 또 한 번 말하거니와
오늘날까지 부인의 사랑은
러시아어로 고백된 예가 없고
오늘날까지 자랑스런 우리 러시아어는
편지에서 쓰이는 산문에 애용되지 못한다.

27

부인들은 러시아어로 읽어야만 한다고
감히 말한다. 그러나
《선의의 사람》*을 손에 쥔 부인을
과연 상상이나 하겠는가!
시인 여러분 부디 대답해 보아요.
자기 죄의 갚음으로
여러분이 몰래 쓴 시를
아니 그뿐인가 진심까지도 바친
상대인 그리운 여인들
그 모두가 한결같이

러시아어 실력이 모자라는 만큼

그 어설픈 말이 이상하게도 매력 있지 않은가?

그녀들의 입에 오르면

이국의 말도 모국어가 되지 않는가?

예브게니 오네긴

28

원컨대 무도회에서 돌아갈 때에 현관에서

노란 숄의 신학생이나

보닛을 쓴 학술회원은 만나지 마오!

미소 짓지 않는 붉은 입술과 같이

문법의 오류 없는 러시아어는

나는 어쩐지 질색이라오.

어쩌면 젊은 세대의 미녀들은

나에게는 곤란하지만

잡지의 애원을 유의하시어

우리에게 문법을 가르쳐 주든지

시를 유행시키든지 할지도 몰라.

그러나 나는……

그런 것은 모르네.

나는 나대로 구식으로 가겠다.

29

허점투성이 잘못된 표현이나
정확하지 않은 발음, 잘못 표현된 생각은
마음에 이는 두근거림을
예나 지금이나 나의 가슴에 불러일으킨다.
나는 그것을 뉘우칠 기력이 없다.
프랑스어는 나에게는 청춘 시절의 과실과도 같이 탐스럽고
보그다노비치*의 시와 같이
언제까지나 그립게 생각되리라.
하지만 좋다! 사랑하는 미인의
그 편지에 이젠 손을 대도 좋을 때다.
이 구실 한번 약속은 했지만 어떨지.
지금으로선 잘되면 그대로 있을 작정이지만.
어떻든 파르니*의 우아한 문체는
당장은 유행하지 않을 테니까.

30

수심에 싸인 《향연》의 비애의 시인*이여
네가 아직 나와 같이 있었더라면, 친구여,

그날 밤 급하게 발견한
외국어로 씌인 정열적인 처녀의 편지를
마력 있는 너의 가락에
옮겨 줬으면 하는 실례된 부탁으로
너를 귀찮게 했을지도 모른다.
너는 지금 어디 있는가, 와 주오.
나의 권리를 너에게 공손히 넘겨 줄 테니…….
그러나 그는 지금 핀란드의 하늘 아래
황량한 바위틈에 홀로
이젠 칭찬을 받는 일 없이 방황하고 있다.
이러한 나의 괴로움 따위
그의 가슴에는 가 닿지도 않으리라.

예브게니 오네긴

31

타치아나의 편지는 나의 눈앞에 있다.
그것을 나는 경건하게 보존하고 있다.
은밀한 괴로움과 더불어
읽고 읽어도 다하지 않는 흥을 느낀다.
이 상냥함은, 그 사랑스러운 얼뜬 말투는
누가 그녀에게 가르쳐 준 것일까?

이 광기에 찬, 물불을 가리지 않는
가슴을 때리는, 애원하는 듯한 이 허튼 소리를,
몸에 해로운 분별없는 마음의 소리를 누구에게서 배웠던가?
나는 모르겠다. 그러나 어떻든
서투른 나의 번역을 보여 주리라. 비유해 말하면
필세(筆勢)도 훌륭한 명화의 서투른 모사나
아니면 여학생이 손가락으로 조심조심 켜는
〈마탄의 사수〉* 같은 것이지만.

오네긴에게 보낸 타치아나의 편지

제가 당신에게 편지를 씁니다 — 고백은
이것으로 충분하리라 생각합니다.
그 위에 더 무엇을 말씀드릴 것이 있겠어요?
그러나 이렇게 되면 당연히 그 벌로써 저를 경멸하시겠지요.
그것은 당신 뜻에 달린 걸로 저는 알고 있어요.
그렇지만 당신은 저의 불행한 운명에 아주 조금이라도
가엾다는 생각을 가지시고 저를 버리지 않으시겠죠.
처음 저는 잠자코 있으려고 생각했었죠.
아무쪼록 믿어 주세요. 이 마을에서는 아주 드물게, 적어도
한 주일에 한 번이라도 뵙고 말씀을 듣고
저로서도 한 말씀 드리고

그리고 나선 다음 뵈올 때까지

한 가지 일만을 자나 깨나 생각하고 지낼 수 있는 목표가

만약 저에게 있게 된다면

당신은 저의 부끄러움을 영원히 모르셨을 거예요.

그렇지만 당신은 사람을 싫어하신다고 하더군요.

이 깊은 시골에서는 모든 것이 멋쩍다고 생각하시겠지요.

저희로 말씀드리면…… 당신이 오실 것을

정직하게 기뻐하고 있는 것 외에는 취할 바가 없지요.

왜 당신은 이곳에 오신 겁니까?

애초에 이곳에 오시질 않았더라면

남들이 다 잊은 쓸쓸한 마을에서

저는 일생 당신을 모르고

이렇게 괴로운 고통도 모르고 지냈을 것 아니겠어요?

천진난만한 이 마음의 동요도

시간이 흐르는 동안에 가라앉아

(미래의 일은 모르겠습니다만) 마음에 드는 상대를 찾아내어

정숙한 아내가 되고 덕 있는 어머니가 되었을 거예요.

다른 분! 아니, 이 세상에서 당신 이외에

제 마음을 바칠 남자 분은 없어요!

그것은 벌써 하나님의 섭리로서 정해진 일…….

하나님의 뜻이에요. 저는 당신의 것이에요.

지금까지 저의 일생은 우리 둘이 만나기 위한 저당이었죠.

당신이야말로 하나님이 저에게 보내 주신 분

일생 저를 지켜 주실 분이세요. 절대로 그렇습니다…….

당신은 저의 꿈에도 나타나셨더군요.

만나 뵙기 전부터 저는 당신을 그렸고

기이하게 번쩍이는 당신의 눈동자에 반해,

당신 목소리를 들었어요.

그것도 훨씬 이전부터…… 아니, 그것은 꿈이 아니었어요.

당신이 들어오시자 저는 그것을 곧 알아차렸고

그러자마자 제 몸은 마비가 되어 얼굴이 빨개졌어요.

마음속으로 저는 말했지요, '아, 저분이다!'라고요.

그렇죠, 당신이었죠?

제가 말소리를 들은 것은 당신이었죠?

제가 가난한 사람들에게 시사를 하든지

물결치는 가슴의 정을 기도로써

조용한 데서 가라앉히려 할 때

당신이 아니시었던가요?

그 순간에 투명한 어둠 속에서 불쑥 뛰어나와 소리도 없이

베개 곁으로 다가오신 저 그리운 환영은?

그럼 당신이 아니셨는지 기쁨과 사랑을 다하여

희망에 찬 말씀을 속삭여 주신 것은?

당신은 누구실까요? 저의 수호천사?

그렇지 않으면 위험한 유혹자?

이 의문을 풀어 주세요.

어쩌면 이것은 모두 분별이 없는 짓

세상 어두운 마음에 흔한 미혹인지도 모르겠어요.

아주 당치도 않은 운명이 저를 기다리고 있는지도…….

그래도 좋아요! 제 운명은

어떻든 오늘부터 당신께 맡기렵니다.

당신 앞에서 눈물을 흘리고 저를 지켜 주십사 하고

부탁 올릴 따름이에요…… 헤아려 주세요.

저는 여기서 혼자 살고 있어요.

어느 누구도 저의 일을 알아주지 않아요.

사물의 판단도 자신이 없어지고 있어요.

잠자코 저는 멸망해 가야만 해요.

당신을 기다리고 있겠어요.

둘 중의 하나, 다만 한번 절 보아

희망을 되살려 주시든지

아니면 엄한 도리로 꾸짖어

이 괴로운 꿈을 끝내게 해주세요.

이로써 끝맺겠어요! 다시 읽는 일이 두려워져서…….

부끄럽고 무서워 살아 있는 것 같지가 않아요.

그렇지만 당신의 고상한 마음씨를 보증삼아

굳이 그것에 매달리겠어요…….

32

타치아나는 어쩔 바를 몰라 한숨뿐
편지 쥔 손은 떨리기만 하고
장밋빛 봉함용 풀이 마르자
달아오른 혓바닥은 바싹바싹 탄다.
귀여운 목덜미가 어깨로 기울더니
엷은 속옷이 아름다운 어깨에서 스르르 흘러내렸다…….
언뜻 보니 달빛은 흐려지고
새벽안개 속에서 점차 뚜렷이
곧 계곡이 드러나기 시작한다.
바로 거기에서 아주 느리게 흘러가는
강줄기가 은빛으로 빛난다.
농부들을 깨우는 목동의 피리 소리도 들린다.
벌써 아침이다. 모두들 벌써부터 일어나 있다.
타치아나에게 이 모두가 공허해 보인다.

그러나 타치아나에게는 관심 없는 일이다.
고개를 숙이고
앉은 그대로 있으면서
편지에 봉인을 찍을 생각도 않는다.
어느덧 문이 조용히 열리고
백발의 필리피에브나가
차를 쟁반에 얹어 들어온다.
"시간이 됐어요 아가씨, 일어나세요.
어머나 벌써 준비를 다 하시고!
퍽 일찍 일어나신 게로군요!
엊저녁은 어찌나 걱정이 됐던지!
오늘 아침은 이렇게 기운을 차리시고!
어제의 수심이 가득하던 얼굴 어디로 가고
개자꽃처럼 이쁘십니다."

"유모! 청 하나 꼭 들어 주겠어요?"
"말씀해 보세요, 아가씨. 뭔지."

"아무것도 아닌 일…… 정말이래도……

이상스럽게 생각하지 말고요, 싫다고도 말고요…… 꼭!"

"그건 하나님께 맹세해요, 아가씨."

"그럼 말이에요, 이 편지 유모 손자에게 넌지시 주어서

저 O씨에게 빨리…… 그리고

그 애에게 꼭 일러 주어요.

남에겐 절대로 입 밖에 안 내도록

내 이름도 소문내지 않도록……."

"어느 분이란 말씀이에요, 아씨?

요새는 이 유모 할머니가 얼얼해졌어요.

이웃 양반도 하도 여러분이라

일일이 다 기억할 수 있어야지요."

35

"아이 참, 유모는 눈치도 없어!"

"나이가 나인걸요, 아가씨!

나이를 먹으니 유모도 머리가 흐려졌어요.

하지만 젊어선 재치나 있었다고요

주인께서 무어라고 한 마디만 하시면……."

"아이 글쎄, 그게 문제가 아니라…….

그런 수다부릴 때가 아니래도요.

유모 머리 문제가 아니래도요.

지금 급한 건 편지 이야기라니까,

알지요, 왜, 저 오네긴 도련님……."

"아! 참 그랬군요. 그랬군요. 화내지 마세요, 아가씨!

어머나 웬일이세요 아가씨, 또 새파래지시고."

"아니야! 아무것도 아니래도. 정말이야 유모.

어서 손자를 심부름 보내요."

36

하루가 지났다. 답장은 없었다.

이틀째가 되었다. 오네긴은 찾아오지 않았다.

환상처럼 파랗게 질린 타치아나는

아침부터 옷을 갈아입고 답장을 기다린다.

올가를 우러러보는 블라디미르가 찾아왔다.

"그런데 친구분은 어디 계시죠?"

여자 주인이 그렇게 물었다.

"우리들을 이제 다시는 안 만나실 작정인 것 같은데……."

타치아나는 얼굴을 붉히며 떨기 시작했다.

"오늘 와 뵌다고 하던데요."

블라디미르는 노파에게 그렇게 대답했다.
"편지라도 와서 그래서 늦는 게죠."
타치아나는 눈을 감았다.
심술궂은 잔소리라도 들은 듯이.

37

땅거미가 졌다. 식탁 위에는
저녁의 사모바르가 찬연한 빛을 내며
주전자 뚜껑을 덜그렁거리며 끓고 있었다.
도자기 주전자 아래 흘러나온
흰 김이 동그라미를 그린다.
벌써 올가의 손으로 찻잔 속에
검은 액체, 향기가 짙은 차가
어스름한 증기를 내며, 따라지고
어린 하인이 크림을 덜어 주며 한 바퀴 돌았다.
타치아나는 식탁에 오지 않고 창가에 앉아
찬 유리에 입김을 호호 불어대고
무엇을 생각하는가 가엾어라
이쁜 손가락 끝으로
흐려진 유리 위에

소중한 첫글자 E와 O를 쓰는 것이었다.

38

그러는 동안에도 가슴은 아팠다.

쓸쓸한 눈동자엔 눈물이 넘치고 있었다.

뜻밖에 말굽 소리! ……긴장이 된다.

가까웠어! 말의 숨소리! 벌써 뜰에!

예브게니다! "아!" 하고 소리를 지르면서

타치아나는 뒷문으로 뛰어나갔다.

계단을 내려 문 밖으로 나가 뜰로 달리고 달린다.

뒤를 돌아볼 기운도 없다.

화단, 조그만 다리, 잔디밭, 그녀는 멈추지 않았다.

호수로 빠지는 가로수길, 조그만 숲,

순식간에 뛰어 빠져나가

라일락 숲을 짓밟으면서 꽃밭 사이를 요리조리 헤치고

시냇가에 가 닿자 그만

숨 막힌 듯 벤치 위에 털썩 쓰러졌다…….

"집에 오셨네, 예브게니님!

도대체 어쩌면 좋아! 어떻게 생각하셨을까?"

쓰라린 그녀의 마음은

어렴풋한 희망의 꿈을 품고 있었다.

불길 같은 숨을 내쉬고

몸을 부들부들 떨면서

곧 오시겠지 하고 기다리고

있었다. 그런데 기색도 없다.

야채밭 둑 위에서는 하녀들이 딸기를 따면서

주인이 이른 대로 가락에 맞추어 노래 부르고 있다.

(이 명령은 하녀들이

주인댁 딸기를 몰래 먹지 못하도록

노래를 부르게 한

시골 사람의 기지가 낳은 묘안이었다!)

처녀들의 노래

하녀들아 예쁜 하녀들아!

사랑스런 동료들이여, 사이좋은 친구들이여,

예쁜 하녀여, 말괄량이처럼 뛰어 놀아라

술 마시고 마구 떠들어 대렴

모두들 가락 맞춰 노래 부르자

들어선 안 될 노래도 좋아

젊은 총각을 모셔 오리까

이 춤 저 춤의 한가운데에

젊은 총각을 불러 세우면

그 사나이는 두 눈을 네 눈으로 뜨고

먼 곳의 주인이 오면 꼭 헤어지자꾸나

집어 던지자 푸른 버찌 붉은 버찌

붉고붉은 구즈베리의 씨도

가까이 오면 안 돼 들어선 안 돼 엿들어서는

가까이 오지 마, 몰래 오지 마,

하녀들 추는 춤 엿보러 오지 마.

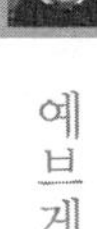

40

하녀들은 노래하고 있다.

짐짓 들으려 안해도 귀 기울이게 되고

타치아나는 가슴의 두근거림도

볼의 열기도 식기를

기다리고 또 기다렸다.

그러나 가슴은 여전히 두근거리고
볼의 열기는 식기는커녕
붉은빛은 점점 더해 갈 뿐…….
마치 그것은 장난꾸러기에 잡힌
가엾은 호랑나비가 날개를
퍼득이면서 몸부림치는 듯
산토끼가 저편 풀숲에
몸을 숨긴 포수의 눈에 띄어
벌거벗은 밭고랑에서 떨고 있는 듯.

41

드디어 타치아나는 한숨을 몰아쉬고
벤치에서 몸을 일으켰다.
이제 걷기 시작했다. 그런데
가로수 길을 돌아선 순간
눈앞에 예브게니가 눈을 번뜩이면서
기분 나쁜 도망자처럼 서 있었다.
타치아나는 불에 덴 것과 같이
그 자리에 우뚝 서 버렸다.
그러나 오늘은 뜻하지 않은

이 해후(邂逅)의 자초지종을
여러분께 이야기할 기력은 없다.
긴 이야기의 뒤끝이라
좀 거닐다간 쉬려고 하오.
이 해후의 결말은 차차 이야기할 작정이오.

예브게니 오네긴

제4장

La morale est dans la nature des choses.

Necker[*]

(1 2 3 4 5 6) 7

남자란 여자를 사랑하지 않게 되면 될수록

더욱 손쉽게 여자에게 환영을 받고

유혹의 함정에 빠진

여자의 파멸을 점점 확실히 한다.

그 옛날 냉혹한 난봉꾼들이

어디 여봐란 듯 공명담을 늘어놓고

사랑의 기술로 연구되며,
사랑 없는 쾌락에 빠지면서
그 방면의 이름을 독차지했던 때가 있었다.
하지만 이러한 뱃심 좋은 사나이들의 위안은 옛날 선조대,
노익장의 호색옹(好色翁)에겐 잘 어울렸다.
로브라스*의 명성은 붉은 뒤꿈치와
과장된 가발의 명예와 같이
지금은 허물어지고 이름도 사라졌다.

8

잘난 체하든지 한 가지
일을 다른 말로써 거듭하든지
옛날부터 모두 믿던 것을
거만하게 다시 알려 주려고 애쓰든지
몇 번이나 거듭 같은 이론을 들려주든지
열세 살 소녀조차 일찍이 갖지 않은
편견을 물리쳐 보려는 따위는
누구에게나 싫증나는 일!
협박, 애원, 맹세, 거짓 두려움,
편지지 여섯 장 분량이나 쓰는 연애편지

속임수, 뒷공론, 가락지, 눈물
작은어머니나 어머니의 감시의 눈
남편끼리의 탐탁지 않은 우정 따위를
어느 누가 지긋지긋하게 여기지 않겠는가!

9

예브게니의 생각도 바로 그것이었다.
청춘의 시작부터 그는
미칠 듯한 환락과 정열의 희생이 된 몸
덧없는 세상의 습관에 젖어
어느 때는 한 가지 일에 미혹되고 또
어느 때는 다른 것에 환멸하는 동안
이윽고 차츰 욕망에도 게을러지고
그런가 하면 기약 없는 성공에도 게을러지고
혼탁 속에서도 정적 속에서도
영혼의 영원한 수소(愁訴)에 귀 기울이면서
하품을 웃음으로 얼버무리고 있었다.
이리하여 그는 인생의 덧없는 꽃을
아낌없이 흩어 버리며
8년의 긴 세월을 보냈다.

10

미인을 보아도 그냥 뒤를 쫓을 뿐
사랑하는 느낌이라고는 전혀 없었다.
거절을 당해도 아무렇지 않을 뿐만 아니라
배반을 당해도 당연하다 기뻐도 했다.
사랑의 도취가 어떠한지도 전혀 모르고
여자가 사랑을 구해도 미련 없이 거절하고
그녀들의 사랑도 미움도
그는 별로 느끼질 않았다.
이를테면 스스럼없는 손님이 트럼프를 하러
밤에 찾아와 자리를 잡고
승부가 끝나면 깨끗이 일어나
내 집 침대에서 마음 편히 잠자고
이튿날 아침도 그날 밤에 갈 곳조차 모르고 있는
그런 모습과 같은 처지였다오.

11

그렇다고 하지만 타치아나의 글을 받아 보고
예브게니는 불현듯 가슴이 뜨끔했다.

숫처녀의 꿈을 그린 고백이

여러 생각을 불러일으켰다.

귀여운 그녀의 새파랗게 질린 안색

울적한 모습이 눈앞에 선했다.

달콤하고 악의 없는 꿈에

그의 넋은 젖어들었다.

아마 옛 정감의 불길이

한 순간에 그를 사로잡은 것 같다.

그러나 그는 그녀의 순진한

마음을 속일 생각은 전혀 없었다.

그렇다면 가야지,

타치아나가 그와 마주친 저 들로.

12

둘은 잠자코 있었다.

이윽고 예브게니가 한 걸음 다가가서 이렇게 말했다.

"편지는 받았습니다.

부정 따위는 하지 말아 주세요.

의심할 줄 모르는 당신의 넋의 고백을

청순한 사랑의 말을 저는

충분히 알았습니다. 그리고 당신의

그 애틋한 진심을 참으로 기꺼이 생각합니다.

덕분에 식어 버렸던 정감이 다시 불타올랐습니다.

그렇다고 당신을 칭찬할 생각은 없습니다.

당신이 하시듯 내 느낌을 느낀 그대로

고백해서 당신의 진심에 대답해 드리려 할 뿐.

나의 참회를 들어주세요.

옳고 그른 판단은 마음대로 하세요.

13

만약 내 생활을

가정이란 테두리 안에 국한하려 한다면

만약 유쾌한 운명이

남편이 되고 아버지가 되라 명령한다면

만약 단 한 순간이라도

가정의 정겨움에 마음이 쏠린다면,

그때는 물론 당신을 제쳐놓고

다른 여성을 구하지는 않겠지요.

꾸며낸 이야기도 아니고, 그릇된 고집도 아닙니다.

그때는 오래 전의 이상을 되찾은 기분으로

이 세상 모든 아름다움의 보증으로
슬픈 나날을 벗으로 삼아
당신 한 사람을 꼭 택할 겁니다.
그리고 나는…… 나대로 행복해지겠지요.

14

그러나 나는 행복에는 마땅치가 않습니다.
그런 것은 내 마음에 없습니다.
당신의 완벽한 아름다움도 나에게는 소용없는 일.
나는 그것을 받아들일 값어치가 없는 사람입니다.
믿어 주세요(내 양심이 그 보증입니다).
결혼은 어느 쪽에나 호된 고통이 될 것입니다.
내가 아무리 당신을 사랑하고 있어도
그 사랑은 익숙해지자마자 식어 버릴 것입니다.
그러면 당신은 울게 되고요. 더욱이나
당신이 흘리는 눈물은 내 마음을 움직이기는커녕
도리어 안절부절못하게 할 뿐.
그러니 진지하게 생각해 보세요.
휘멘*이 우리에게 어떤 장미꽃을 안겨다 줄까?
거기다가 그것은 시간이 오래 걸려요.

15

불행한 아내가 자나 깨나 홀로 쓸쓸하게 난봉꾼 남편을 기다리며

한탄만 하는 가정보다 더한 불행이 이 세상 어디에 있겠습니까?

남편은 남편대로 시무룩하고

아내의 고마움을 알면서도

(자신의 불운을 저주하고)

언제나 미간을 찌푸리고 잠잠한 채

신경을 곤두세워 쌀쌀한 질투에 차 있습니다!

나도 그런 사나이입니다.

당신이 그와 같은 솔직함과

그와 같은 총명과 지혜로 가득 찬 편지를 쓰실 때에

청순한 정열적인 마음이 부르고 있던 것은

과연 나 같은 이런 사나이였을까요?

인정사정없는 운명은

그런 잔인한 제비를 당신이 뽑게 했을까요?

16

공상도 세월도 두 번 다시 되돌아오지는 않습니다.

먼저대로 나의 영혼을 소생시킬 수는 없습니다.

나는 당신을 오빠 같은 기분으로 사랑하고 있습니다.

혹 그것은 상냥한 사랑일지도 모릅니다.

화를 내지 말고 들어 주세요. 젊은 처녀들은

그 경쾌한 공상을 이리저리 바꿉니다.

어린 나무가 봄이 올 때마다

잎을 바꾸는 것과 마찬가지로……

아마도 이것은 신의 섭리인 듯합니다.

다시 당신은 누군가를 사랑하겠지만!

자기 자신을 억제하는 법을

배워야죠. 모든 사람들이 나처럼

당신을 이해할 수 있다고는 말할 수 없습니다.

서투름은 재앙을 가져오는 법입니다."

17

예브게니는 이런 말로 타일러 주었다.

타치아나는 눈물이 앞을 가려

아무것도 보이지를 않고

겨우 정신을 차려 한숨을 쉬면서

마냥 듣고만 있었다.

갑자기 그는 팔을 내밀었다.

타치아나는 고개를 숙인 채 슬프게

(세상에서 흔히 말하듯 기계적으로)

그의 팔에 느긋하게 기대었다.

둘은 야채밭 옆길을 걸어 집으로 돌아갔다.

둘이 나란히 돌아왔는데도

누구 하나 타박하지 않았다.

자유로운 시골 생활에는

거만한 모스크바와 같이 행복할 권리가 주어졌다.

18

독자 여러분도 이의는 없으리라.

오네긴은 비탄에 싸인 타치아나를

매우 친절하고 훌륭하게 대했다.

그가 더없이 고결한 그 심정을

발휘한 것이 처음은 아니었지만

사람들의 적의와 혐의는 계속되어

전혀 나아지지 않았다.

적도, 친구들도(어느 편이고 마찬가지지만)

그의 일이라면 못되게

이러쿵저러쿵 입방아를 찧었다.

이 세상에 적이란 누구에게나 있는 법이지만
친구만은 제발 이러지 말아 주었으면!
아! 친구 생각만 해도 소름이 끼쳐
그것은 그럴 만한 까닭이 있는 것이다.

19

도대체, 무엇인가, 아무것도 아니다.
어둡고 터무니없는 망상을 억누르기로 하자.
다만 하나 괄호 안에 넣어서 이야기한다면
어느 거짓말쟁이가 다락방*에서 낳아
상류 사회의 어중이떠중이에게
인기를 끌던 비열한 비방이나
몹시 바보스러운 잡담이나 용렬한 비꼼을
여러분의 소위 친구*는
악의나 적의는 없으면서도
신사 숙녀가 모인 자리에서 비웃음을 띠고
엉터리인 줄 알면서
하나도 빼지 않고 수백 번이나 거듭하였다.
그러면서도 그는 믿을 만한 여러분 편이어서
여러분을 친애하고 있다고 합디다 ― 마치 친척과도 같이!

20

응, 그렇다구요! 그런데 독자 여러분!

일가친척들은 모두 다 건강하신가요?

실례지만 어쩌면 당신은

그 '친척'이란 표현을 내가

어떻게 해석하는지 듣고 싶을는지도 모르겠소.

친척이란 요컨대 우리들이

아껴 주어야 할 사람

진심으로 경애해야 할 분들

세상 풍습에 쫓아서 크리스마스에는

집으로 찾아가 인사를 하든지 그렇지 않으면

우편으로 신년 인사를 해야 할 분들

그런 다음 나머지 일 년 간 우리들의 일은

까마득하게 잊어 주는 사람들…… 그러니

나도 그들이 만수무강하길 바라며 빌기로 하지!

21

그 대신 상냥한 미녀들의 사랑

그것이라면 우정이나 혈연보다는 탐탁하리다.

불어 닥치는 삶의 폭풍우 한가운데에 몸을 내맡길지라도
여러분은 당연히 그 사랑을 요구할 수 있다.
그 일 자체는 그르지 않다.
그러나 유행의 회오리바람
자연의 변덕, 거기다 상류 사회의 도도한 풍조라는 것이 있다.
더욱이 여성이란 그 본질이 솜털처럼 가벼운 것
그 위에 남편의 의견도
정숙한 아내로서는 늘 존중해야 한다.
이런저런 이유로 성실한
여러분의 여자 친구도
하루아침에 연기처럼 사라지는 것도 이 세상
연애는 악마의 장난이다.

22

그러면 누구를 사랑해야 하는가?
누구를 신용하면 되는가?
오직 한 사람 우리들을 등지지 않을 사람은 누구일까?
그게 누구일까? 모든 행위, 모든 말을 친절하게
우리들의 척도에서 재어 줄 사람은?
우리들의 욕을 퍼뜨리지 않을 사람은?

우리들의 결점을 싫어하지 않을 사람은 누구일까?
누구일까, 우리를 한 번도 진력이 안 나게 해줄 사람은?
환영의 뒤를 헛되이 쫓는 이들이여
정력을 헛되이 낭비하지 말고
자기 자신을 사랑함이 좋으리라.
존경하는 독자 여러분!
이것이야말로 가치 있는 대상이다.
이 이상 귀중한 것은 없을 것이다.

예브게니 오네긴

23

두 남녀의 만남의 결과는 어떠했을까?
아 짐작하기 어렵지 않지!
미칠 듯한 사랑의 괴로움은 젊디젊은
슬픔과 고뇌에 애타는 마음을
잠시도 쉬지 않고 물결치게 했다.
아니 그뿐이랴, 타치아나는
가엾게도 전보다 더
충족되지 않는 정열에 가슴을 태웠다.
잠은 그녀의 침대를 떠났다.
건강도, 생명의 꽃과 그 반짝임도,

미소도, 처녀의 평안도
모든 것이 공허한 소름처럼 사라지고
사랑스런 타치아나의 청춘은 시들어 간다.
새벽에 불어 닥치는 폭풍우와도 같은 얄궂은 하루.

24

슬프도다, 타치아나는 시들어 가고,
창백하게 야위어 갔다. 말도 없이!
무엇 하나 흥미를 끄는 것도,
마음을 움직이는 일도 없다.
이웃사람들은 뭐나 아는 듯 머리를 끄덕이며
소곤소곤 주고받는다.
"그 애도 이제 시집을 가야 할 나이야……."
그러나 이제 염려 없을 거요.
나는 재빨리 행복한 사랑의 장면에서
독자 여러분의 상상을 들뜨게 할 필요가 있어.
친애하는 독자여, 뜻하지 않게
내 가슴은 가엾어 못 견디겠소.
아무쪼록 용서하십시오. 나는 그만큼이나
나의 타치아나를 사랑하고 있소.

25

젊은 올가의 아름다움에 시시각각

이젠 못 견디게 반해서

렌스키는 넋을 잃게 하는

상쾌한 황홀경에 젖어 있었다.

언제나 그녀와 같이 지내고

그녀의 방에서 불도 켜지 않고

둘이 나란히 앉아 있든지

아침 일찍 뜰에 나가 손을 잡고 거닐곤 했다.

그런데 이게 웬일?

사랑의 환상에 도취하여

순진한 부끄러움에 휩싸여 버렸네.

겨우 한두 번 올가의 미소에 이끌리어

풀어진 머리털에 손을 대거나 옷자락 끝에

입맞춤을 해보는 것이 고작이었다.

26

때로는 샤토브리앙[*] 이상으로 자세히 아는 작가가 쓴

교훈적인 설득이 담긴

소설을 지성의 계발을 위해
올가에게 읽어 주었는데
읽는 중에 어떤 곳에서
(처녀에게 좋지 않은 영향을 끼칠 듯한
터무니없는 이야기가 나오면)
얼굴을 붉히며 2, 3페이지나 건너뛰었다.
그들 둘은 아무도
가까이 안 가는 곳에서
장기판을 가운데 놓고 들여다보며
심사숙고할 적도 있었지만
그런 때라도 블라디미르는 아차 실수,
제 차를 제 졸로 잡곤 했다.

27

집에서조차도 렌스키는
올가 생각으로 머릿속이 꽉 찼다.
그녀를 위하여
속기용 앨범의 몇 페이지를 정성껏 장식했다.
마을의 풍경, 묘비,
비너스의 궁전,

하프에 앉은 비둘기를
펜화로 그리고 채색까지 하였다.
추억의 페이지마다 갖가지 서명 아래
상냥한 시 몇 구절을
공상의 말 없는 기념비를,
순식간에 떠오른 영감 같은 추억을
몇 해 뒤에도 변하지 않을
영원한 자취를 써 넣었다.

28

여러분은 물론 이 시골 아가씨의
앨범을 여러 번 보았으리라.
친구들이 모두 첫 장에서 끝장까지
꽉 차게 써 넣은 앨범을.
거기에는 마치 정서법을 모르는 듯
귀로만 원 운이 없는 시가
영구히 변치 않을 우정의 표시로
길게 또는 짧게 적혀 있었다.
첫 페이지에는 이런 시구가 적혀 있었다.
"당신은 이 수첩에 무엇을 쓰십니까?" *

그리고 서명은 "모든 것을 당신에게 바친 아네트"*
마지막 페이지에 보이는 문구는 이러했다.
"나보다 더 당신을 사랑하는 이가 있다면
그 사랑을 증명하도록 뒤에 이어 써 주시오."

29

여러분은 거기서 두 개의 하트와
횃불, 꽃다발을 발견할 것이다.
그리고 "무덤에 갈 때까지 사랑한다"는
맹세를 읽게 될 것이다.
어느 날 어떤 통속 시인이
고약한 시구를 멋대로 덧붙였다.
실은 나도 이런 앨범이라면
기꺼이 무언가 써 넣고 싶다.
왜냐하면 나의 열성적인 농담은
호의에 찬 시선과 마주치게 될 것이며
또 뒷날 이 재치가 어울리든 어울리지 않든
심술궂은 미소 띠며 거만하게
따지고 덤벼들 사람은
없으리라고 확신하기 때문이다.

30

그렇다고는 하지만 너희들,

악마의 서고에서 꺼내 온

유행의 엉터리 시인들에게는

골칫덩어리인 잡서들도

저 톨스토이*의 영필(靈筆)이나

바라틴스키*의 신묘한 펜으로

일기가성(一氣呵成)으로 꾸며진

너희들 꼴보기 싫은 호화판 앨범들이여

신의 번갯불에 타 버리리라!

매우 고귀한 귀부인에게 앙 쿠아르토*

앨범 따위를 내보이면 나는

전율과 증오를 참지 못해

마음속에서 풍자시가 생겨나기 시작하지만

그래도 역시 칭찬하는 노래를 쓰지 않으면 안 된다!

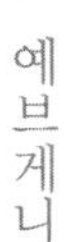

31

블라디미르가 젊은 올가의 앨범에 쓴 것은

절대로 칭찬하는 노래가 아니다.

모정(慕情)이 넘치는 그의 시에
냉철한 기지의 섬광은 없었다.
이 모든 것의 소재는
올가에 대하여 보고 듣고 한 것을
다만 그대로 쓴 것뿐이다.
그것만으로 생동하는 진실에 찬 애가(哀歌)가
영감의 시인 야즈이코프*와 같다.
너 또한 정열의 샘 솟아
신만이 아는 자를 노래하리라.
너의 귀한 애가집(哀歌集)은 이윽고
너의 운명을 소상히 말하는
책이 되어서 남을 것이리니.

32

그러나 조용히! 들리지 않는가? 잔소리꾼 비평가*가
곤드레로 취하여 애가(哀歌)를 쓰지 말라고
우리들의 서투른 시인 무리에게
호령하고 있는 것이.
"자! 그만두지 우는 것은.
'그립던 그 날' '지난 날' 따위를 그리워하여

언제까지나 개구리 같은 소리로 울어대지 말라고,
이제 그만 뭔가 다른 노래를!"
"그야 지당한 말씀. 그러면 자네는 우리에게
나팔이나 가면이나 비수 따위를 연상케 하여
죽은 사상의 재고품을
여러모로 되살려서 쓰라는 것이렷다.
그렇지 않아, 자네 말투는?"
"천만에, 무슨 소릴! 자네들더러 송시*(訟詩)를 쓰라는 거야.

33

국운이 융성한 때는 고풍(古風)을 따라
너나없이 모두들 송시를 지었지……."
"저 장중체(莊重體)의 송시만을 말이지!
나는 싫어, 어느 쪽이나 마찬가지가 아닌가?
저 풍자 시인이 뭐라고 했는지를 잊어서는 안 돼!
대체 자네는 〈사람의 의견〉*의 저 교활한
서정 시인이 서글픈
이 돌팔이 시인보다 낫다는 건가?"
"하지만 자네 애가의 내용은 무(無)에 가까워.
그 목표조차도 공허하고 비참할 정도야.

그런데 송시의 목표란 고원하고 또한 고상……."

이런 말을 들으면 이편도

할 말이 많기는 하지만 그만두자.

두 개의 시대*에 싸움을 붙일 생각은 없으니.

34

영광과 자유의 숭배자 블라디미르는

폭풍우와 같은 시상에 쫓기어

송시 하나쯤 썼을는지 몰라도,

읽지도 않는 올가에게는 소용없었다.

감상적인 시인 여러분은 사랑하는 사람 앞에서

자작시를 읽어 들려준 일이 있던가?

이보다 더한 포상은

세상에 없다고 사람들은 말했다.

참으로 지당한 말씀,

울적해하지만 유쾌한 듯한

미녀에게 공상을 들려주는

서투른 연인들은 행복하도다!

행복하도다, 당연히 여자는

전혀 딴 생각에 젖어 있을지 모르지만.

35

그러나 내가 나의 꿈과 운율 공부의 성과를

읽어 주는 것은

내 청춘의 반려자인

늙어빠진 유모*뿐이다.

그밖에는 쓸쓸한 오찬 뒤

이웃사람들이 느닷없이 찾아오면

못 가게 해 놓고

비극* 따위를 낭독하여 괴롭히는 정도.

또는 (농담이 아니지만)

우울증이나 운율 공부에 고생하면서

자주 가는 호숫가를 거닐면서

물오리 무리를 놀라게 한다.

물오리들은 유려한 나의 시구를

경청한 뒤 날아가 버린다.

36　37

그러면 예브게니는 어떻게 하고 있는가?

여러분! 이왕이면 좀 더 참아 주십시오.

나날이 살아가는 그의 모습을
자세히 알려 드리겠습니다.
예브게니는 은둔자같이 살고 있었다.
여름엔 대개 여섯 시에 일어나
언덕 밑을 흐르는 시내로
가벼운 차림으로 떠난다.
귀르날의 작가*를 흉내내어
이 헬레스폰트를 헤엄쳐 건너간다.*
다음은 비속한 잡지를 넘기면서
으레 하는 버릇대로
커피를 마신다.
그리고는 옷을 갈아입고…….

(38)　39

말 타고 멀리 가기, 독서, 단잠,
숲의 나무 그늘과 시내의 속삭임
때로는 눈동자 검고 얼굴 흰 촌 아가씨들의
신선하면서도 젊디젊은 입맞춤
말 잘 듣는 기운 좋은 말
상당히 격식을 갖춘 점심

한 병의 백포도주, 고독, 정적.
이것이 예브게니의 기특한 생활이었다.
어느 틈엔가 몸에 배어
매일 똑같은 편안한
생활의 게으름 속에
아름다운 여름날의 날짜 가는 것도 모르고
도시와 친구도, 축제의 목적이라는
지루한 수단조차도 잊고 있었다.

예브게니 오네긴

40

그런데 우리 북극의 여름이란 것은
남쪽 겨울의 패러디이다.
잠깐 보이고는 금방 사라진다.
우리는 생각하고 싶지 않지만
누구나 다 아는 일.
하늘은 벌써 가을빛을 띠었다.
햇살은 이미 쇠퇴하여 낮이 짧아진다.
숲의 나무들은 슬픈 소리 내며
신비스런 옷을 하나둘 벗어 버린다.
들판에는 무서리가 내리고

애처로운 울음의 기러기떼
남으로 남으로 날아가고
이리하여 한층 더 쓸쓸한 계절이 다가온다.
2월은 이제 문턱까지 와 있었다.

41

아침 햇살은 차가운 짙은 안개 저편에서 비쳐온다.
밭에서는 이제 일하는 소리도 끊겼다.
굶주린 암컷을 데리고
늑대는 길가로 내려온다.
길 가던 말은 냄새를 맡고 코웃음을 친다.
조심스런 나그네는 언덕 위로 말을 치닫는다.
벌써 목동도 새벽에
암소를 축사에서 내몰지 않고
대낮에도 피리를 불어
소를 모으는 일도 없다.
가난한 집의 처녀가 노래하면서
실을 잣고 있을라치면
겨울밤의 친구
나무쪽이 벽난로에서 튄다.

42

지금은 숲의 나무들도 얼어 터지는 겨울이
들 가운데서 은빛으로 빛나고 있다…….
(여기서 벌써 morozy와 rozy의 각운*을 기대하는 독
자도 있으리라. 빨리 골라잡아요!)
얼음이 깔린 시내의 표면은
유행하는 쪽모이 세공 마루보다 맑은 빛이 나고
추위를 반기는 아이들은 벌써부터
즐겁게 얼음지치기 하기에 바쁘다.
붉은 발을 가진 몸이 무거운 거위 한 마리가
연못 위를 헤엄치려고 뒤뚱뒤뚱하면서
빙판 위에 내려섰으나
쑥 미끄러져 발랑 넘어진다.
첫눈은 별처럼 춤을 추며
냇가에 내려앉는다.

43

이런 계절에 산골 마을에서 무엇을 하랴?
소풍은 어떨까? 당신이 거니는

마을의 경치는 단조롭고 으스스해 쓸쓸해진다.

넓은 황야로 말을 몰아 볼까? 그러나 말의

닳아빠진 편자로 빙판을 뛰자니

언제 어디서 넘어질지 위험천만

쓸쓸한 집 안에 허리를 박고

책이라도 읽을 수밖에 없다.

플라트*도 있고 월터 스코트도 있다.

그것도 싫으면 지불장을 검사하든지

화를 내든지 술을 마시든지.

긴 밤이 그럭저럭 지나면

그 이튿날도 또 마찬가지.

이리하여 싫건 좋건 무사히 한 겨울을 보내게 마련.

44

차일드 해럴드*나 된 것처럼 예브게니는

수심에 가득 찬 게으름에 젖었다.

눈을 뜨면 곧 얼음을 넣은 목욕통이었고

진종일 집에만 있었다.

혼자서 다 닳아빠진 큐를 들고

점수 따기에 열을 올리며

아침부터 당구대에 매달려
연습으로 시름을 잊는다.
당구대와 큐는 뒷전이 되고
시골의 밤이 찾아든다.
벽난로 앞에 테이블이 준비되어
예브게니가 기다리는 동안에
트로이카를 몰고 온 블라디미르가 뛰어든다.
자, 빨리 식사하자고!

45

과부 클리코 또는 모에*의
자랑스러운 미주(美酒)가
시인을 위해 찬 병에 넣어진 채로
즉시 식탁 위에 놓인다.
이 술은 히포크레네*의 샘물 같은 빛깔과
그 멋진 거품으로(무엇에나 비유할 수 있지만)
그 옛날 나의 마음을 홀렸었다.
그것을 마시고 싶어 나는 때때로
빈털터리 주머니를 턴 일을
내 친구는 알고 있는지?

이 술의 요술 같은 맛은
바보 같은 짓을 수없이 낳게 하고
수많은 시와 농담과 논쟁과
즐거운 꿈의 계기가 되었다!

46

그러나 이 술은 소용돌이치는 거품으로
나의 위장을 배반했다.
그래서 지금은 온건한 보르도로 바꾸었다.
나는 샴페인의 거품을 선호한다.
아이*를 마실 기력은 이젠 없다.
아이란 비유한다면 여인과 같아
화려하고 변덕스러운가 하면 활기 있고
버르장머리 없고 그리고
속이 텅 비었고…….
너 보르도야, 충실한 친구처럼
언제 어디서라도 내 반려로서
쾌히 우리를 위해 힘써 주고
조용한 한가로움도 같이 지내 주니
우리의 벗 보르도 만세!

47

불은 꺼졌다. 엷게 재를

뒤집어쓴 황금의 불덩이.

여봐란 듯이 하늘거리며 피어오르는 김.

숨이 끊길 듯 말 듯한

연기를 내뿜는 벽난로.

굴뚝에 빨려 들어가 사라지는 담배 연기.

빛 밝은 술잔은 식탁 위에서

아직 거품 꺼지는 소리를 내고 있다.

저녁 안개가 끼고 있다…….

(까닭은 모르지만 늑대와 개의 시간*이라고 불리는

이와 같은 때 친한 친구와 같이

술잔을 주고받으며

질정 없는 이야기 나누기를 나는 좋아한다.)

우리 둘은 이런 말을 주고받고 있다.

48

"이웃 마을 아가씨들은 어떻게 지내고 있을까?

타치아나는? 말괄량이 너의 올가는?"

"아아냐, 반만 따라 주게나…… 그걸로 좋아……
그 집 식구 모두 건재하지.
자네에게 안부 전하래.
그런데 자네 올가의 어깨가 훨씬 예뻐졌어.
거기다 그 가슴, 그 마음씨!
언제 한번 찾아가 봄세.
자네가 가면 기뻐할 거야.
그러니 글쎄 자네 생각 좀 해 보게
두어 번쯤 잠깐 들렀을 뿐
그 뒤에는 영 모른 체했잖아.
그런데…… 그러고 보니 참 내가 얼빠졌어!
자네는 다음 주일 그리로 초대됐어."

49

"내가 말야?" "암 그렇고말고.
타치아나의 영명 축일*이래.
이번 토요일이지. 올린카와 그 어머니로부터
불러 달라 부탁받았네.
자네라고 초대를 받고 안 갈 까닭 없지?"
"그러나 여럿이 모이겠지. 어중이떠중이들이……."

"뭘, 아무도 안 갈걸. 확실히 그래!
거길 누가 간단 말인가. 집안 잔치겠지.
가보자구. 꼭 승낙해! 좋겠지?"
"그럼 좋아."
"고마워!" 그리고는
이웃 지주의 딸을 위해 건배를 하고
끝없이 올가 이야기를 주고받았다.
사랑이란 이런 것이다!

예브게니 오네긴

50

렌스키는 들떠서 떠들어대고 있었다.
경사가 3주일 후로 정해졌기 때문이다.
원앙 침대의 비밀과
달콤한 사랑의 월계관이라는
환희를 기다렸다.
살림살이의 고생, 슬픔도
금방 닥쳐올 차디찬 하품도
그의 꿈과는 멀리 떨어져 있다.
우리들 같은 휘멘의 적은 가정생활이란 것을
라 퐁텐*의 소설에 나오는

진력나는 정경의 연속으로 보는데
생각하니 딱하고 가엾은 렌스키
타고난 그의 마음씨가
이러한 생활에 어울렸다.

51

그는 여자에게 사랑을 받고 있었다 — 적어도
그렇게 생각하고 행복했다.
남을 믿고 의심하지 않는 사람
냉철한 이성의 소리를 잠재우고
주막에 들어 술에 취하는 나그네처럼
더 우아한 비유를 든다면
마치 봄꽃들에 파묻혀 사는 나비처럼
일락(逸樂)에 마음껏 안도하는 자 참으로 행복하도다.
그와 반대로 모든 것을 내다보고
미혹되는 일 따위 조금도 없이
모든 움직임, 모든 말에
자기식의 해석을 내리고 미워하는 자
경험에 일깨워져 자기 자신을 잊는 경지에 들지 못하는 자
이들이야말로 비참의 극이리라!

제5장

오! 스베틀라나, 무서운 이 꿈들을

알지 말지어다!

쥬코프스키*

1

그해 가을은 화창한 날씨가

오래오래 계속되어

자연은 동장군을 이제 오나

저제 오나 기다리고 있었다.

첫눈이 온 것은 1월 2일 밤중.

이른 아침 눈을 뜬 타치아나는

밤새 희게 바뀐 뜰과 화단
지붕과 울타리를 창 너머로 보았다.
유리창에는 엷은 얼음의 그림.
은빛 겨울옷을 입은 나무들,
즐거운 듯 지저귀는 까치.
반짝이는 겨울의 담요,
사뿐히 덮어 놓은 언덕과 언덕.
사방에 보이는 것은 모두 마냥 밝고 희다.

2

겨울이 왔다…… 농민들은
축하하며 짐 썰매로 새로운 길을 닦는다.
그의 작은 말은 눈이 온 것을 알아채고
길을 따라 느릿느릿 발굽을 껑충거린다.
솜털 같은 눈밭에 흠을 만들며
기세 좋게 달리는 포장썰매.
마부 자리에는 누런 털두루마기에
붉은 띠를 띤 마부가 앉아 있었다.
아니, 저건 저택에서 일하는 머슴 아이 아닌가.
작은 썰매에 검은 개를 태우고

말이 되어 개를 끌어주다니.
장난꾸러기 머슴아이는 손끝이 꽁꽁.
아프기도 하지만 재미도 있어.
어머니가 창문 열고 야단친다……

3

하지만 이런 따위 광경은
여러분의 흥미를 끌지 못하리라.
자연의 있는 그대로의 반응이기 때문에
아름다운 풍취가 되지 못하리라.
또 다른 시인*은 영감(靈感)의 신의 불에 가슴을 태우며
첫눈을 시제 삼아 화려한 시구를 구사하여
겨울의 온갖 풍경을 그려 놓았다.
남의 눈을 피하는 먼 썰매 여행을
불꽃같은 시구로 그려 여러분을 매료시킨다.
나도 그것을 의심치 않는다.
그렇다고는 하지만 나는 당장은
이 시인들, 아직 새파랗게 젊은
핀의 처녀*의 창작자여 당신들을 상대로
재주 겨룰 생각은 없다!

4

타치아나는(바탕은 러시아 아가씨이면서

왠지 까닭 모르게 스스로)

냉정한 아름다움에 가득 찬

러시아의 겨울을 사랑했다.

혹독히 추운 날의 양지쪽 고드름, 썰매와

불그스름하게 작열하는 늦은 해돋이

언덕을 덮은 눈은

공현절 전야를 희미하게 비춘다.

라린의 집에서는 이날 저녁을

옛 습속대로 축하하였다.

온 집의 하녀가 총출동하여

주인 아가씨들을 점쳐 주며

군인 사위가 언제 출정할지

해마다 예언하였다.

5

타치아나는 믿고 있었다.

오래 전부터 전해오는 전설을

꿈이랑 카드랑 점이랑

달님의 위상이 보여주는 고지(告知)를,

여러 가지 전조가 그녀의 가슴을 어지럽혔다.

보는 것, 듣는 것이

이상하게도 무엇을 알리는 것 같았다.

예감은 가슴을 찍어 눌렀다.

수코양이 얌체가 젠체하며

벽난로 위에 앉아

으르릉대며 앞발로 세수를 하노라면

그것은 손님이 온다는 틀림없는 전조였다.

왼쪽 하늘에 두 뿔이 뻗은 것 같은 초생달을

그녀는 언뜻 바라보곤 했다.

6

그녀는 몸을 떨며 새파랗게 질렸다.

또 유성이 검은 하늘에

한 줄기 선을 긋고 사라져 간다.

타치아나는 어리둥절하면서

혼란스럽고 걱정이 되어

다음 유성이 지나는 동안

허겁지겁 가슴속의 소원을 별에게 속삭인다.
그리고 마치 우연히 어디서
검은 제복의 사제를 만나게 된 듯,
또는 마치 재빠른 산토끼가 자기 앞을 건너뛰어
들판을 가로질러 가는 듯,
가파른 공포에 질려
무서워 어쩔 줄 몰라 동요하며
슬픈 예감에 눈을 감고 불행을 기다린다.

7

그러나 이 두려움 속에서도 그녀는
신비스런 매력을 느끼고 있었다.
본성상 모순의 친구를
우리는 만들어 놓았다.
크리스마스 시즌*이 다가온다. 그 얼마나 즐거우냐!
후회할 아무것도 없고
먼 앞날이 눈앞에 끝없이 밝게 펼쳐진
젊은이들은 점을 쳐 본다.
모든 것을 돌이킬 재주도 잃고
묘석 가까이까지 온 노인들도

안경을 코에 걸고 점을 쳐 본다.
그래도 결국은 마찬가지
희망은 아이들 같은 굳은 혀로
한결같이 속이게 마련이니까.

8

타치아나는 호기심에 차
물에 가라앉은 납(蠟)을 들여다본다.
그 납이 만들어 내는 신기한 모양이
불가사의한 것을 알리는 것이다.
물을 그득히 채운 대접 속에서
차례로 가락지가 떠오른다.*
그녀의 가락지가 떠올랐을 때
처녀들은 옛날 노래를 부른다.
"그 마을 농민들은 모두 부자,
가래로 은돈을 긁어모은다.
우리들 노래에 당첨된 자는
돈이 듬뿍 들어온다. 영광이 있으라!"*
그러나 이 노래의 슬픈 가락은 누군가가 죽을 전조였다.
젊은 아가씨 마음에는 암코양이* 쪽이 즐겁다.

9

맑게 갠 하늘, 대지는 얼어붙었다.
멋진 천체들의 합창이
고요히 정연하게 어울려 흐른다…….
타치아나는 어깨가 드러나는 옷을 걸치고
넓디넓은 뜰로 나와서
달을 향하여 거울을 비춘다.*
그러나 어두운 거울 속에서는
쓸쓸한 달이 떨고 있을 뿐…….
어머나…… 눈 밟는 발소리……
나그네가 오는데. 발끝걸음으로
처녀는 가까이 다가가 갈대 피리보다 상냥히 묻는다.
"성함이?"
남자는 얼굴을 뚫어지게 보더니 대답하기를
"아가폰."*

10

유모가 권하는 대로
타치아나는 밤점을 치러

집의 목욕간에

식탁을 2인분 준비하도록 몰래 일렀다.

그러나 타치아나는 별안간 무서운 생각이 들었다.

이렇게 말하는 나도 — 스베틀라나*를 생각하니

역시 무서워졌다 — 할 수 없지

타치아나의 점은 내게 맞지 않았다.

타치아나는 비단 벨트를 풀어 버리고

잠옷으로 갈아입은 뒤 침대로 들어갔다.

머리 위에서는 레리*의 신이 날아다니고

새털이 든 베개 밑에는

처녀의 거울이 들어 있었다.

조용해졌다. 타치아나는 잠이 들었다.

11

타치아나는 이상한 꿈을 꾸었다.

꿈속의 그녀는 눈 덮인 평원을

우울한 안개에 싸여 걸었다.

저 앞에는 바람에 싸인 눈 사이를

겨울의 사슬을 벗어난

거뭇거뭇한 분류(奔流)가

물보라를 튀기면서
굉장한 소리를 내고 있다.
얼음덩이에 이어
얼어붙은 두 막대기가
흔들흔들 일렁이며 위험한 다리가 되어
계곡 위에 놓여져 있다.
흰 거품을 일으키는 소용돌이 위에서
어찌할 바를 몰라 그녀는 발걸음을 멈추었다.

12

애석한 이별을 불평하듯
타치아나는 강을 저주했다.
저편에서 손을 뻗쳐 줄 사람은 없다.
그런데 별안간 회오리바람이 일고
무엇이 나타났던가?
털을 곤두세운 큰 곰 한 마리.
타치아나가 "아!" 하고 외치니
그 곰은 "우!" 소리를 지르면서
발가락이 칼날 같은 앞발을 내놓았다.
그녀는 죽을 힘을 다해

떨리는 손으로 곰의 앞발을 휘어잡았다.

자기를 잡아먹으러 온 곰이 아닌가 보다.

곰의 앞발에 매달려 강을 건너간다.

곰은 그녀를 돌보아 주면서 따라온다.

13

뒤돌아볼 용기도 없어

강을 건너가서야 곰의 가슴을 벗어났다.

그리고 줄달음. 그런데 징그러운 순종자

털짐승인 곰의 앞을 멀리 벗어날 수가 없다.

울부짖고 악을 쓰면서

기분 나쁜 곰은 여전히 뒤를 따른다.

갈 곳이라곤 숲속.

움직이지 않는 소나무는 암울을 자랑하고

가지는 모두 눈을 얹어 굽어 있었다.

잎이 떨어진 백양,

자작나무·보리수 따위

나무 끝 위로는 별이 반짝반짝 빛나고 있다.

길은 없다. 눈보라에 관목 숲도 절벽도 싸여 있었다.

온 세상이 깊이 파묻혔다.

14

타치아나는 숲으로 들어갔다. 곰은 뒤쫓는다.

눈이 무릎까지 푹푹 빠진다.

어느 때는 긴 나뭇가지가 엄습해 별안간 목에 걸렸다. 그리고 이제

그녀의 귓밥에서 귀고리를 비틀어 당기고

그녀는 살짝 녹은 눈 속에 빠져

사랑스런 발을 감싼 젖은 구두 한 짝만 쑥 빠져 버렸다.

손수건도 떨어뜨렸지만

주워 올릴 겨를이 없었다.

온몸에 땀이 흠뻑 뱄다.

뒤에선 여전히 곰의 발소리.

떨리는 손으로

치마를 치켜 올리는 것조차 부끄럽지 않다.

그녀는 뛴다. 곰이 쫓는다.

어디까지나 뛰고 쫓고. 이젠 기진맥진.

15

그녀는 눈 위에 앞으로 고꾸라진 채 일어나지 못했다.

곰은 냉큼 어깨에 엎고 간다.

그녀는 정신 나가 곰이 하는 대로

몸도 꼼짝 않고 숨도 쉬지 않는다.

곰은 약탈 결혼이나 하는 듯

의기양양 그녀를 업고 걸어간다.

숲속 나무 사이에 보잘것없는 집 한 채가 나타났다.

울창한 나무줄기에 싸여 있는

조그만 창에선 등잔불이 비치고

집 안에선 무슨 울부짖음, 물건 부딪치는 소리.

곰은 말했다.

"나의 이름을 지어 준 아버지가 여기서 살지.

조금 몸을 녹이는 것이 좋을 게야!"

그리고 뚜벅뚜벅 현관에 들어가 문지방에 그녀를 내려놓았다.

16

타치아나는 정신을 차리고 사방을 둘러보았다.

곰은 없고 자기 혼자 어느 집 현관에 와 있다.

문 저편에선 울부짖는 소리

마치 대가집의 장사라도 치르는 듯.

아무래도 까닭을 모르겠고

한 눈을 찡그리고 틈새로 들여다보니

이건 웬일! 테이블을 가운데 놓고
괴물들이 쭉 둘러앉아 있다.
개 얼굴에 뿔이 돋은 것도
수탉 머리에 사람 몸뚱이를 한 것도 있다.
염소수염을 단 마녀가 있다.
뽐내며 점잖은 체하는 해골이 있다.
꼬리가 달린 난쟁이,
대가리는 학, 몸은 고양이인 변종도 있다.

17

그보다 더 기괴망측하고 소름이 끼치는 것도 있다.
거미 등에 탄 새우
거위 모가지 위에서 빙빙 돌고 있는
붉은 모자를 쓴 해골
날개를 펄럭이면서 춤을 추는 팔랑개비
짖는 소리, 웃음소리, 노랫소리, 휘파람!
박수, 사람 목소리, 말발굽소리!
그런데 이건 또 웬일!
이런 괴물만 모인 손님 중에서
저 그립고도 무서운 양반

이 소설의 주인공을 찾아냈을 때의
타치아나의 마음은 어땠을까!
예브게니는 테이블에 손을 얹은 채
자꾸 문 쪽을 흘끔거렸다.

18

그가 무슨 신호를 하면 모두들 손뼉을 친다.
마시면 따라서 모두들 마신다.
웃으면 역시 따라 웃는다.
와! 와! 떠들다가 그가 찡그리면 모두들 입을 다문다.
아무리 보아도 그가 주인인 듯.
이런 줄 짐작하니 이젠 타치아나도 과히 무섭지 않고
도리어 호기심조차 나서
문을 살며시 열어 보았다.
혹 불어 들어간 바깥바람에 등잔불이 꺼졌다.
괴물들은 어쩔 줄 몰랐다.
예브게니는 두 눈을 번득이면서
덜커덕덜커덕 소리를 내며 우뚝 일어섰다.
모두들 따라 일어섰다.
그는 문 쪽으로 걸어 나오고 있다.

19

타치아나는 소름이 오싹,
급히 밖으로 도망가려 했다.
그게 안 된다. 당황하여 급하게
허우적거리고 외치려 했으나
그것도 안 된다. 예브게니는 문을 열었다.
이 아가씨는 지옥의 망령들 눈에 띄었다.
집이 떠나갈 듯한 웃음소리가 기분 나쁘게 울렸다.
그들의 눈, 굽은 코,
말굽, 텁수룩한 꼬리,
삐죽 내민 어금니, 징그런 턱수염, 피처럼 뻘건 혓바닥,
흉한 뿔, 뼈만 앙상한 손과 손가락
이 모든 것이 그녀를 가리키면서 일제히
"저건 내 것이다."
"아냐, 내 거야." 하며 외치고 있다.

20

"이놈들, 그건 내 것이야!"
하고 살기가 등등하여 예브게니가 한마디 호령을 하니까

도깨비 괴물들은 홀연히 없어지고
이 혹한의 암흑 속에 타치아나와 예브게니
단 둘이 남았다. 그는 그녀를
살금살금 방구석으로 데리고 가서
흔들흔들하는 벤치 위에 누이고
어깨 쪽으로 얼굴을 굽혔다.
갑작스레 밝은 빛…… 이상하여라……
그 순간 올가가 뛰어들었다. 뒤이어 블라디미르.
예브게니는 한 손을 번쩍 들고
눈을 부라리며 초대받은 두 손님에게
욕설을 퍼부었다. 벤치 위의 타치아나는
쥐구멍이 있으면 들어가고 싶었다.

예
브
게
니
오
네
긴

21

말다툼은 점점 커져만 갔다.
별안간 예브게니가 긴 칼을 쑥 빼들고
블라디미르를 눈 깜짝할 사이에 살해했다.
죽어 넘어가는 그의 그림자가 점점 더 진해졌다.
가슴이 터질 듯하고 비명이 울렸다.
집 전체가 흔들릴 때……

타치아나는 부들부들 떨며 눈을 떴다.
이미 방안은 환했다. 창으로 젖빛 레이스를 통해
새벽의 밝은 햇살이 쏟아져 들어온다.
문이 열렸다. 올가가 왔다.
북극의 오로라보다 붉은 얼굴로
제비보다도 날쌔게 달려들었다.
"자 언니! 말해 주어요.
어느 남자 분 꿈을 그렇게 신나게 꾸셨나이까?"

22

동생 들어온 줄도 모르고
타치아나는 책을 들고 누운 채
한 장 한 장 넘기면서
한 마디도 대꾸를 안한다.
시인의 달콤한 공상도, 심오한 진리도,
또는 생생한 묘사도
그 책 속에 없었음을 아마 모르겠지요.
베르길리우스도, 라신도,
스코트도, 바이런도 또한 세네카도
《부인 패션 잡지》조차

그 어떤 것도 그렇게 열중하지 못했다.
〈마르틴 자데카〉*는 사이렌,
칼데아의 현자 중 제일인자
최고의 해몽가가 지은 책이다.

23

심원한 이 노작은 언젠가 나그네 상인이
외따로 떨어진 이 집으로 가지고 와서
졸라대는 데 못견디어 타치아나에게
〈말비나〉*, 짝 안 맞는 책과 더불어 양도해 주고 간 것
그러나 거래를 더욱 정확히 하기 위해
그는 3루블 반을 청구했고
덤으로 통속적인 우화집과 문전(文典)과
〈표트르 대제 송시〉* 두 권과
마르몽텔*의 제3권.
얼마 안 있어 〈마르틴 자데카〉는
타치아나의 비장본이 되었다.
슬픔에 억눌릴 때
이 책은 기쁨의 샘이었다.
잘 때도 그녀의 곁을 떠나지 않았다.

예브게니 오네긴

24

좀전의 환상이 그녀의 마음을 소란케 한다.
저 무서운 꿈에 시달린 타치아나는 기어이
몇몇 징조를 풀어내고
몽마가 무엇을 의미하는지 알고 싶다.
타치아나는 목차를 해석하면서
알파벳 차례대로
송림, 폭풍우, 마녀, 왜전나무
고슴도치, 암흑, 곰, 눈보라라는 단어를 찾아냈다.
그러나 마르틴 자데카는
그녀의 의문을 풀어 주지 못했다.
이 흉몽은 그녀에게
갖가지 슬픈 사건을 예고하고 있었다.
며칠 동안 그녀는 끊임없이
꿈 걱정을 하고 있었다.

25

그러나 이젠 오로라가 붉은 손으로
새벽 계곡에서 태양을 끌어올려

아침 햇살은 더 이상 남아 있지 않고,

즐거운 영명(靈名) 축일을 이끌어 내고 있다.

아침 일찍부터 라린 저택은

온통 손님으로 가득 찼다.

동네 사람들이 궤짝썰매, 포장썰매,

반뚜껑썰매, 평썰매 따위를 타고

몽땅 모여 온다. 현관에선 밀고 당기며 법석이고

객실에서는 처음 만나는 사람들의 인사,

개 짖는 소리, 아가씨들의 반가운 입맞춤,

웃음, 왁자지껄 문간의 혼잡,

손님의 인사, 슬리퍼 끄는 소리,

애들 우는 소리, 유모들이 외치는 소리.

26

뚱뚱이 푸스차코프*가

뚱뚱이 마나님을 데리고 온다.

농노가 아사 직전이라 소문난

노랑이 농장주 그보즈진.

두 살부터 서른 살까지의

갖은 연령의 자식을 이끌고 오는

백발이 성성한 스코치닌 내외. 그리고 주목,

군내 제일의 멋쟁이 페투슈코프.

차양 달린 모자를 쓴 솜털투성이*의

(물론 여러분은 다 아실 테지만)

나의 사촌 동생 브야노프,*

잘난 체하고 소문 퍼뜨리는 나팔 할머니

대식가이고 뇌물 대장에다 성격은

매우 소탈한 퇴직 카운셀러 프리야노프.

27

또 하필 하를리코프* 집안과 더불어 무슈 트리케도 왔다.

요전에 탐포르에서 온 빈정대기 선수로서

안경을 끼고 붉은 가발을 쓴 사나이.

트리케 씨는 진짜 프랑스인이니까

타치아나에게 선물을 하겠다고

애들도 다 아는

'눈을 떠라, 잠자는 미녀여'*의 가락에 맞춰

부를 수 있는 노래를 하나 포켓에 넣고 왔다.

이 노래는 옛 가요책에 실린 것을

눈치 빠른 시인 트리케가

먼지 속에서 이 세상에 내놓고
가사 가운데 아름다운 니나*라고 있던 것을
"에이!" 하고 망설이지 않고 용감하게
아름다운 타치아나*로 고친 것이다.

28

이윽고 가까운 군 주둔지에서
혼기가 된 양가집 아가씨들의 우상이자
군내의 부모들의 기쁨이기도 한
중대장이 들이닥쳤다.
안으로 들어서자…… 이건 무슨 희소식!
연대의 군악대가 온다!
연대장의 특청으로 파견된다.
"어머나 기뻐라, 무도회도 있다고요!"
처녀들은 악대가 오기 전부터 뛰고 있다.
식사 준비가 되었다.
처녀들은 둘씩 팔을 잡고 식탁으로 가서
타치아나 곁에 모여
상대 남자를 골라잡아 하나씩 짝을 짓는다.
십자를 긋고 일동은 지껄이며 자리에 앉는다.

예브게니 오네긴

29

잠깐 조용해진다. 누구의 입이나 우물우물 움직인다.

여기저기서 접시나 쇳소리가 난다.

글라스 닿는 소리가 난다.

그러나 조금 지나서는

한쪽 구석이 떠들썩해진다.

누구 하나 남의 이야기는 듣지 않고

떠들든지 웃든지 토론하든지

모두들 열심히 지껄이고 있다.

그러는 차에 별안간 문이 열리고 블라디미르가 들어온다.

예브게니도 그와 더불어 들어선다.

"어머나! 늦으셨군요!" 이 집 여주인이 환성을 올린다.

손님들은 자리를 좁혀 새로운 손님들의 자리를 만들어 준다.

급히 빈 그릇을 치우고 다시 상을 본다.

두 새 손님의 이름을 불러 자리에 앉힌다.

30

그 자리는 마침 타치아나 맞은편.

새벽 잔월(殘月)보다 푸른 얼굴

포수에 쫓기는 사슴처럼 떨며

그녀는 점점 흐려만 가는 두 눈을 떠보지 않는다.

정열의 불이 거세게

그녀 가슴속에서 타고 있다.

숨이 가쁘다. 기분이 나쁘다.

두 친구의 축하의 말조차 안 들리고

눈물이 눈에서 드디어 떨어질 듯하다.

가엾은 아가씨는 금방 실신할 것만 같다.

그러나 의지와 이성의 힘이 이겨냈다.

그녀는 그 자리를 굳세게 지켰다.

두어 마디 들릴 듯 말 듯

사례를 하는 말이 미약하게 입 밖에 나왔다.

31

비극적이고 신경질적인 반응이나

젊은 아가씨의 졸도나 눈물은

예브게니에게는 그전부터 아주 질색이었다.

어지간히 참고 또 참아 왔다.

우리 별난 사나이는

이 향연에 얼굴을 내놓자마자

기분이 나빠 조바심을 하고 있었는데
울적한 아가씨가 파랗게 질려 있는 것을 보곤
화가 불끈 나서 눈을 감고 부루퉁해서
렌스키를 화나게 하여
마음껏 보복하기로 결심했다.
그는 벌써 개가를 울리면서
식사를 하면서 모든 손님의 캐리커처를
마음속에다 그리기 시작했다.

32

물론 타치아나의 난색을
예브게니만이 눈치챈 건 아니지만
마침 그때 기름진 피로시카가
일동의 주목과 대화의 목표가 되었다.
(아아, 좀 짰다.)
더구나 그러는 동안에 군고기와 젤리 사이에
타르 마개를 한 병에 든 침랸스코에*가 들어왔다.
이어 지지의 허리를 연상시키는
가늘고 긴 와인 글라스가 주욱.
지지!* 내 영혼의 크리스탈이여!

맑디맑은 나의 노래의 대상이여,

사랑의 매혹의 술잔이여

나는 일찍이 몇 번이나 너에게

마음을 빼앗겼더냐?

33

축축한 코르크 마개를 빼면 펑 하는 소리.

쭈욱 하고 거품이 나는 와인.

노래부를 기회를 전부터 찾고 있던

트리케 씨가 접잔을 빼고 일어선다.

모두들 그를 쳐다보자 매미가 울음을 쉰 듯.

타치아나는 점점 정신이 없다.

트리케 씨는 종이를 들고 그녀를 향하여

입을 벌려 노래를 한다.

박수와 환호성이 그를 맞는다.

그녀는 마지못해 가슴을 굽히고

트리케 씨에게 꾸벅한다.

위대하고 겸손한 시인은

그녀의 건강을 축복하면서 술잔을 비우고

노래를 쓴 종이를 그녀에게 넘긴다.

34

그리고는 모든 손님들의 인사와 축사가 뒤를 잇는다.

타치아나는 그 한 사람 한 사람에게 일일이 사례를 한다.

예브게니의 차례가 되었을 때

울적한 그녀의 얼굴이나

그 곤혹과 피로의 빛이

그의 가슴에 연민의 정을 자아냈다.

잠자코 그는 인사를 했지만

그의 시선은 그녀에게 어쩐지

여느 때와는 달리 정답게 보였다.

정말로 감격해서인가 아니면

짐짓 그렇게 보이려는 것인가

무의식에서인가 선의에선가

여하튼 그 시선은 정답게 보여

타치아나의 마음을 되살아나게 했다.

35

뒤로는 미는 의자 소리가 나고 일제히 일어섰다.

손님들은 웅성웅성하면서 응접실로 몰려갔다.

꿀벌이 일제히 벌통에서 나와
붕붕거리면서 메밀밭으로 날아가듯
어느 손님은 잔치 음식을 배가 터져라 먹고
이웃 사람끼리 소파에 앉아 코까지 골고
부인들은 벽난로 곁에 자리를 잡는다.
아가씨들은 방구석에 옹기종기 소곤소곤.
자, 녹색 테이블이 펴지고
노름판이 벌어진다.
노인들에게 알맞은 보스턴, 옴버,
그리고 한창 유행인 휘스트*가 인기.
단조로운 그 세 식구는
탐욕스런 권태가 낳은 자식이다.

36

휘스트의 영웅들은
이미 여덟 번이나 싸우고
이미 여덟 번이나 자리를 바꾸었다.
그러는 사이에 차가 나온다.
차임 소리 대신에 나는
디너나 차나 저녁 식사를 정해 주었다.

시골에 살면 몇 시인지 아는 데 문제가 없다.
우리들의 밥통이 잘 맞는
브레게 시계* 구실을 해 주니까.
겸하여 한 마디 괄호 속에 넣어서 말해 두거니와
이 소설 속에서 내가 여러 번
술잔치나 갖가지 요리나 코르크 이야기를 꺼내는 것은
신 비슷한 호머여
30세기가 우러러보는 당신이 했던 것을 흉내 내는 것이오!

(37   38)   39

어떻든 차가 나온다. 아가씨들이 범절대로
접시에 손댈까 말까 할 때
마루 깊숙한 저쪽 문이 열리더니
파곳과 플루트가 울려 퍼졌다.
이 근처 마을에서 미남 파리스* 역을 하는
페투슈코프는 울리는 악대 소리에 신이 나서
램이 든 홍차 잔을 집어 던지고
올가 곁으로 다가선다.
블라디미르는 타치아나 곁으로.
과년한 아가씨인 하르리코바는

탐보프에서 온 시인의 손에 잡히고

푸스차코프의 마나님은 브야노프가 살짝 데리고 간다.

모두들 마루로 밀려 나가

화려한 무도회가 벌어졌다.

40

이 소설의 첫 대목에서

(제1장을 보십시오.)

알바노* 식으로 페테르부르크의 무도회처럼

바로 그렇게 묘사하려 했지만

헛된 몽상에 사로잡혀 가까이하던

어떤 부인들 각선미의

추억에 정신없었다.

오! 그 다리여! 그대의 홀쭉한 다리를 따라

방황하는 것은 이젠 진력이 났다!

내 청춘에 배반을 당한 지금

나도 이젠 좀 약아빠져

일에도 문체에도 더 숙련이 되었다.

이 제5장도 옆길로

벗어나지 않도록 노력해야겠다.

41

약동하는 생명의 회오리바람 그대로
감미롭고 황홀한 왈츠의 선풍이
회오리치고 춤추는 남녀의 무리가
멀리 가까이서 빙글거린다.
한 시각 한 시각 복수의 순간에 다가서면서
예브게니는 속으로 비웃으면서
올가의 곁에 다가가
그녀와 짝이 되어 손님 사이를
빙글빙글 재빨리 돌아 춤추고
그녀를 의자에 앉힌 다음
이 이야기 저 이야기 주고 또 받고
그리고 잠시 후에 또다시 손에 손을 맞잡고 왈츠를 계속.
모두들 어안이 벙벙. 올가의 짝이 될 블라디미르는
믿을 수 없다는 듯 두 눈을 휘둥그레 떴다.

42

마주르카가 울려 나왔다.
옛날엔 마주르카가 울려 나오면

큰 마루가 진동을 하고
널을 붙인 마룻바닥이 깨어지고
창틀이 덜커덩 흔들렸었다.
그런데 지금은 상황이 변하여, 우리 남자는 부인들처럼
왁스를 칠한 마루 위를 미끄러져 나갈 뿐.
그러나 시골 마을에서 마주르카는
아직도 그 옛날의 매력을 지니고 있다.
춤추다 못해 수염을 흔들든지,
발꿈치를 올리든지, 뛰어오르든지
모든 감정 노출은 예와 그대로.
우리들에게 군림한 폭군, 현대 러시아 사람의 병폐인
저 두려운 유행도 이것만은 바꾸지 못했다.

(43)　44

덤비는 성질인 내 사촌 아우 브야노프는
우리 주인공 곁으로 타치아나와 올가를 같이 데리고 갔다.
예브게니는 금방 올가와 춤추기 시작.
부드럽게 편하게 그녀를 이끌면서
고개를 숙여 그녀의 귀에
상냥한 목소리로 눈이 번쩍 뜨일 만한

기쁜 이야기를 속삭이고
그녀의 손을 꼬옥 쥐었다 — 매우 만족한 듯
올가의 얼굴에 홍조가
더욱 짙어 타오르는 듯했다.
이 광경을 본 블라디미르는 화가 머리끝까지 치밀었다.
질투의 원한에 이글이글 타면서
마주르카가 끝나는 것을 기다려
코티용*으로 그녀를 꼬여냈다.

45

그런데 그녀는 안 된다고 거절했다. 뭐 안 된다고! 왜?
하지만 벌써 예브게니에게 약속했노라고 올가는 말한다.
뭐라고! 약속을? 도대체……
그래 이럴 수가 있을까?
겨우 머리에서 딱지가 떨어지자
아양을 파는 들뜬 꼬마 마녀 같으니!
벌써 남자 농간하는 수작을 알고 있다니
서방 배반하는 재주를 알고 있었다니!
블라디미르는 이 충격을 지탱할 수가 없었다.
계집의 간악을 저주하면서

그는 집을 나가 말을 불러 그저 달렸다.
피스톨 두 자루. 탄알 두 발뿐,
그것만이 단 한 번에
그의 운명을 결정하리라.

예브게니 오네긴

제6장

La Sotto I giorni nubilosi e brevi,

Nasce una gente a cui l'morir non dole.

Petrarch[*]

1

블라디미르가 자취를 감춘 것을 안
예브게니는 또 게으름에 쫓겨
스스로가 행한 복수에 만족하며
올가의 곁에서 명상에 잠겼다.
그의 뒤에서 올가도 하품하며
블라디미르를 눈으로 쫓고 있었다.

끝없이 코티용이 악몽과 같이 그녀를 괴롭혔다.

그러나 이제 그것도 끝났다.

모두들 야식의 자리로 모였다.

잠자리가 펴졌다.

모든 지붕 밑은 침대가 열을 짓고 손님들에게 배당되었다.

누구나 이젠 잠자리를 필요로 했다.

우리 예브게니는 다만 홀로

자기 위해 집으로 돌아갔다.

예브게니 오네긴

2

잔칫집엔 이제 고요가 찾아들었다.

객실에서 몹시 무거운 푸스차코프가

아내와 같이 코를 골고 있다.

그보즈진, 브야노프, 페투슈코프,

몸이 좋지 않은 프리야노프 이 네 사람은

식당 의자에서 나란히 자고 있고

무슈 트리케는 다 낡은 나이트 캡에

스웨터를 입고 침대 위에

아가씨들은 타치아나와 올가 방에서

깊이 잠이 들어 있다.

199

단 한 사람 타치아나만이 가엾게도
잠 못 이루어 슬프게
창가에서 달빛에 묻혀
어두운 뜰을 내다보고 있었다.

3

예브게니의 생각지도 않은 출현과
잠깐 번뜩인 저 눈의 상냥함과
올가 상대의 알 수 없는 짓이
영혼의 속속들이까지 그녀를 꿰뚫었다.
어쩌자는 것인지 알 수가 없다.
질투의 괴로움이 그녀의 가슴을 쥐어짰다.
마치 섬뜩한 손으로 가슴을 동여매는 듯
마치 그녀의 발밑에서 시꺼먼 깊은
못이 빙빙 돌고 있는 듯.
"나는 파멸이야"라고 타치아나는 말했다.
"하지만 그 사람을 위해서라면 그 파멸도 난 기뻐.
불평은 말아야지.
원망할 것도 없어.
그 사람은 다만 나에게 행복을 줄 수 없을 뿐이니까."

자! 어서 빨리빨리 들어 주게나, 내 이야기를

처음 듣는 사람들이

재촉을 한다니까 글쎄.

블라디미르 영지의 크라스노고리에서 5킬로미터 떨어진 곳

철학적인 고립 상태의 영지에서

지금 정착하여 살아가려고 애쓰는

자레츠키는 일찍이 지독한 난봉꾼

그리고 도박 대장이자

장난 대장으로서 선술집 웅변가.

그러던 그가 이젠 친절하고 호인인

홀아비이며 한 가정의 아버지

믿음직한 친구, 상냥한 지주,

심지어 청렴지사라고까지 일컬어지는 인물이다.

지금 세상에는 이런 일도 있다.

예브게니 오네긴

5

전에는 흔히 사교계에서 아첨하는 소리가

악착같은 그의 용기를 북돋았다.

실제는 그는 권총으로 10미터 거리에서도
에이스 패를 쏘아 구멍 냈다.
또 어느 때는 싸움터에서
곤드레만드레가 된 상태로
칼뮈크*에서 보기도 좋게
큰 대자로 진창에 떨어져
프랑스군의 포로가 되어 이름나기도 했다.
참 고귀한 인질이여!
신의의 화신 레굴루스*의 재림은
매일 아침 벨리*에서 포도주 석 잔
외상으로 주기만 한다면
또 한 번 포로가 되어도 좋다고 생각한다.

6

전에는 흔히 싱숭생숭 장난도 치고
바보 자식들을 속여도 먹고
약은 놈들을 대놓고 또는 은밀한 방법으로
통쾌하게 데리고 놀기도 했다.
그야 어느 때는 장난이 지나쳐
사과를 하기도 하고

바보짓을 저지르고
난처한 일도 있었다.
그는 또 남과 유쾌하게 토론을 하든지
약아빠진 또는 미련한 대답을 하든지
짐짓 잠자코 있든지
짐짓 다치고 덤비든지
젊은 친구에게 싸움을 시켜
결투를 시키든지 했다.

7

그런가 하면 그는 화해를 시키든지
셋이서 아침을 든 뒤 상쾌하게 웃고 즐기든지
거짓말을 늘어놓아 어느 틈에 두 얼굴에 똥칠을 하든지
그런 짓엔 선수였다.
그러나 시대가 바뀌었다! 이런 엉터리 짓은
(또 다른 희롱·연애의 꿈도 그렇지만)
활기에 찬 청춘과 더불어 과거의 것이 되었다.
앞에서도 말했지만 자레츠키도
드디어 앵두, 홰나무 따위 그늘에서
폭풍우를 피하는 늙은 몸이 되어

지금은 참된 현자처럼 살면서
호라티우스의 눈썹 찡그리는 것을 배워 양배추를 심고
거위와 오리를 기르며,
애들에게 글씨를 가르치며 산다.

8

그는 결코 바보는 아니었다.
그래서 우리 예브게니도 마음속으로는 얕보면서도
그가 가진 상식이나
그가 내린 판단의
효과를 좋아했다. 그래서
또 기꺼이 만나도 보았다.
그래서 그날 아침 일찍 왔을 때도
조금도 이상하게 생각지 않았다.
인사말을 끝내자 자레츠키는
대화를 별안간 그치고
예브게니에게 시인의 편지를 넘겨주었다.
자레츠키가 히죽거리며 지켜보는 가운데
예브게니는 창가로 가서
잠자코 편지를 읽었다.

9

그것은 간결하고 점잖게 쓴 도전장,
블라디미르는 결투를 신청했다.
공손하지만 얼음처럼 냉정하게.
예브게니는 자동적으로 반응했다.
이 편지를 가지고 온 심부름꾼에게
쓸데없는 소리는 한 마디도 않고
"좋소! 언제 어디서라도 응하겠소"라고 단언했다.
자레츠키도 두말 없이 일어섰다.
집안에 일이 많아서
이 이상 오래 앉았긴 싫었던 것이다.
그는 재빨리 나갔다.
그러나 홀로 자기의 영혼을 바라보는 예브게니는
자기의 넋과 자기의 몸이
영 성에 차지 않았다.

10

그것도 그럴 것이 마음속 깊은
저 법정에 나를 세워놓고 내가 나를 규문해 보아도

솔직히 말해 책망받을 점이 많았다.
우선 첫째로 엊저녁 그렇게 주책없이
소심하고 정다운 사랑을 조롱한 짓이
이미 무정하고 나빴다.
둘째로는 설사 시인이란 사람이 저렇게
어리석은 짓을 했다고 할지라도
18세의 나이로 보아 용서해 주는 것이 당연.
예브게니가 그 청년을 진심으로 사랑하고 있는 이상
철없는 아이도, 혈기에 찬 소년도
싸움 잘하는 건달패도 아닌데
성실하고 분별 있는 당당한 남자로서
뭔가 다르게 처세해야 옳았다.

11

짐승처럼 털을 세워 싸우지 말고
흉금을 터놓고 말해도 좋았을걸.
젊은 마음의 무장을 스스로 풀게 해 주는 것이
이 편의 의무가 아니겠는가?
"허나 이미 때는 늦었다……
거기다가 또 이 사건에는

결투의 경험자가 끼어 있어.

심술궂고 입이 싼 놈……

물론 그런 놈의 이 소리 저 소리

일일이 걱정할 것은 없지만

바보 같은 놈들의 속삭임이나 껄껄대는 소리……."

(이것이 여론이다!)*

명예의 태엽, 우리들의 우상!

세상은 사실 이 위를 맴돌고 있다.

12

한편 시인 렌스키는 참을 수 없는 증오에 불타

집에서 답장을 기다리고 있었다.

곧 수다스런 이웃 지주가

큰일이나 치른 듯 답장을 가져왔다.

질투하는 시인의 우울한 마음은

천하를 휘어잡은 듯!

장난꾼들이 이 사건을 조작해서

농담 속에 어름어름 얼버무려

총구를 그의 가슴에서 빗나가게 하지 않을까?

그것만을 걱정하고 있었다.

그러나 이제 의심은 풀렸다.
그 둘은 내일 새벽 해 뜨기 전
약속한 물레방앗간으로 나가서
상대의 넓적다리나 관자놀이를 향해 방아쇠를 당겨야 한다.

13

노여움에 불타는 블라디미르는
바람둥이 처녀를 미워했기에
결투가 끝나기 전에는
올가를 안 만날 작정이었는데
햇살과 시계를 보고 있는 동안에
드디어 될 대로 되라 하고
손을 저으며 이웃 마을로 향했다.
이 방문으로 마치 책망 받은 양
올가를 혼란스럽고 깜짝 놀라게 할 속셈이었다.
막상 도착하자 이 속셈은 대번 무너져 버렸다.
올가는 예전처럼 대문에서 뛰어나와
가엾은 시인을 기꺼이 맞았다. 믿을 수 없는 희망이지만
발랄하고 명랑하고 거리낌도 없이
즉 그전과 똑같은 그녀가 되었다.

14

"엊저녁은 왜 그렇게 일찍 돌아가셨나요?"
올가의 첫 질문이었다.
렌스키는 감각이 모두 마비된 듯
말 한 마디 못하고 고개 숙였다.
이 티없이 맑은 시선 앞에서
이 순진한 천진난만 앞에서
이 발랄한 영혼 앞에서
분노는 사라지고 질투도, 섭섭함도 말끔히 사라졌다.
쾌감이 넘쳐흐르는 눈으로 그는 그녀를 뚫어지게 본다.
그는 알았다. 자기가 지금도 지극히 사랑받고 있음을.
후회에 책망을 받으면서 용서를 빌려고 생각해도
다만 덜덜 떨기만 할 뿐 입을 열어,
아무렴, 거의…… 할 말이 없다.
그는 이제 행복한 순간이다.

(15   16)   17

그리고는 다시 생각에 잠기면서
그렇게도 그립던 올가 앞에 서서

블라디미르는 그녀에게

어제 일을 입에 올릴 힘이 없었다.

그는 머뭇거리며 속삭였다.

"올가라는 구원의 신 앞에

나는 영원히 임하는 것이다.

호색한들이 탄식과 칭찬의 불을 뿜어

젊은 여성의 마음을 홀리는 것을

저 더러운 독충이 귀여운 백합의 줄기를 갉아먹는 것을

겨우 어제 핀 꽃이 반도 못 피어 시드는 것을

내가 모른 체할 수는 없다."

친구 여러분! 들어 주십시오! 이것은 곧 이런 뜻입니다.

"나는 친구와 피스톨로 결투를 합니다."

18

만약 그가 타치아나의 마음을 태우는

상처의 깊이를 알고 있었다면!

내일은 블라디미르와 예브게니가

무덤 밑 움집을 향해

목숨을 걸고 겨루는 것을

만약 타치아나가 알고 있었다면,

아, 어떻게 알기만 했다면 그녀의 사랑은

두 친구를 다시 한번 결합시켜 주었을지도 모른다!

그러나 열렬한 이 정열을

우연히 알아차린 자는 없었다.

예브게니는 아무런 말 한 마디 없었다.

타치아나는 남몰래 슬픔에 싸여 있었다.

다만 유모만은 알 수가 있었을 텐데

아뿔싸! 둔감해서 탈이었다.

19

밤이 새도록 블라디미르는 멍청한 상태로 있었다.

조용히 묵도를 하는가 하면 별안간 웃다가 울었다.

뮤즈에게 사랑을 받고 자란 자는 언제나 이 모양이다.

낯을 찡그리고는 클라비코드 앞에서

화음을 긁어 소리를 내고

그러다가는 올가 쪽을 보면서 말하는 것이다.

“나는 행복해. 그렇지 않아, 올가?”

그러나 이젠 밤도 깊었다. 돌아갈 시간이다.

심장은 고민에게 주리를 틀리고

젊은 그녀와 작별 인사를 할 때는

심장이 찢어지는 듯했다.

그녀는 정면으로 사나이의 얼굴을 뚫어지게 본다.

"왜 그런 표정을?"

"뭐 별로." 이 한 마디를 남겨 놓고는 문밖으로.

20

집에 돌아오자 피스톨을 살펴보고는

다시 상자에 넣고

옷을 벗고 촛불 밑에서 실러의 책을 펴보았는데

다만 한 가지 생각이 그를 붙들고 놓지를 않는다.

수심에 싸인 그의 마음은

이 밤을 그대로 뜬눈으로 새운다.

뭐라 말할 수도 없이 아름다운

올가의 모습이 눈앞에 떠오른다.

블라디미르는 책을 덮고 펜을 잡는다.

사랑이 쓰게 하는 애절하고 슬픈 시구들이

리듬에 붙어 조용히 흐른다.

그것을 그는 사랑의 열에 들떠

소리도 드높게 낭송한다.

항연의 자리에서 만취가 된 델비크*와도 같이.

21

그때 그의 시는 우연히 지금까지도 내 손에 남아 있다.

여기 그 시구를 인용한다.

"어디로 아! 어디로 가 버렸느냐?

내 봄의 황금의 날이여!

다가오는 내일은 나에게 무슨 운명을 준비해 주느냐?

그 대답은 모든 인간의 지나온 광경,

어둠에 싸여서 알아 볼 길이 없다.

상관없도다. 운명의 판결은 항상 옳은 것이매.

설사 내가 맞아 쓰러진들

그냥 스쳐 지나간들

그 모두가 좋다.

눈을 떠도 눈을 감아도 정해진 시간은 다가오리니.

심로(心勞)의 나날에도 축복은 있다.

암흑의 나날에도 축복은 있으리니!

예
브
게
니
오
네
긴

22

내일도 여명은 비치고

휘황한 햇살이 빛날 것이리.

그러나 나는 아마도 무덤 아래의

신비한 안식처를 찾아 가리라.

젊은 시인의 추억은

흐름이 느린 레테 강에 쓸려가리.

이 세상은 나를 잊고 또 버리리.

그러나 너는! 미의 조그만 화신이여

너 하나만은 내 무덤을 찾아 눈물 흘리리라고 나는 믿는다.

저 사람은 나를 사랑하고 있었느니라.

폭풍우 같은 생애의 슬픈 한 새벽을

나를 위해 바쳤노라고…….

마음의 벗이며 사랑하는 벗이여

오려마! 오려마! 나는 너의 단 하나의 새신랑이니…….”

23

이와 같이 애매하게 또 힘도 없이 시인은 썼다.

(이것은 낭만주의라고 불린다.

물론 나는 이것이 낭만주의 시라고는

조금도 생각하고 있지 않지만 그건 아무래도 좋다.)

드디어 동이 트기 전 블라디미르는

밤을 새운 머리를 숙이고

'이데알'이라는 당시 유행어를 되새기며
꿈의 세계를 헤맸다.
잠의 마법이 적절한
망각을 사용하여, 조용히 잠들려는 순간
이웃 자레츠키가 조용한 침실로 급히 들어와서
이렇게 큰 소리로 떠들었다.
"자! 여섯 시가 넘었다고.
오네긴도 우리를 기다릴 텐데."

24

그러나 그것은 당치도 않은 소리.
예브게니는 이 시각에 죽은 듯이
깊은 잠이 들어 있었다.
밤의 장막이 걷히며 동녘이 밝아오고
닭 우는 소리가 별을 맞이하는 그 시각에도
예브게니는 세상모르고 곯아떨어져 있다.
태양이 이미 높이 솟아 하늘을 돌고
바람을 탄 눈 조각이 반짝이면서
회오리로 맴도는 시간이 되었는데도
예브게니는 잠자리를 떠나지 않는다.

잠은 아직도 그를 사로잡고 있다.
이윽고 침대에서 일어나 두 눈을 비비며
장막 끝을 치켜들고 자세히 보니
벌써 떠날 시각이 지났다.

25

깜짝 놀라 그는 벨을 울렸다.
기요라는 이름의 프랑스인 하인이 뛰어 들어오더니
그에게 가운과 슬리퍼를 내놓고
바지를 손에 쥐어 준다.
예브게니는 서둘러 떠날 차비를 하면서
하인에게 같이 갈 준비를 시키고
군용함(軍用函)도 가져가도록 일렀다.
빠른 썰매도 준비되었다.
서둘러 물레방앗간으로 달렸다.
잠깐 만에 거기에 닿더니
하인에겐 르파쥬*가 만든
치명적 무기를 가지고 따라오라고 이르고
썰매는 들판의 저편 두 떡갈나무 밑에
갖다 놓으라고 일렀다.

26

제방에 몸을 기대고 블라디미르는
오랫동안 초조하게 기다리고 있었다.
그 사이에 시골에 와 사는 기계기사 자레츠키는
맷돌을 점검하고 있었다.
예브게니가 양해를 구하면서 다가온다.
"그렇지만……." 하고 자레츠키는 기가 막힌 듯
"어디 있소, 당신의 시중꾼은?"
결투에 관해서는 정통하며
잔소리꾼인 자레츠키는
진정으로 형식주의자.
사람 하나 해치우는 데도
아무렇게나 끝내는 것은 허락하지 않고
모두 옛 법식에 따라 엄격한 법칙을 지키게 했다.
(이 점만은 칭찬해 주는 것이 마땅할 것이다.)

27

예브게니는 이렇게 말했다.
"내 시중꾼 말입니까?"

"이 사람입니다. 나의 친구 무슈 기요.

이 소개에 무슨 이의는 없으시겠죠?

세상에 알려진 분은 아니지만

양심적인 사람임에는 틀림없습니다."

자레츠키는 아랫입술을 물었다.

예브게니는 블라디미르에게 물었다. "어때, 시작하면?"

"좋겠지, 시작하세." 블라디미르는 이렇게 말했다.

일동은 물레방앗간 뒤로 갔다.

조금 떨어져서 자레츠키와 '양심적인 사람'이

중대한 결정을 하고 있는 동안

원수이자 친구인 두 사람은

눈을 지그시 감고 서 있었다.

28

원수! 과연 오래 전부터 원수였던가?

피의 갈망이 두 사나이를 격리시킨 것은 과연 오래 전이던가?

전에 둘이 혈연관계의 형제처럼

한가한 식사나 대화를 나누거나

또 그밖에 여러 가지 인간으로서 영위를 도탑게 나누던 것은?

이제 뜻하지 않게 두 친구는

적이라는 의식에 가득 찬

부모 죽인 원수와도 같이 무섭고 이상스런 꿈이라도 꾸듯이

새벽 적막 속에 냉엄하게 상대의 멸망을 준비하고 있다…….

손에 피가 묻기 전에

웃고 그만둘 수는 도저히 없는가?

유쾌하게 인사하고 헤어질 수는 없는가?

그러나 러시아 상류 사회의 반목은

이상하게도 거짓의 수치를 두려워한다.

예브게니 오네긴

29

이러는 동안에 피스톨이 번쩍이고

포목을 망치로 때려박는 소리가

새벽 공기를 음침하게 뒤흔들었다.

육각형 총신에 탄알이 장전되고 한 방이 울렸다.

이윽고 화약 터진 잿빛 연기가 약실에서 흘러나왔다.

사람 키보다 조금 높이 잿빛으로

신호 피스톨은 다시 장전되었다.

가까운 숲속에는 입장이 난처한 기요가 서 있다.

이 총소리를 신호로 등을 맞대고 서 있던 두 사나이는

망토를 휙 벗어 땅에 던지고 각기 앞으로 당당히 걸어갔다.

자레츠키가 재놓은 32보 거리를

두 사나이는 16보씩 나누어 걸어갔다.

두 사나이는 그대로 그 자리에 서 있었다.

그리고 각기 피스톨을 오른손에 쥐었다.

30

"자! 돌아설까요?"

냉정하게, 아직 겨누지는 않고

원수끼리는 어엿한 발걸음으로

네 걸음씩 서로 다가섰다.

죽음의 계단을 네 단씩.

먼저 예브게니가 계속 걸음을 옮기면서

자기 피스톨을 쳐들기 시작했다.

이어 다시 다섯 걸음씩 앞으로.

숨 막히는 순간이다.

렌스키도 왼쪽 눈을 실눈으로 감으면서

겨누기 시작한다.

이때 예브게니가 발사를 했다.

시인 블라디미르는 말 없이

자기 피스톨을 떨어뜨렸다.

31

조용히 가슴에 손을 대고 힘없이 땅에 넘어졌다.

흐려진 눈은 고통이 아니라

'죽음'을 나타내고 있었다.

마치 큰 눈덩어리가 햇빛을 받아 번쩍이면서

산의 찬물에 뛰어드는 느낌으로

예브게니는 시인 곁으로 달려갔다.

얼굴을 어루만지며 이름을 불렀다.

소용이 없었다.

그는 이미 이 세상 사람이 아니었다.

젊은 시인은 때아닌 죽음을 당하고 만 것이다.

폭풍우가 불어치더니

성벽의 햇살 속에

아름다운 꽃은 시들어 버렸다.

제단의 불은 사라져 버렸다…….

32

그는 꼼짝도 않고 누워 있다. 마치 꿈꾸듯이.

이마 위에는 이승에서 지쳐 버린 평안이 음산히 비쳤다.

탄환은 가슴 바로 밑을 관통해 있었다.
상처에서 연기 같은 핏줄기가 샘솟고 있다.
얼마 전 이 심장에서는 영감이나
미움, 사랑, 희망이 울리고 있던 것을.
생명이 뛰고 피가 맴돌고 있던 것을.
그런데 지금은 마치 사람 없는 흉가처럼
쓸쓸하고 암담한 채
영원히 침묵을 지키고 있다.
덧문은 모두 닫히고
창문 유리는 분필로 칠해졌다.
여주인은 사라져 버렸다.
어디로 갔는지는 신만이 안다.

33

서슴지 않고 풍자시로 서투른 짓을 한 적을 화나게 한다.
이것이 유쾌한 일이다.
그 적이 굳이 뿔을 세워 덤벼들려 할 때
불현듯 거울을 보면서 자기 모습에 놀라
부끄러워하는 꼬락서니를 바라다본다.
이것도 유쾌한 일이다.

만약 그가 "친구 여러분! 쑥스럽게도

이것은 바로 납니다." 하고 실토하게 된다면

그것은 더욱 유쾌하다. 그보다 더 속이 시원한 것은

무언중에 그 적에게 명예스러운 영구를 준비시켜

규정대로의 거리를 두어

파랗게 질린 그의 이마에 조용히 겨냥하는 일.

그러나 그를 그의 조상 앞으로 보내는 것은

여러분이 생각해도 그리 유쾌한 일은 아닐 것이다.

34

건방진 눈치나 대답 또는

그 밖의 조그마한 일 때문에

술자리에서 당신에게 창피를 주든지

아니면 격분하여 거만하게 도전해 온

나이 젊은 당신 친구가

이 편에서 쏜 권총에 쓰러졌다면?

그 친구가 여러분 앞에서 죽음의 그림자를

이마에 나타내며

땅바닥에 쓰러져 있고

점점 굳어 가면서 당신의 필사적인 부름도

못 듣고 말이 없을 때
도대체 어떤 생각이
여러분의 마음속을 휘어잡을 것인가?
그 대답을 나는 듣고 싶다.

35

양심의 가책에 옥죄이면서 예브게니는
피스톨을 손에 쥔 채 렌스키를 지켜보았다.
"이젠 할 수 없군, 심장을 맞았군."
결투 입회자 자레츠키는 이렇게 단언했다.
심장을 맞았군! 이 무서운 한 마디에
예브게니는 일루의 희망도 끊겨 버린 채
부들부들 떨면서 돌아서 썰매를 불렀다.
자레츠키는 얼음처럼 찬 유해를 조심조심 썰매에 실었다.
그리고는 이 가엾은 시체를
그가 살던 집으로 옮겼다.
말들은 주검의 냄새를 맡고
흰 거품을 뿜어 재갈을 적시고
콧소리를 내며 발을 구르더니
채찍을 맞고 화살처럼 달린다.

36

친구 여러분! 여러분은
시인을 아까워하시리라.
기쁨에 넘치고 갖가지 희망에 찬
꽃봉오리가 세상을 위해
그 희망을 이룰 겨를도 없이
배내옷을 벗으려는 순간에
그만 시들어 버렸다.
저 뜨거운 가슴의 동계(動悸),
저 고상하고 상냥하고 용감한
저 젊은 사상과 감정의
고귀한 지향은 그 어디메뇨?
너희들이 감춘 공상의 여러 가지,
또 신비스런 세계의 환상은
또다시 너희들의 신성한 시의 꿈은?

37

아마도 그는 이 세상의 행복을 위해
적어도 인간다운 명예를 세우기 위해

태어난 것인지도 모른다.

지금은 말 없는 그 고귀한 임무의 하프는

대대로 쉼 없이 울릴 텐데

아마도 세상의 층계 중 가장 높은 한 계단이

블라디미르를 기다리고 있었던 것인지도 모른다.

괴로움에 찬 그의 영혼은 신성한

비밀을 가지고 떠나 버려

우리들을 위해서 생명을 가져오는 소리가

영구히 사라져 버렸다.

무덤 속 그 영혼에게는

대대손손의 찬가도 모든 사람의 축복도

이제는 들리지 않겠지.

(38)   39

또 어쩌면 평범한 운명이

블라디미르를 기다리고 있었는지도 모른다.

세월이 흐르고 청춘의 한때가 지나

마음의 정열도 식어 사람이 달라져서

뮤즈와는 인연을 끊고 평범한 여인을 아내로 맞아

시골에 파묻혀 30년을 같은 생각하고

다행히 계집 빼앗긴 서방노릇 하며
솜 기운 가운 따위 입었을지도.
인생의 참됨을 이제야 알자
마흔엔 중풍, 쉰엔 할아버지
마시고 먹고 하염도 없이 뚱뚱해지는데 몸은 약하고
드디어 말 안 듣는 자식들이나 훌쩍이는 계집일랑
돌팔이들의 이제 그만이란 선고를 받고 침대를 등에 지고서
행복하게 숨을 거두었을지도 모르지.

40

그건 어떻든 독자 여러분!
시인이기도 하고 사려 깊고
분별 있는 몽상가이기도 한
이 젊은이는 가엾게도 친구 손에 살해당했다!
여기에 한 장소가 있다.
영감(靈感)의 후손이 살고 있던
이 마을의 왼편 쌍소나무가 난 곳이다.
그 그늘에서는 가까이 여울 소리가
굽이굽이 흐르는 강을 만들어
그 언덕에서는 농부들이 일손을 쉬고

또 추수하는 여인들이 찾아와

맑은 여울에 주전자를 담가 물을 떠간다.

여울 곁 녹음 속에는

간소한 묘비가 하나 서 있다.

41

그 묘비 아래 봄비가 촉촉이 내리는 날이면,

들판 위에 초록빛 풀들이 물결칠 때면

목동이 나무껍질로 여러 가지 빛깔의

신을 삼으면서 볼가 강 어부의 뱃노래를 부른다.

여름을 지내러 시골에 와 있는

젊은 도시 아가씨 한 분이

말을 몰고 혼자 단숨에

들을 건너 숲을 지날 때

언뜻 가죽 고삐를 당겨

묘비 앞에 말을 내려 발을 멈추고

모자에 달린 베일을 쳐들어

조촐한 묘비명을 바라본다.

그러자 두 눈에는 눈물이 글썽이고

상냥한 눈이 흐려진다.

42

이 아가씨는 목도하듯 고개를 숙이더니
말을 천천히 몰아 넓은 들을 되돌아간다.
아가씨 마음은 자기도 모르게
블라디미르의 운명이 가엾어진다.
그녀는 생각한다. '올가는 어떻게 되었을까?
그녀는 오래 고민했을까?
눈물의 세월은 곧 끝났을까?
그녀의 언니 타치아나는 지금 어디에?
그리고 저 세상만사가 다 귀찮은 사람은
젊은 미녀의 훌륭한 적수는,
저 우울한 별난 사나이는
젊은 시인을 죽인 자는 지금 어디 있을까?'
이 모든 의문들을 나는
독자에게 자세히 밝힐 예정이다.

43

그러나 지금은 기다려야 되겠다.
나는 나의 주인공을 진심으로 사랑하고 있으며

물론 언젠가는 그가 있는 곳으로 돌아갈 것이지만

지금의 나는 그를 상대하고 싶지가 않다.

나이는 음울해진 산문으로 나를 유혹한다.

나이는 헛되이 좋아하는 각운을 쫓아낸다.

한숨 섞어 고백하자면

나는 쫓아다니기 싫어졌다.

나의 펜은 종이를 한 장 또 한 장

삽시간에 더럽혀 버리는 옛날 흥미를 잃고 말았다.

그것과는 다른 차디찬 꿈,

또 다른 호된 걱정이

상류 사회의 시끄러움 속에서도 혹은 정적 속에서도

고이 잠든 넋을 깨워 놀라게 한다.

44

새로운 욕망의 소리를 나는 들어서 알아차렸다.

새로운 비애도 나는 느꼈다.

그러나 그러한 욕구에 결코 지나친 기대를 걸지 않았다.

나에게는 낡은 비애가 그립다.

꿈이여! 꿈이여! 어디에 있느냐 너의 달콤함은?

언제나 너에게 붙어 다니는 각운과 젊음은 도대체 어디로 갔느냐?

그 영예는 드디어 정말로 시간의 마른 바람을

정녕 진정으로 틀림없이 말하건대,

애가(哀歌)의 본뜻도 나오기 전에

내 삶의 봄은 날아가 없어졌느냐?

(지금까지는 장난으로 그렇게 말해 왔지만)

정말 그 봄은 되돌아오지 않을 것인가?

과연 나는 일생에 한 번, 곧 서른 살*이란

소리를 들어야만 하느냐?

45

그렇다, 나에게 정오가 온 것이다.

어쩐지 나도 그건 인정해야 한다고 생각한다.

하지만 그것으로 좋다. 그럼

내 빛나던 청춘과 화목하게 헤어지자.

내 청춘의 소중한 선물에 감사하오!

서러움과 즐거움에 감사하오,

고통과 그 기쁨에 감사하오,

폭풍우와 시끄러운 연회석에도,

모든 것에, 네가 보낸 준 모든 것에 나는 감사한다.

오로지 너에게 감사한다. 불안한 날에도 한가로운 날에도 나는 너를 받아들였다…… 마음껏. 그것으로 됐다!
청명한 마음을 안고 이제
나는 새 나그네길을 떠난다.
지난날의 피로를 잊고 쉬기 위해서.

46

또 한 번 뒤돌아보자꾸나! 그럼 안녕! 나의 은둔처여!

숲 속의 은둔처에서 정열과 권태와

근심을 안은 영혼의 꿈이 가득 찬

나의 날들은 흘러갔다.

그러나 그 젊은 날의 영감이여,

아무쪼록 나의 상상을 불러일으켜다오.

혼미한 내 마음을 흔들어 깨워 다오.

내 방에 더 자주 날아와 주게나!

그리고 저 시인의 넋이

당신들과 내가 몸을 담은 상류 사회의

죽음과 도취의 저 못에서

아슬아슬해지고, 무자비해지고, 완고해지며

그리고 나중에는 바윗덩어리가 되지 않도록

지켜보아 다오!

제7장

예브게니 오네긴

모스크바여, 러시아의 귀여운 딸아!

너만한 딸을 어디서 찾아볼 수 있을 것인가?

드미트리예프*

고향의 모스크바를 어찌 ?

바라틴스키

"모스크바에서 시비를 거시는군요?

세상을 보시노라면 그렇게 되는가 보죠.

그럼 대체 어디가 좋으신가요?"

"우리들이 없는 곳."

글리보에도프*

1

봄의 햇볕에 쫓긴 눈이
벌써 주변 언덕 위에서
흙탕물 짙은 시내가 되어
새파란 풀밭 위로 흘러 내려갔다.
자연은 맑은 미소를 띠고
꿈같은 기분으로 한해의 아침을 맞는다.
마냥 푸르게 빛나는 하늘은 투명해 보이고
아직은 띄엄띄엄 보이는 숲들은
보드라운 털 같은 새 잎에 싸여 간다.
꿀벌은 들이 주는 공물을 받아 모으려고
밀랍의 벌집 봉방(蜂房) 위를 날아다닌다.
계곡은 말라 얼룩진 빛으로 물든다.
가축 마음대로 울어대고
꾀꼬리 밤마다 적막을 설레게 한다.

2

아, 봄이여! 사랑의 계절이여!
네가 오는 것이 나에겐 왜 이리 슬픈가

내 가슴 속의 핏줄기 속에,

오, 봄이여, 너의 존재 자체가

얼마나 바보 같은 아픔인지,

어인 울적한 흥분인가!

전원의 적막 속에서 내 얼굴로 불어오는

봄의 입김을 즐기면서

얼마나 무거운 감상에 나는 젖을 것인지!

원래 즐거움이란 나에게는 인연이 없는 것인가?

기쁨이나 생기를 주는 모든 것, 희희낙락한 빛을 내는 모든 것

그것은 벌써 생명 끊긴 영혼에

쓸쓸함과 괴로움을 가져올 뿐인가?

그 영혼에는 무엇이나 암담하게 보이는가?

3

아니면 지난 가을 떨어진 나뭇잎이

되살아나는 것도 기쁘지 않고

숲의 새로운 웅성거림을 들으면서도

애처로운 상실을 추억하는가?

그렇지 않으면 뒤숭숭한 생각 가운데

생생한 자연의 모습을

두 번 다시 돌아오지 않는
청춘의 조락과 비교하려는가?
간혹 시적인 꿈 가운데
또 다른 옛날 봄이 빛나
사고 속에 기어 들어와
매혹적인 밤의 공상,
먼 나라, 달빛 따위의 공상을 끼어내어
우리들의 가슴을 흔들지도 모른다…….

4

때는 왔도다. 마음씨 좋은 게으른 사람들
에피크로스파의 현인들,
운명에 몸을 맡기는 행복한 자들,
레프신*학파의 병아리들,
시골의 프리아모스*들,
온갖 연령대의 다정다감한 부인들
봄이 당신을 시골로 부르고 있다.
따뜻한 해와 꽃들과 일하는 계절,
영감이 가득 찬 산보의 계절,
가슴 설레는 밤의 계절이.

자! 여러분 들판으로 나가시라! 빨리빨리!

잔뜩 쌓아 실은 짐마차에 우리 집 말이랑 역마랑

어떻든 밧줄 매고 주렁주렁

도심의 문 밖으로 나가시라.

5

또 너그러우신 독자 여러분!

먼 데서 주문해 온 포장마차를 타고

여러분이 겨우내 들떠 고대하던

피로를 모르는 시가지로 나가시오.

나의 방자한 뮤즈와 더불어

저 촌락의 이름도 없는 냇가에 가서

떡갈나무 숲의 웅성대는 소리에

귀를 기울이시오.

그 자리는 할 일 없는 은둔자 예브게니가

내가 좋아하는 꿈꾸는 여인

젊은 타치아나와 이웃하면서

지난겨울을 같이 지내던 곳이라오.

그러나 지금 그의 모습은 더 이상 없고

대지 위에 슬픈 흔적만 남았을 뿐.

6

둥그렇게 이은 언덕 사이를 쉬엄쉬엄 찾아가 보자!

좁은 시내 푸른 풀밭이 굽이굽이 흘러

보리수 숲을 돌아 강으로 서두르는 저 자리로.

거기서는 봄의 연인 꾀꼬리가 밤새 울어대고

들장미도 피어 넘치고

샘솟는 물소리 네 귀에 들리리.

그 곁 산기슭의 노송 그늘에

묘비 하나 외로이 서서

길 가는 사람에게 이렇게 고한다.

"블라디미르 렌스키의 무덤,

젊어 용자(勇者)와 같이 죽어

이 땅에 잠들도다.

○○년 ○○월 향년 ○○세

젊은 시인이여 고이 잠들라."

7

일찍이 새벽바람이

이 단정한 묘석 위에 늘어진 소나무 가지에 걸린

신비스런 화환을 흔들고 있었다.

일찍이 밤이 깊으면

두 처녀가 이곳에 찾아와서는

묘비를 보며 눈물 흘리고

달빛을 받으며 껴안고 울곤 했다.

하지만 이제는 돌보는 사람 없고

달빛만 고요한 채 모든 사람의 기억에서 사라졌다.

사람들의 발에 밟혀 생긴 오솔길도

이젠 풀에 덮여 버렸다.

가지의 화환도 없어졌다.

무덤 아래에서는 늙은 목부(牧夫) 한 사람이

노래를 웅얼대면서 나무껍질 신발을 삼고 있을 뿐.

 (8 9) 10

가엾은 렌스키! 슬픔에 야위어

그리 오래 올가는 울지도 못했다.

아! 애석하게도 젊은 약혼녀는

그 슬픔에도 정열을 지키지 못했다.

부실한 사나이가 그녀의 마음을 낚아,

달콤한 말이라는 사랑의 수단을 부려 그녀의

239

슬픔을 감쪽같이 기쁨으로 바꾸었다.
한 창기병(槍騎兵)이 그녀를 사랑의 포로로 만들었다.
그녀 또한 창기병을 진심으로 그리기 시작했다.
그리고 보라!
그녀는 벌써 그와 나란히
제단 앞에 서서 거북한 듯이 결혼식을 올렸다.
머리를 숙이고 감은 눈에 불길을 태우며
입술엔 가벼운 미소를 띠며……

<h2 style="text-align:center">11</h2>

가엾은 렌스키!
무덤에 있는 당신의 목소리가 들리지 않는
영원한 곳에 있으면서도 근심에 찬 이 시인도
이 배반한 여인에 대한 소름끼치는 소식에 가슴이 쓰렸던가?
그렇지 않으면 레테 강가에서 무의식의 행복을 얻은 시인은
이제 가슴 아파할 일도 없거나,
꾸벅꾸벅 졸고 있는 그에게 이 세상은 장벽을 쳐서
말을 듣지 못하게 한 것인가?
그렇다! 저 세상에서 우리를
기다리고 있는 것은 냉정한 망각이다.

적들, 벗들, 연인들, 모든 이의 목소리가 뚝 그친다.
다음은 다만 땅을 다투는 상속인들의
화가 치미는 합창이
차마 들을 수 없는 언쟁을 시작할 뿐이다.

12

이윽고 목청 큰 올가의 목소리도
라린 집에서는 들을 수 없었다.
운명의 포로라고도 할 창기병은
그녀를 데리고 연대로 돌아가야 했다.
슬픔의 눈물이 앞을 가리고,
늙은 어머니는 부디 소리만 하며
딸과 헤어지는 허전함을 어찌할 수도 없었다.
그러나 타치아나는 울 수도 없고
다만 슬픔이 그 얼굴을 덮어
죽음 같은 창백함에 싸여 있었다.
모두가 대문 밖까지 나와 작별을 하고
신혼부부의 마차가 도는 동안
공연히 바빠 안절부절못하는 사이에
타치아나는 새 부부의 출발을 전송했다.

예
브
게
니
오
네
긴

13

한참 동안 안개를 뚫어져라 쳐다보고는 그 속으로
사라져 가는 마차를 보니 허전함은 더욱 가슴을 메웠다.
타치아나는 이제는 혼자, 쓸쓸하게, 버림받았다!
아! 오랫동안의 소꿉동무,
타고 난 비밀 청취자인 그녀의 어린 비둘기
피를 나눈 마음의 친구는
운명의 손을 거쳐 별처럼 멀리 나뉘어 간 채
영원히 떨어져 살아야 했다.
하염없이 그림자처럼 혼자 거닐고
사람 없는 뜰을 내다보곤 했다.
어디를 가나 무엇을 보나
즐거움은 없고 참았던 눈물을
실컷 흘려 볼 기회도 없었다.
가슴은 둘로 쪼개질 것만 같았다.

14

거기다 그녀의 정열은
참혹한 고독 속에서 더욱 더 타오르고

마음은 더욱 더 소리 높이
저 멀리 있는 예브게니를 따진다.
다시 만나는 일은 설마 없겠지.
제부(弟夫)의 살인자로서 미워해야 할 사람.
시인은 제 명에 죽지를 못했는데…….
이젠 누구도 그를 추억하는 사람 없고
피앙세조차 딴 사나이에게 몸을 맡겼다.
시인의 기억은 사라졌다.
푸른 하늘에 흩어진 연기와 같이.
아니! 어쩌면 아직 두 개의 마음이
시인을 그려 슬퍼하고 있는지도.
허나 슬퍼한들 무엇 하랴?

15

어느 저녁, 날은 점점 어두워지고
시내는 조용히 소리도 없이 흐르는데
풍뎅이는 윙윙거리고 있었다.
윤무의 무리는 흩어지고
강 가운데에서는 고기잡이배의 불이
붉게 타며 연기를 내고 있다.

은빛 달 아래 넓은 벌판을 깊은 몽상에 빠진
타치아나가 홀로 오래오래 거닐고 있었다.
정처도 없이 방향도 없이 한없이 간다.
그런데 별안간 언덕 위 지주의 집과
언덕 아래 마을과 나무들과
밝게 빛나는 개울가의 뜰이 보인다.
그녀는 뚫어지게 그 광경을 바라보고 있다.
심장이 한층 빨리 고동치기 시작한다.

16

그녀는 주저한다. 의심이 가슴을 뒤흔든다.
'앞으로 갈까? 뒤돌아 갈까?……
그 사람은 거기에 없다. 나의 일은 아무도 모른다…….
잠깐 그분 댁을 찾아가 보자, 그리고 그 뜰로.'
타치아나는 이렇게 생각하고 언덕을 내려간다.
숨 쉬는 것도 불안한 듯
겁에 질려 두리번거리면서…….
이윽고 황폐한 정원으로 들어서자
개들이 일제히 짖으면서 달려든다.
겁에 질린 사람 소리를 듣고

저택에서 일하는 농노 아이들이
누구요 누구요 하면서 모여 들었다.
한참 수고하여 소년들은 개들을 쫓고
아가씨를 안으로 불러들였다.

17

"집을 보여주시면 하고……."
타치아나는 물었다. 아이들은
아니샤에게 열쇠를 달래러
무슨 기쁜 일이나 생긴 듯 뛰어갔다.
아니샤가 곧 그녀를 맞으러 오고
방문은 열렸다. 타치아나는 발을 옮겼다.
바로 전까지 주인공이 살던 빈집 빈방으로.
잊힌 과거들을 그녀는 보았다.
거실에 놓인 당구대에서는 큐가 휴식을 취하고 있고
주름투성이 소파 위에서는 승마용 채찍이 잠자고 있다.
타치아나는 더 안으로 들어간다.
아니샤 노파는 그녀에게 이렇게 말했다.
"여기가 벽난로입니다.
여기서 도련님은 늘 혼자만 계셨죠.

18

이 자리에서 한 겨울 내내 이웃 마을 돌아가신 렌스키 도련님
그분이 우리 도련님과 다정하게 식사를 하셨죠.
이리 오세요 아가씨, 여기가
우리 도련님 서재. 도련님은 여기서 주무시고
커피를 드시고 나서
그날의 농사 일정을 보고받으시고요.
아침마다 책을 읽으시고요.
어디 도련님뿐인가요.
도련님 아버님께서도 여기서 기거하셨죠.
주일에는 흔히 저 창 밑에서 안경을 쓰시고
저를 불러서 카드 게임을 하시곤 했죠.
젊은 분에게 은총이 내리시기를 빕니다.
어머니인 대지의 무덤 속 유해에도
안식이 깃드시기를!"

19

타치아나는 주위의 모든 것에
한없는 감동의 시선을 보냈다.

여기 있는 모든 것이 한없이 귀중하게 보였다.

모든 것이 괴로움이 반은 섞인 기쁨으로

피로한 넋을 소생시켜 준다.

불 꺼진 램프가 놓인 테이블,

담요를 깐 창가의 침대

침대 아래에 깔린 카펫

창 밖 저 멀리의 달빛이 그려 놓은 야경

주위는 온통 으스름으로 찼다.

바이런 경의 초상화 모자 밑으로

음울한 이마를 내놓고

두 팔을 팔짱 낀 사나이*의

기둥이 달린 주철의 조그만 조상(彫像).

20

타치아나는 오랫동안 이 멋진 암실(庵室)에

매료된 듯이 우두커니 서 있었다.

그러나 이제 밤은 깊었다. 차디찬 바람이 일기 시작했다.

계곡은 어둡다. 안개 낀

강가에서 숲조차 잠이 들었다.

달은 이제 언덕 너머로 기울었다.

247

마냥 젊은 순례자는

집으로 돌아갈 시간이 되었다.

아니 벌써 와 있었다.

타치아나는 두근거리는 가슴을 달랜 후 한숨을 쉬었다.

그리고는 귀로에 접어들었다.

떠나기 전에 양해를 얻어 놓았다.

조용히 책을 읽기 위해

주인 없는 서재에 때때로 와도 좋다는.

21

타치아나는 문을 나서면서

아니샤 노파에게 작별 인사를 했다.

하루 뒤 그녀는 아침 일찍

주인 없는 서재로 찾아갔다.

너무나 고요한 서재 안에서

잠시 이 세상일을 모두 잊고

완전히 혼자가 되어 언제까지나 울고 있었다.

우는 자유가 이곳엔 있었다.

이윽고 책으로 눈이 쏠렸다.

덥석 읽을 생각은 안 났지만 그래도 다시 생각하니

책을 골라서 읽기도 우스운 생각이 들었다.

한두 장 읽어 나가다가

타치아나는 골몰하여 읽게 되었다.

새로운 세계가 그녀 앞에 펼쳐졌기 때문이다.

22

이전부터 모두들 알고 있듯이

예브게니는 훨씬 전부터

독서에 흥미를 잃고 있었지만

그래도 어느 종류의 작품은 그의 흥미를 돋우고 있었다.

자우어와 돈 후안의 시인*,

그밖에 한두 가지 소설에는

우리 시대가 반영되어 있고, 금지된 것이 부활되고 있다.

현대인과 그 이기적이고

윤택한 맛이 없는

싫증도 안 나는지 꿈을 좇는

패덕하는 넋과

헛된 행위에 분노하는

원망에 가득 찬 지성이

꽤 올바르게 그려져 있었다.

23

날카로운 손톱자국도 뚜렷이 남겨 놓은
인상 깊은 페이지도 많았다.
주의력이 미치는 아가씨의 눈동자는
생생하게 그 페이지에 쏠린다.
예브게니가 언제 어떻게 어떤 사상,
어떤 말에 감동을 받았는지
어떤 의견에 말 없이 동의하였는지
타치아나는 가슴 설레면서 보았다.
여백에는 연필로 메모한 곳도 있었다.
여기저기에 예브게니의 영혼이
어느 때는 간결한 일상용어로써
어느 때는 열십자 표로써,
또 어느 때는 의문 부호로써
스스로를 밝히고 있었다.

24

이리하여 우리 타치아나는
고압적인 운명 탓에 열정적으로 사랑하게 된

사나이의 정체를 고맙게도

지금은 차츰 뚜렷이 알기 시작했다.

이 변덕스런 이방인,

슬픔과 함께 가는 이 위험스런 자,

천국이나 지옥이 점지한

천사 또는 매우 건방진 악마

그는 도대체 무엇인가? 사람 흉내인가!

보잘것없는 환상이련가?

아니면 해럴드의 망토를 입은 모스크바 사람인가?

남들이 제멋대로 붙인 주석이던가?

완벽한 유행어의 사전이던가?

결국 패러디가 아닐까?

25

과연 그녀는 수수께끼를 풀었는가?

과연 열쇠는 발견했는가?

시간은 점점 지나가고, 그녀는 잊었다.

집으로의 여행이 시간 초과했음을.

집에서 두 이웃 마나님이 만나

그녀의 일을 화제로 삼고 있었다.

"어떻게 하면 좋지? 타치아나도 이제 어린애가 아니고……."
한숨을 내쉬면 더 늙은 부인이 말했다.
"올가는 그 애보다 나이가 아래거든요.
제발 시집을 가줘야겠는데.
하지만 어떻게 할 재주가 있어야죠!
누구를 신랑으로 갖다 대 보아도
시집을 안 가겠다 고집하며
언제나 시무룩한 표정으로 숲속을 혼자서 거닐고만 있잖아요."

26

"연애라도 하고 있는 게 아닐까요?"
"도대체 어느 사내와? 브야노프도 거절했어요.
페투슈코프도 역시 거절.
경기병 피프친이 손님으로 우리 집에 있을 때
저 애에게 반해서
분투 노력하고 끔찍할만치 적극적이었어요.
이번에는 반가운 대답일 줄 알았는데
천만에요! 이번도 역시 허탕."
"뭘 여보세요 마님, 단념하시진 마시라고요!
모스크바의 신부 시장에 데리고 가시죠!

거기라면 빈자리가 많다던데요."

"하지만 여보세요, 돈이 있어야죠!"

"한겨울쯤은 염려 없어요,

그래도 안 되겠으면 내가 빌려 드리죠."

27

사려 밝은 고마운 이 충고가

늙은 어머니는 퍽 마음에 들었다.

어쩌면 좋을까 궁리한 끝에 그 자리에서

이 겨울 모스크바로 가기로 결정했다.

그리고 타치아나도 이 소식을 들었다.

시골서 자라난 소박한 아가씨의 소탈한 성격이

사교계의 비웃음을 사고

유행에 뒤진 어법이 드러나면

모스크바 멋쟁이 사나이들과

상류 사회의 빈축을 사게 마련.

유행에 뒤진 그녀의 옷은

그들의 눈총을 받게 마련.

어이구머니! 그보다는 쓸쓸한 숲속에 남아

사는 편이 훨씬 나을 텐데.

예
브
게
니
오
네
긴

28

아침 햇살과 같이 일어나
지금 그녀는 들로 뛰어가
감동의 눈으로 아침 들을 둘러보고는
혼자 중얼거렸다.
"잘 있어라, 평화스런 계곡과 샘이여!
잘 있어라, 너도 역시, 눈 익은 봉우리여,
잘 있어라, 정든 숲이여,
잘 있어라, 천상의 매력을 가진 아름다움이여,
즐거운 자연이여, 활기에 찬 공간이여.
나는 그립고 조용한 세계를 떠납니다.
화려한 허영과 도시의 시끄러움 속으로……
그리고 너 나의 평화여 안녕!
나는 어디로 무엇을 향해 가는가?
나의 운명은 나에게 무엇을 선사하려 하는 것인지?"

29

그녀의 산책은 아직도 계속된다.
아직 눈앞에 있는 언덕이나 시냇물이

제각기 아름다움을 자랑하여 그녀도 모르는 사이에

타치아나의 발을 못 가게 묶고 있다.

참말로 오랜 동무에게 말을 하듯이

그녀는 자신의 숲이나 풀에게

시간이 없으니 급히 이야기하였다.

그러나 순식간에 여름은 가고

황금의 가을이 왔다.

자연은 마치 제사장처럼 아름답게 꾸며지고

거기 놓인 희생의 양은

새파랗게 질려서 부들부들 떨고 있다.

이윽고 음산한 날씨와 더불어 삭풍이 불고 숲이 운다.

그 다음엔 동장군이 마녀를 이끌고 찾아왔다.

30

겨울은 와서 사방으로 흩어졌다.

눈은 솜 줄기처럼 되어 가볍게 떡갈나무 가지에 걸렸다.

들판 가운데, 언덕 주위에

파상형의 양탄자가 되어 쌓였다.

움직이지 않는 강 위에도 푹신한 이불처럼 쌓여

언덕과 같은 높이를 만들었다.

반짝반짝 서리가 반사된다.
동장군의 장난을 우리는 모두 기꺼워한다.
하지만 타치아나의 마음은 여전히 우울.
겨울을 맞으러 밖에도 나가지 않고
뽀얀 눈보라를 맞을 생각도 않고
얕은 지붕에서 첫눈을 움켜쥐고
얼굴이나 가슴, 어깨를 씻지 않는다.
타치아나는 겨울의 나그네길이 무서운 것이다.

31

출발 날짜가 연기되어
마지막 기한도 다하려 한다.
잊힌 듯 창고에 넣어 두었던 궤짝썰매가
먼지를 털어 버리고 튼튼히 고쳐졌다.
으레 그렇듯 세 대의 전통적 포장썰매가
온갖 종류의 가재도구를 싣고 간다.
프라이 팬, 의자, 트렁크,
병에 든 잼, 담요,
깃이불, 광주리의 닭,
항아리, 쇠대야 등

요컨대 필요한 모든 것을 잔뜩.

이러는 동안에 하인들이 사는 집에서는

생이별을 슬퍼하는 울음소리.

열여덟 마리 여윈 말이 뜰로 끌려나온다.

32

말들이 주인의 썰매에 매어진다.

조리사들이 조반을 준비한다.

포장썰매엔 이삿짐이 드높이 실린다.

여자나 마부들이 외치는 소리.

털이 긴 마른 말에는 수염도

훌륭한 말몰이꾼이 올라탔다.

종들은 마나님 일행과 작별하러

종종걸음으로 대문 앞에 모인다.

이윽고 일동이 썰매에 앉자

훌륭한 궤짝썰매는 대문 밖으로 나가 섰다.

"잘 있어라! 평화스런 땅이여!

조용한 안식처여!

또 볼 때가 있을는지?"

타치아나의 두 눈에선 눈물이 하염없이 흘러내렸다.

예브게니 오네긴

33

우리들의 문명과 개화의 혜택이
두메산골까지 미쳤을 때는
(드디어 철학적 일람표*의 계산으로
5백 년 뒤 이야기지만)
우리나라의 오솔길도 멋진 도로로
깜짝 놀랄 만큼 바뀌리라.
포장도로가 가로 또 세로
러시아 전국을 거미줄 치듯 하고
철교는 폭넓은 원호를 그리며
어떤 강이라도 성큼 건너고
산과 들을 파헤쳐서
깊고, 깜짝 놀랄 만한 터널이 뚫리고
우리네 정교(正敎)의 신도는
마장(馬場)마다 식당을 개업하게 되리.

34

그러나 지금의 우리나라 철도는 말이 아니다.
오랫동안 내버려 둔 다리는 폐교가 되고

마장 주막에는 빈대와 벼룩이 들끓어

그 누구도 쉴 수 없다.

괜찮은 여관은 존재하지 않는다. 그리고 을씨년스러운

통나무집에서 공연히 허세부리며 성가시게 하는

메뉴는, 보기에도 배고프고,

온갖 종류의 해결 가망 없는 식욕을 돋울 뿐이다.

그런가 하면 시골에서 사는 키클롭스* 따위가

시원찮은 불 앞에서

서구의 화사한 세공품을

러시아의 망치로 수선하고 있고,

또한 조국을 찬미하는

바퀴자국이라는 지고한 상표를 축복하고 있다.

35

그 대신 추운 겨울 막바지에는

안심하며 여행을 즐길 수 있지.

유행가의 의미도 없는 문구처럼

겨울 길을 유리처럼 매끄럽다.

우리나라의 아우트메돈*들은 기운도 좋아

우리나라의 트로이카 또한 피로를 모르지.

이정표가 울타리와 같이 너무 빛나
얼빠진 눈을 위로해 준다.
다만 재수 나쁘게 라린 부인은
썰매 삯이 비싼 것이 겁이 나서
역전(驛傳) 썰매가 아니고
자기 썰매로 천천히 갔기 때문에
우리들의 아가씨도 나그네길 고생을 혼이 나도록 맛보았던 것.
모녀는 썰매로 일곱 낮 일곱 밤을 꼬박 갔다.

36

그러나 이제 여행은 끝났다.
그들 앞에는 흰 돌의 모스크바.
연륜을 쌓은 둥근 지붕이 벌써 금빛 십자가를
번쩍이면서 숯불처럼 타고 있다.
동포 여러분! 일찍이 눈앞에
교회 종루 정원 궁전 따위 반원이
뜻하지도 않게 나타났을 때
나는 얼마나 기뻤던가!
유랑하는 운명의 몸
슬픈 이별을 해야 할 때

모스크바여 그 몇 번인가 너를 추억했더냐?
오! 모스크바여…… 이 한마디 소리 속에
얼마나 여러 추억이 깃들어 있더냐!
얼마나 많은 것들이 메아리칠 것이냐!

37

떡갈나무 숲에 둘러싸여
보인다 페트로프스키 성채*가.
몇 해 전의 영예를 자랑하는
암울한 이름이 울려 퍼진다.
나폴레옹이 최후의 행운에 취하여
모스크바가 무릎을 꿇고 크레믈린 고성의 열쇠를
가지고 와서 인사할 것을
헛되게 기다리고 있던 곳이다*.
아니, 우리 모스크바는 맥없이 고개를 숙이고
항복 따위 하지 않았다.
초조해서 기다리던 영웅에게 모스크바가 준비한 것은
축제나 공물이 아니라 화재였다.
여기서 그는 침통해하면서
무서운 불꽃을 바라보고만 있었다.

38

그러면 땅에 떨어진 영광의 목격자
페트로프스키 성채여.
자! 우물쭈물 말고
서둘러라, 서둘러야지! 이제
성문 기둥의 대열이 희게 보인다.
벌써 궤짝썰매는 츠베르스카야의
울퉁불퉁한 길을 뛰어가고 있다.
흘낏흘낏 지나치는 경비원, 여자들,
아이들, 뜰이나 수도원,
브하라 사람*, 썰매와 텃밭,
장사꾼과 판잣집과 농부들,
가로수 길, 탑과 카자흐, 약국과 유행품점,
발코니의 문에 새겨진 사자*,
십자가 위에 앉은 까마귀의 무리.

(39)　40

진력이 나는 이 나그네길에서도
한두 시간은 더 걸리어서

하리토니*에 가까운 골목길
어느 저택의 문 앞에 썰매는 섰다.
이럭저럭 4년 폐를 앓고 있는 늙은 작은어머니 댁에
모녀는 겨우 닿았다.
이 두 손님을 맞아 대문을 열어 준 것은
안경을 쓰고 누더기 카프탄을 걸친
흰머리의 칼뮈크인으로서
손에 양말을 들고 있었다.*
객실 소파에 누워 있던 공작부인의
큰 목소리가 모녀를 반긴다.
두 늙은 마님은 울먹이면서
부둥켜안고 감격하여 부르짖었다.

41

"아이고, 이게 누구야, 모낭쥬!"*
"파셰트!"* "알리나!"*
"정말로 뜻밖이야! ― 참 오랜만이구려!
오래 있게 돼?" "참 반가워!" "자! 앉아요! 웬일이야!
그야말로 무슨 소설에 있는 이야기 같군……."
"애가 딸 타치아나죠."

"아! 타냐! 자! 내 곁으로 오렴.
이게 꿈인지 생시인지…….
참 그랜디슨* 사촌을 알 텐데?"
"그랜디슨? 아! 그랜디슨 말이죠!
알아요 생각나는군요. 그래 그분은 지금 어디에 계시죠?"
"모스크바의 시메온* 가 근처지.
크리스마스 전날엔 글쎄 날 병문안을 다 오고.
바로 요전에 며느리를 보았다든가.

42

저 양반은 말요…… 이따가
이따가 자세히 이야길 할께. 좋겠죠? 옳아!
내일은 온 친척들에게 타냐를 보여 줄 테니.
서럽게도 마차를 타고
여기저기 나 돌아다닐 수가 없어서 말야.
이놈의 몸이 겨우겨우 발을 끌고 걷고 있다니 글쎄,
그건 그렇고 먼 여행길 고생스러웠지.
같이 저기 가서 쉽시다.
어이 기운이 없어…… 어디 아픈 데 없는데……
지금은 슬픔뿐 아니라 기쁨조차 괴로워…… 그런데

난 이제 아무 소용에도 닿지 못해……
늙고 보니 살고 있는 게 귀찮다고…….”
이 말을 하고 나더니 눈물을 글썽이고
기침을 마구 했다.

43

앓는 이의 총애와 기쁨은
타치아나를 감동시켰다.
하지만 자기의 거실에서만 따로 살아 온 그녀에게
새 집 살림은 어쩐지 거북했다.
비단 커튼이 쳐져 있는 새 침대에서는
아무리 해도 잠이 안 온다.
어느덧 새벽을 알리는 교회의 새벽 종소리가
그녀로 하여금 침대에서 일어나게 하였다.
타치아나는 창가에 와 앉는다.
어둠은 물러가고 있지만
눈에 띄는 것은
그리운 들판이 아니라
낯선 뜰과 마구간과
뒤뜰과 울타리가 눈앞에 있을 뿐.

44

이윽고 타치아나는 친척 댁의 만찬회에
오늘도 내일도 초대받았다.
멍하고 나른한 모습으로
할머님 할아버님들께 초대면 인사.
멀리서 온 이 친척 아가씨를
가는 곳마다 정성어린 환경과 환호로
식사 대접하듯 환대를 했다.
"타냐, 퍽 컸구나! 세례 때
가 본 것이 엊그제 같은데!"
"꽤 안아 주고 얼러 주고 했는데."
"안아 주면 귀를 잡아당겼지."
"꿀 든 과자만 골라 먹더니!"
할머니들이 나중엔 함께
"세월은 참 빨라!"

45

그렇다고 하지만 이 할머니들은 아무 변화가 없다.
무엇이나 옛날 그대로.

공작의 영양 엘레나 작은 아줌마는
지금도 튤 두건을 쓰고 있고
루케리아 리보브나는 지금까지도 분을 바르고
류보피 페트로브나는 지금까지도 거짓말쟁이.
이반 페트로비치는 지금도 바보.
세미욘 페트로비치는 지금도 천박하고 인색.
노회한 사촌 펠라게야 니콜라브나 친구는
여전히 무슈 피누무슈.
그 개는 역시 그 스피츠, 주인도 역시 그 분.
주인 양반은 여전히 클럽*의 단골.
여전히 귀가 멀고 순해 빠져
마시고 먹기는 두 사람 몫.

46

친척의 따님들은 차례차례로 타치아나를 안았다.
모스크바의 젊은 여신들은 처음에는
말도 않고 타치아나를
머리끝에서 발끝까지 뚫어지게 보았다.
어딘지 모르게 이상한 느낌이 드는
시골뜨기 잘난 체하는 아가씨.

얼굴도 이상하게 푸르고 말라깽이인데
꽤 이쁜 편이라 돌아보았다.
그러는 동안 타고난 성질이 좋아 단짝이 되고
자기들 방에 데려가
입맞춤을 하든지
두 손을 마주 잡든지
머리 풀어 현대식으로 느슨히 땋아 주든지
노래라도 부르듯 마음속 비밀, 처녀의 비밀이랑

47

자기와 남들의 사랑의 승리와
희망, 장난, 몽상을 밤중에 털어놓았다.
가벼운 비방이, 꼬리를 문 악의 없는 고백담이
한바탕 지난 뒤,
그 수다의 갚음으로 이번엔
그녀의 거짓 없는 고백을
어리광을 부리며 조르기도 했다.
그렇지만 타치아나는 꿈꾸듯
사람 이야기나 멍청히 듣고 있을 뿐.
도무지 무슨 소린 줄 모르겠고

그러면서도 자기 가슴에 숨긴 일은
행복과 눈물로 고이 감춘 구슬은
시치미 딱 떼고 지켜나가려고
아무에게도 그것을 털어놓지 않았다.

48

타치아나는 남들의 이야기를
정성들여 들으려고 생각했는데
객실에서 모두가 귀를 기울이는 것은
끝없는 속악한 이야기뿐
이도저도 쓸쓸하고 냉정하고
중상(中傷)조차도 재미없었다.
나중엔 점점 맛도 없는 이야기
질문, 뒷공론, 뉴스 따위
설사 24시간을 계속한들 그 흔한 사상 이야기
불성실한 지성은 미소조차 않고
어쩌다 한번도 비치지를 않는다.
장난으로도 가슴이 뛰는 일도 없다.
공허한 사교계, 그 내용에는
다만 어리석고 우스꽝스런 것뿐.

49

문서과의 귀공자님[*]들은 한 모퉁이에 모여
없는 점잔을 빼면서 타치아나를 보고는
그녀를 이야깃거리삼아 뭐니뭐니
심술궂은 소문을 퍼뜨리고 있다.
다만 한 사람 슬픈 표정의 어릿광대가
그녀야말로 '이상의 여성'이라 생각하고
어깨를 문에 기대고 서서
그녀를 위하여 엘레지를 짓는 듯.
진력나는 작은어머니 댁을 찾아
타치아나를 만난 브야젬스키[*]는
언젠가 그녀 곁에 앉아
요령 좋게 사기를 돋우어 주었다.
그 곁에서 우연히 그녀에게 눈독을 들인 어느 노인은
에헴 하고 가발을 만지더니 그녀에게 이것저것 물어댔다.

50

그러나 광란의 멜포메네[*]가 긴 소리로 절규하면서
냉담한 관객을 앞에 앉히고

금실은실 망토를 흔들고 있는 곳

또는 타리아*가 상냥하게 고개 숙이고 인사해도

예의상의 박수소리도 들리지 않는 곳

냉정하게 졸고 있는 곳

이번엔 또 단 혼자 테르프시코레가

젊은 관객의 눈을 휘둥그렇게 뜨게 하는 곳

(이것은 일찍이 독자 여러분의 시대와

나의 시대도 마찬가지였지만)

그런 데서는 앞자리나 좌석에서

귀부인들의 질투어린 안경도

신식 한량들의 오페라 글라스도

그녀에게 향해지는 일은 없었다.

예
브
게
니
오
네
긴

51

귀족회*에도 끌려갔다.

거기서는 혼잡, 흥분, 열기,

울리는 기악, 성악, 촛불의 밝음 그리고

바람 스치듯 원무의 쌍쌍

가볍고 사뿐한 미녀들의 옷차림,

별사람들이 다 지나가는 발코니

반원형으로 늘어앉은 결혼 적령기의 아가씨들
이 모든 것이 별안간 타치아나를 쥐고 흔들었다.
여기서는 오만할 자격이 있는 멋쟁이들이
뻔뻔스러움과 다변과 조끼와
금테안경을 자랑삼는다.
휴가를 얻은 경비병들도 허둥지둥 달려와서는
공연히 소리를 질러 남을 놀라게 하고
애가 타도록 괴롭혀 놓고는 도망가 버린다.

52

밤에는 반대로 또 어여쁜 별들이 뜬다.
모스크바 거리의 수많은 미인들.
그러나 하늘에 있는 그 어느 친구보다도
빛나는 것은 푸른 하늘을 건너는 저 달.
내가 감히 내 하프로써
괴롭히고 싶지 않은 그 여자는
그 우아한 달같이 단 한 사람,
부인들과 처녀 가운데 빛나고 있었다.
얼마나 천상적(天上的)인 자랑을 안고
땅에 발을 딛고 있을 것인가!

얼마만한 일락이 가슴에 넘쳐 있을 것인가!
저 훌륭한 시선의 나른함이여!
그러나 이젠 그만 어지간히 해 두자.
광란에 대한 공물은 이미 다 바쳤을 터.

53

지껄이고 웃고 인사하고 뛰놀고
갤럽, 왈츠 또는 마주르카…….
이것들을 도외시하고 원기둥 뒤 두 아주머니 사이에 끼어
아무에게도 눈에 띄지 않게 은밀하게
타치아나는 사방을 둘러보았으나
아무것도 눈에 들지 않고
사교계의 무가치한 소란이 오직 미울 뿐.
그녀는 여기가 숨이 막혔다……
숲과 들판의 생활로
가난한 농촌사람들과 오두막집으로
맑은 내가 흐르는 조용한 저 고향으로
꽃이 핀 뜰로, 그녀의 소설로, 그분이 흔히 모습을 보였던
보리수 가로수 길의 컴컴한 곳으로
그녀는 꿈속에서 달리고 있었다.

54

이리하여 생각은 점점 먼 곳을 방황한다.
사교계도 듣기 싫은 무도회도 그녀는 잊었다.
그러나 그 시간에도 늠름한 어느 장군 한 분이
그녀로부터 시선을 떼지 않는다.
두 아주머니는 눈짓을 하여
팔꿈치로 동시에 타냐를 찌르고
제각기 이렇게 속삭였다.
"빨리 왼쪽을 보라고."
"왼쪽이요? 어디? 뭐가 있어요?"
"글쎄, 뭐든 보기만 하래도……
저 사람 말이야. 보이지 않아?
저 앞쪽 군복을 입은 두 사람이 있는 곳.
자! 떨어졌지…… 아니 옆으로 섰잖아……."
"누구 말씀이에요? 저 뚱뚱한 장군?"

55

그런데 여기서 사랑하는 나의
타치아나의 승리를 축하한 뒤에

이야기의 방향을 바꾸기로 하자.

내가 누구를 노래하고 있는지를 잊지 않게 하기 위해서…….

마침 됐어! 이 문제에 관해 여기서 한 마디 말해 둬야겠어.

"나는 노래한다, 젊디젊은

내 친구와 그 여러 가지 변덕을.

오! 서사시의 뮤즈여! 원컨대

나의 긴 노작에 축복을 내리소서.

믿음직한 지팡이를 나에게 쥐어 주시어

여기저기로 방황하지 않게 해 주소서."

이로써 충분하리라. 겨우 어깨에서 무거운 짐이 내려졌다.

이로써 겨우 고전주의에 대한 의리를 다했다.

어쨌든 늦게나마 서문도 마련된 셈이니까.*

제8장

Fare thee well, and if for ever

Still for ever, fare thee well,

*Byron**

1

일찍이 내가 리체*의 뜰에서
한가하게도 꽃으로 피어
아플레이우스*를 애독하고
키케로*는 읽지 않고 있을 때
아, 저지의 신비한 계곡
조용히 빛나는 물가에서

백조가 우는 봄날에
처음 뮤즈가 나에게 나타났다*.
그리고 학생의 다락방을 홀연히 빛내는
뮤즈는 다락방의 문을 열고 들어와
거기서 젊디젊은 공상의 잔치를 벌이고
나이 어린 자들의 즐거움이랑
우리나라의 먼 옛날의 영광과
떨리는 가슴의 꿈을 노래하였다.

예브게니 오네긴

2

사람들은 미소로 그녀를 맞이하고
첫 성공은 나를 고무했다.
늙은 델자빈*은 나를 알아보고
임종 직전에 나를 축복했다.
....
....
....
....
....
....

....

....

3

열정의 변덕만을

내 행동 원칙으로 삼으며

또 모든 사람들과 생각을 나누면서

헛되이 내 좋아하는 뮤즈는

야경꾼의 귀를 놀라게 한다.

떠들썩한 잔치나

이론이 백출하는 토론의 자리에 꼬었다.

그러자 뮤즈는 광란의 연회석에 선물을 가지고 와서

바커스의 무당 부럽지 않게 지껄이면서

술잔을 들고 손님들을 위해 노래했다.

그 즈음의 젊은이들은 무턱대고

그녀의 궁둥이를 따라다니고

나는 친구 중에서도 이 경박한

여자 친구를 자랑삼고 있었다.

4

내가 굳게 약속한 친구들을 떠나
멀리 도망갔을 때*…… 뮤즈는 나를 따랐다.
상냥한 뮤즈는 얼마나 자주
말 없는 내 나그네길을 격려해 주고
감추어진 이야기의 마력으로써 나를 위로해 주었던고!
코카서스*의 바위에서 바위로
레노레*처럼 달빛에 비치면서
얼마나 자주 나와 더불어 말을 달렸던가!
타우리스*의 해안을 따라
밤안개 속을, 밀물 소리를,
네레이스*의 끊이지 않는 속삭임을
깊고 영원한 구원의 물결의 합창을
만물의 아버지에게 바치는 찬가를 듣고자
얼마나 자주 나를 데리고 걸었던가!

예브게니 오네긴

5

이리하여 도시의 망각도,
그 휘황한 향연도, 성가신 일들도 잊고

가엾게도 몰다비아* 벽지의 저 끝에서
그녀는 보잘것없는 천막에 사는
유랑민* 부족을 방문하였다. 한편
참혹하게 사는 그들 사이에 끼어 시골뜨기가 되어
가난하고 이상한 말이랑
사랑하는 광야의 노래*를 위해
신들의 말투를 잊고 말았다…….
그러자 별안간 주위 모습이 홱 달라져
그녀는 이제 슬픔을 가득히 안고
프랑스 문고본을 손에 쥐고,
시골서 자란 아가씨로서
나의 뜰*에 홀연히 나타났도다.

6

그리고 지금 나는 비로소 뮤즈를
상류 사회의 야회로 데리고 가서
야성적인 그녀의 매력을
질투 섞인 불안과 더불어 응시한다.
명문 귀족과 멋 부리는 사관과
외교관과 품위 높은 부인들이

여봐란 듯이 줄지은 사이를
그녀는 사뿐사뿐 지나가
소리도 없이 자리를 잡고 소란스런 혼잡과
의상과 오가는 말들과
나이 젊은 여주인 앞에 정숙하게
인사하러 나오는 손님들이랑
그림을 둘러싼 검은 사진틀처럼
신기한 듯 눈여겨본다.

7

과두 정치체제 같은 냄새를 풍기는 환담의 그 훌륭한 질서
조용한 자랑의 그 냉정함
여러 가지 벼슬과 나이의 이 혼합이 그녀는 좋았다.
그러나 이러한 엘리트들 사이에서
말도 않고 무표정하게 앉아만 있는
저 양반은 도대체 누구일까?
누구와도 연고가 없는 듯한데.
그의 앞을 흥이 깨진 요괴들의 행렬 모양
얼굴들이 슬쩍 지나간다.
저 얼굴에 드러나는 고뇌는

281

스플린*인가 상처를 입고 괴로워하는 자부심인가?

어떻게 여기 왔을까?

정말 저 사나이?…… 맞았어, 역시 그 사나이다.

이곳엔 언제 흘러들어온 것일까?

8

지금도 옛날과 같을까? 지금은 더 이상 의기양양해하지 않을까?

그렇지 않으면 아직도 무슨 이인(異人)인 체하고 있는 것인가?

어떻게 돼서 돌아왔을까? 무슨 역할을 할까?

우선 무슨 연극을 할 작정일까?

이번엔 또 무슨 위장을 할지 모르겠군.

멜모트*, 차일드 해럴드?

애국자, 세계주의자?

고집쟁이 또는 무뢰한? 그렇지 않으면

전혀 다른 가면을 써 보일까? 그렇지 않으면

바람직하지 않지만, 너나 나 같은 세상 사람과 비슷해졌을까?

어떻든 나의 충고를 하고 싶어.

썩어빠진 유행과는 손을 끊을 것.

세상 사람을 홀리는 짓은 이제 그만……

"그를 알고 있는가?" "그렇다고도 그렇지 않다고도 말할 수 있어."

9

그러면 도대체 왜 자네는
저 사나이를 그렇게 나쁘게 말하는가?
주제넘게 우리 생각에 대해
비판하려 하기 때문인가?
불과 같은 영혼들의 얼뜸이 독선적인 속인들을
혹은 상처를 주고 혹은 웃기기 위해선가?
자유 천지를 사랑하는 지성이 남을 압박하기 때문인가?
우리들이 공리공론을 너무 자주
실속 있는 일로 생각하기 때문인가?
어리석은 자는 경박하고 심술궂게 마련이기 때문인가?
진지한 사람은 사소한 일 가운데서도
진지한 가치를 찾기 때문인가?
범용만이 우리에게 이해되고
이상하다고 생각하지 않기 때문인가?

예브게니 오네긴

10

청춘 시절에 청년다웠던 자는 행복하다.
자신의 시대와 더불어 성숙한 사람

나이와 더불어 한 걸음 한 걸음

인생의 차가움을 견디어 낸 자는 행복하다.

기묘한 꿈에 홀리지 않고 지낸 사람

상류 사회의 속물들과 거리낌 없이

지낼 수 있었던 사람

스무 살 때 멋쟁이고 사내답다고 일컬어지고

서른에 유리한 결혼에 들어선 사람

쉰 살에 공사의 의무에서 해방되고

이름과 돈과 지위를 차례차례로

시치미를 떼고 차지하여

줄곧 세상에서 훌륭하다고

우러르는 사람은 행복하다.

11

우리의 청춘이 우리가 만든 것이고,

함부로 낭비하여 소진해도 되는 것이라는 생각은 슬프다.

자기가 늘 청춘에 등을 보이고 살아 왔다고

또 청춘에 속임을 당했다고

또 우리들의 덧없는 희망

우리들의 신선한 꿈들이

비가 잦은 늦가을의 나뭇잎처럼 차례차례
떨어졌다고 생각하는 것은 퍽 슬픈 일이다.
자기 앞에 오찬의 긴 행렬만이
줄지은 모습을 보게 되든지
인생 만사를 한 의식으로 보고
예의 바른 군중의 뒤를 따라
세상의 평범한 견해도 정열도 나눔이 없이
걸어가는 것은 못 견딜 노릇이다.

12

떠들썩한 소문의 표적이 되어
철난 사람들 사이에서
겉 꾸미는 별난 사람이라든가
걱정도 팔자인 미친놈이라든가
사탄을 자처하는 요물이라든가
나아가서는 내 꿈속의 데몬*이라든가 하고
소문이 나면 견딜 수 없어(독자들도 동의하시리라).
예브게니는(다시 그에게로 붓을 옮기자)
결투로 친구를 죽인 뒤로는
목적도 마음을 괴롭히지 않고

스물여섯 살까지 살아 왔지만
의무도 아내도 일도 없어
한가한 나날을 힘겨워하며
무엇 하나 한 일 없이 세월을 보냈다.

13

그는 어떤 불안감 때문에
늘 있는 자리를 바꾸는 습관이 들었다
(까다로운 성질로서 이 십자가를
스스로 지는 사람은 드물다.)
내일 또 내일도 피투성이 유령이
들과 숲속 공터에서 그에게 나오는
쓸쓸한 숲이나 밭을
그의 촌락을 버리고 멀리 떠나
하나의 오로지 하나의 감정에만 몸을 맡기고
정처 없는 나그네 길을 그는 떠났다.
그러나 곧 세상만사가 그렇듯
여행도 싫증이 나 되돌아와서는
마치 저 챠스키처럼 배에서 곧장
무도회*로 뛰어들었다.

14

그러나 별안간 군중이 술렁이기 시작하고

속삭임은 홀을 메웠다.

이 집 여주인에게 어느 귀부인이 다가간다.

당당한 장군이 뒤를 따른다.

그녀는 서두르지도 않고

냉담하지도 않고, 수다스럽지도 않고

일동에게 주저하는 빛도 보이지 않고

주목을 끌려는 야심도 없이

어떤 교태도 보이지 않고

어떤 기교를 부림도 없이……

모든 것이 늠름하고 단순하고

그야말로 시슈코프*의

화신으로 보였다…… (시슈코프여 용서하라.

le comme il faut*를 무엇이라 번역해야 좋을지 나는 잘 모르겠다.)

15

부인들은 그녀 곁으로 다가간다.

늙은 부인들은 방긋이 웃는다.

신사들은 그녀의 시선을 잡으려고
조심스레 허리를 깊이 굽히며 인사한다.
홀을 지나가는 처녀들도 그녀의 앞을 지날 때는
발소리를 죽인다. 그녀와
같이 모습을 나타낸 장군의
두 어깨와 얼굴만이 우뚝 솟아 보인다.
누구 하나 그녀를 미인이라고 부르는 자는 없겠지만
그러나 머리에서 발끝까지 자세히 뜯어보아도
누구 하나 그녀에게서 런던의 귀족 사회가
천박한 의무로서 전제적인 유행 삼아
벌거*라고 흔히 부르는 것을
무엇 하나 찾아 낼 수가 없었다. (번역이 곤란하군.)

16

나는 매우 좋아하는데도 불구하고
이 '벌거'라는 말을 번역할 수가 없다.
현재의 러시아에서는 이것이 신어(新語)이며
이 후에도 명예스런 대우를 받을 것 같지는 않다.
풍자시라면 소용이 닿겠지만…….
다시 우리 귀부인 이야기로 돌아가자.

대범하고 침착한 것이
매력인 이 귀부인은
네바 강의 클레오파트라로 알려진
요염한 니나 보론스카야*와 나란히
테이블에 앉아 있었다.
여러분도 아마 동의하실 것이지만
대리석을 연상케 하는 눈부신 니나의 미모도
곁에 앉은 부인의 빛을 빼앗지는 못했다.

17

'설마 그럴 리가' 하고 예브게니는 생각한다.
'정말 그 여자일까? 그러나 확실히…… 아냐……
설마! 넓디넓은 들판 저 쓸쓸한 시골에서……'
잊은 지 오래인 모습을
어렴풋이 회상하게 하는 부인 쪽으로
끈덕지게 귀걸이 안경을
쉴 사이 없이 향하는 것이었다.
"그런데 공작! 그녀가 누군지 모르겠어,
스페인 대사와 이야기하고 있는 저 빨간 베레모를 쓴 부인을?"
공작은 예브게니를 가만히 쳐다보고

“그렇군! 사교계에서 자네도 오랫동안 자리를 비웠었지.

기다리게나 내가 소개해 줄 테니.”

“글쎄 누군가 말이야, 저분은?”

“내 아내야.”

18

“뭐 결혼을 했어! 난 전혀 몰랐지.

오래됐어?”“2년쯤.”

“상대는?”“라리나야.”

“타치아나!”

“알고 있었나?”

“이웃에서 살았지.”“아! 그렇던가. 그럼 가세.”

공작은 아내에게 다가서서

친척이기도 한 이 친구를 인사시킨다.

공작부인은 그를 보았다……

얼마나 가슴이 뛰었겠냐만

놀라움과 감동이 얼마나 컸겠냐만

조금도 그것을 나타내지 않고

이전과 변함없는 범절을 지키며

인사하는 모습도 전과 같이 조용했다.

19

그렇다! 몸을 떤다든가, 새파래진다든가, 빨개진다든가

그런 변화를 보이지 않을 뿐 아니라

눈썹 하나 까딱 하지 않고

입술을 깨물지도 않았다.

아무리 눈여겨 살펴보아도

예브게니는 이전의 타치아나의 모습은

찾을 길이 없었다.

무언가 이야기 실마리를 찾으려 해도 할 수가 없었다.

그녀는 물었다. 여기에 전부터 있었는가?

어디서 왔는가? 혹시

옛날 둘이 있던 데서 온 것은 아닌가?

이윽고 남편에게 지친 듯한 시선을 돌리더니

슬며시 어디론가 사라져 버렸다.

그는 굳은 듯이 그 자리에 남아 있었다.

20

그녀가 그 타치아나라니!

그 옛날 이 소설의 처음에서

인적이 드문 먼 시골에서
기특하게도 교훈 열에 끌렸던 그가
유창한 설교를 들려주어
간곡히 타일렀던 그녀, 타치아나라니!
지금도 그가 간직하고 있는 편지로
마음의 소리를 있는 그대로
남김없이 써 보냈던 그 처녀…….
그런데 이게 꿈이 아닌가?
삼가야 할 처지일 때는
자기가 마음에 두지 않았던 그 아가씨,
그녀가 지금 자기에게 저렇게도
무뚝뚝하게, 냉정하게 대접하다니?

21

혼잡한 야회에서 발길을 돌려
여러 가지 생각에 잠겨 그는 집으로 돌아왔다.
한밤중의 잠은 때로는 슬픈
때로는 즐거운 공상으로 설치고 말았다.
눈을 떴다. 편지가 왔다.
N공작의 정중한 야회 초대장이다.

"고마워라! 그녀의 집이다!

가야지, 물론 가야지!"

그는 서둘러 정중한 답장을 썼다.

도대체 어쩌자는 건가? 어떤 기묘한 꿈을 꾸고 있는 것인가?

그의 차고 게으른 마음속에서

대체 무엇이 꿈틀거리기 시작한 것일까?

허영심인가? 초조해선가?

그렇지 않으면 청춘의 고뇌 ― 사랑인가?

22

예브게니는 또다시 시간을 센다. 벨이 울린다.

역시 해지는 것을 기다린다.

이윽고 열 시를 알리는 벨이 울리자 그의 마차는 떠난다.

마차는 새가 날듯이 달린다.

현관에 가 닿았다.

가슴을 설레면서 공작부인의 방으로 들어간다.

타치아나는 혼자 방에 있다.

둘은 잠깐 같이 앉아 있다.

예브게니의 입에서는 한 마디 말도 나오지 않는다.

어색한 표정으로 겨우

그녀의 물음에 대답할 뿐.
떳떳치 못한 생각만 들고
눈은 완고하게 앞을 바라본다.
그녀는 여유 만만하게 쉬고 있다.

23

남편이 들어온다. 그리고
이 불쾌한 데타테트*를 깨뜨린다.
예브게니와 어울려 지난날의 나쁜 장난
좋은 장난의 추억담을 즐긴다.
둘은 웃는다. 손님들이 들어온다.
이윽고 양념을 곁들인
상류 사회의 독설로 활기를 띤다.
요령 부득의 싼 입놀림이나 바보 같은 자기 자랑이
여주인 앞에 쏟아져 나온다.
그런가 했더니 이번엔 점잖지 못한 화제도
영원한 진리도, 현학적인 과시도 포함되지 않은
총명한 토론이 때로는 이것을 막는다.
더욱이 그 발랄한 자유스러움은
누구의 귀에도 거슬리지 않는다.

24

그렇지만 여기에는 모스크바의
꽃의 명문 귀족, 유행의 귀감
어느 자리에서나 마주치는 얼굴과
없어서는 안 될 바보도 있었다.
또 거기엔 모자를 쓰고 화사하게
장미꽃으로 꾸민 심술쟁이 노부인도 있었다.
또 거기엔 꾸어다 놓은
보릿자루 같은 두세 명의 귀족 따님도 있었다.
또 거기엔 국사를 논하는
공사도 있었다.
또 거기엔 흰머리에서 향수를 풍기며
한 세대 묵은 재담을 늘어놓는 노인도 있었다.
그 재담은 예리하고 재치 있으나
젊은이들에게는 약간 우스꽝스러웠다.

25

거기엔 몹시도 경구를 좋아하는,
모든 일에 화를 잘 내는 노신사가 있었다.

나온 차가 너무 달다느니
숙녀들의 평범한 일, 신사들의 말투
뜻을 알 수 없는 피상적인 소설
나아가서는 두 자매에게 하사하셨다는 벤젤리*도
잡지의 거짓말도 전쟁도 내리는 눈도 자기의 아내도
이 모두가 그에게는 화를 돋우는 것이었다.
．．．．．．．．．．．．．．．．．．
．．．．．．．．．．．．．．．．．．
．．．．．．．．．．．．．．．．．．
．．．．．．．．．．．．．．．．．．
．．．．．．．．．．．．．．．．．．
．．．．．．．．．．．．．．．．．．

26

또 여기엔 점잖지 않기로 유명한
프롤라소프*도 와 있었다.
생 프리*여, 앨범마다
너에게 연필을 닳게 한 그 사나이.
출입구에는 또 다른 무도회의 독재자
이 양반은 의상 잡지의 삽화처럼 서 있었는데

성지 주일의 천사*같이 붉은 볼에
탱탱한 옷을 입고 입을 다물고 있었다.
여행 중에 잠깐 들른 뽐내는
강심장의 사나이도 와 있었는데
죽어라 점잔을 빼는 그의 모습은
손님들의 웃음거리가 되고
모두들 주고받는 눈치와 눈치는
그에 대한 일동의 판결이었다.

27

그러나 우리 예브게니는 그날 밤
줄곧 타치아나만을 생각했다.
사랑에 마음을 빼앗긴 순진하고, 가엾고, 낙담한
그가 아는 아가씨가 아니라
냉담한 공작부인,
장려하고 지고한 네바 강의
다가가기 어려운 여신이었다.
오! 인간의 후손들이여! 당신들은 모두
인류의 조상인 이브를 닮았다.
주어진 것은 당신들의 마음을 끌지 않는다.

자꾸만 뱀이 당신들을 부른다.
자기에게로 신비의 나무에게로.
금단의 열매야말로 당신들의 소원
그것 없이는 에덴의 동산도 동산이 아니라니.

28

타치아나의 변신은 놀라웠다!
자신의 새로운 역할을 얼마나 알뜰히 익혔는지!
저 사람을 압도하는 위엄 있는 태도를
얼마나 재빠르게 몸에 익혔는지!
누가 그 품위 있고 안온한
야회 홀의 여왕에게서 저 귀여웠던
조그만 여인의 모습을 감히 떠올릴 수 있으랴!
일찍이 그도 그녀의 마음을 설레게 했는데!
일찍이 그녀도 그를 사모하여
모르페우스*가 찾아들기 전의 어둠에 휩싸이면서
수심에 잠기게 되었는데
언젠가는 평안한 삶의 행로를
저이와 함께하려고 꿈꾸면서
울적한 달에게 보냈었는데!

29

사랑은 나이를 이길 수 있지만
아직 젊고 깨끗한 마음에는
폭풍우가 닥칠 때 봄의 들판처럼
그 충동과 분노로부터 축복을 보인다.
정열의 비를 맞으면 젊은 마음은 생생히 되살아나고
여문다. 새로운 표현으로 말한다면
왕성한 삶의 힘이
아름다운 꽃을 피우고 달콤한 열매를 맺게 한다.
그러나 때늦은 메마른 나이
우리들 생애의 전기에 있어서
죽어 버린 정열의 흔적은 슬픔뿐이다.
그것은 마치 으스스한 가을 비바람이
초원을 늪으로 바꾸고
가까운 수풀의 옷을 벗기는 것과 같다.

30

이제 의심할 여지는 없다.
가엾어라! 예브게니는 타치아나에게

어린애 같은 사랑을 했던 것이다.
연모의 정으로 괴로워하면서 흘려보낸 나날.
이지의 준엄한 비난에는 귀도 기울이지 않고
오늘도 내일도 그저
그녀의 집 현관 유리문 앞에 마차를 댄다.
그림자처럼 그녀의 뒤를 쫓는다.
그녀의 어깨에 부드럽고 따뜻한 목도리도 주고
뜨거운 정으로 손을 잡기도 하고
앞길을 가로막는 각색의 제복 입은
시종을 물리쳐 길을 터주고
손수건을 집어 주고……
그러한 동작이 그를 참으로 행복하게 해 주었다.

31

아무리 그가 죽을 듯이 발버둥 쳐도
그녀는 눈도 깜짝 않는다.
집에선 자유로이 만나고
손님들 앞에선 두세 마디 건넨다.
때로는 머리를 까딱하고 맞을 뿐
어느 때는 아는 체도 않는다.

아양 따윈 털끝만큼도 없다.

그런 처신은 상류 사회의 금물이다.

예브게니는 얼굴이 창백해진다.

그녀는 그것을 보지 않거나 또는 가엾다고 생각지 않는다.

예브게니는 수척해져 스스로도

폐병이 아닌가 할 정도였다.

누구나 그에게 진찰을 받으라고 권하고

의사들은 이구동성으로 온천에 가라고 권한다.

32

그렇지만 그는 가지 않는다. 그럴 바엔 차라리

지하의 선조를 쉬 뵙겠다는 편지라도 내고 싶은 심정.

하지만 타치아나는 아는 체도

않는다(여자란 그런 것이다).

그래도 그는 완고하게 물러가지 않겠다고

여전히 희망을 걸고 버텨낸다.

병약한 몸으로 건강한 사람보다 더 대담하게

공작부인에게 그 힘도 없는 손으로

열렬한 편지를 써서 보낸다.

지당한 말씀이나 그는 편지에

원래부터 그다지 의미를 두지 않았다.
그러나 연모의 고민은 이미
견딜 수 없는 지경에까지 이른 듯하다.
다음에 그 편지를 그대로 실어 본다.

타치아나에게 보낸 오네긴의 편지

무엇이든 저는 예감할 수가 있습니다.
슬픈 비밀의 이 고백은 당신 기분을 나쁘게 만들 겁니다.
자존심에 넘친 당신의 시선은
괴롭고 모멸스러운 빛을 띨 것입니다.
나는 무엇을 희망하고 있는 걸까요?
무슨 목적으로 내 마음을 속속들이 당신 앞에 털어 놓을까요!
얼마나 심술궂은 웃음거리가 될지 안다 해도
나는 선언하렵니다.

언젠가 나는 뜻밖에도 당신을 뵈어
당신의 가슴속에 있는 정다움의 불꽃을 또렷이 보았음에도
나는 감히 그것을 믿으려고 하지 않았습니다.
상쾌한 감동을 나는 억누르고 있었습니다.
자유를 구가하려는 내 자신의 편견,
내 자신의 취향 탓에 그리 했습니다.

그밖에 나와 당신 사이를 떼어 놓은 것은……
비극적 희생물이 되어 블라디미르가 죽은 일입니다……
자기 마음이 그립다고 생각하는 모든 것을
마음으로부터 나는 그때에 모두 베어 버렸습니다.
이 세상 아무에게도 인연이 없고 속박도 없는 그러한 나는
자유와 평화가 행복에 대신하는 것이려니 생각했습니다.
아! 그런데 이것은 무슨 잘못!
얼마나 벌을 받았을 까요…….

그게 아니죠, 끊임없이 당신을 보고
어디를 가나 당신을 뒤쫓아가서
당신의 입에서 흐르는 미소나 눈의 움직임을
사랑의 눈으로 보고 느끼며,
당신의 말소리를 싫증 안 나게 귀담아듣고
완벽한 당신의 미를 남김없이 이해하려고 노력하고
당신 앞에서 쓰러져, 피폐해지고
소리 없이 사라진다…… 이것야말로 행복이죠!

그런데 나는 그것을 부정합니다.
오로지 당신을 위해 어디를 가나
그냥 우물쭈물하면서 따라만 갔을 뿐
완벽한 당신을 파악하지 못했습니다.

나에게는 하루도 소중합니다.

단 한 시간조차 중요한 시간입니다.

더욱이 나는 운명이 나를 위하여 짜 놓은 나날들을

공연한 괴로움으로 낭비하고 있습니다.

그 나날이 이제 괴로워서 못 견딜 지경입니다.

나는 이제 얼마 남지 않은 나의 여명을 잘 알고 있습니다.

이 목숨을 조금이라도 끌어 나가려면

잠이 깨면 오늘도 당신을

만날 수 있을까 하는 확신이 필요합니다…….

이 조심스런 소원 속에도 당신의 엄숙한 시선은

경멸할 만한 나의 음모가 있다고

보시지 않을 것인지 걱정됩니다 —

그러고 보니 노기를 띤 꾸지람이 내 귀에 들리는 것 같습니다.

아! 적어도 당신이 이 심정을 알아만 주신다면

얄궂은 이 사랑의 갈증에 몸을 태우며 — 들끓는 피

이것을 이성으로 억누르는 것이 얼마나 무서운가를.

당신의 무릎을 껴안고 발아래 엎드려 울며

애원, 고백, 원망, 무릇 표현할 수 있는

모든 것을 고백하려 하면서도

더욱이 말투도 눈치도 짐짓 냉정한 듯 가장하면서

시치미를 딱 떼고 대화를 나누며 자못 즐거운 듯한 눈으로 당신을 쳐다본다는 것이 얼마나 두려운 일인가를…….

그렇지만 이것은 불가능합니다.

나 자신을 거역할 기력은 이제 나에게는 없습니다.

모든 것은 결정되었습니다.

나는 이제 당신 마음에 달려 있습니다.

그리고 내 운명에 몸을 맡기겠습니다.

33

답장은 오지 않는다. 그는 또다시 편지를 보낸다.

두 번째 편지에도 답장이 없다.

세 번째 편지에도 답장은 없다.

어느 모임에 출석했다.

들어가자마자 그녀가 나타났다.

그 얼굴의 엄숙함이란!

보지도 않고 말 한 마디 없다.

아니 그녀를 감싸고 있는 것은

십이야* 전후의 극한의 분위기이다!

심술궂은 그녀의 입술은 격한 분노를 누르려고 필사적이다!

예브게니는 날카로운 시선을 기울였으나

대체 어디에 동정의 빛이 있겠는가?
어디에 눈물 자국이 있겠는가? 절대로 없다!
그 얼굴엔 분노의 자취만 있을 따름…….

34

그리고 아마 거기엔 대단치 않은
탈선이나 언뜻 보인 약점이나……
우리 예브게니가 알고 있는 여러 가지 일을
남편이나 상류 사회의 사람들이 눈치 채지 않을까 하는
그런 공포의 흔적도 있었겠지만…….
어쨌든 절망이다! 그는 그 자리를 떠났다.
자기 번뇌를 저주하면서 — 그 번뇌에 깊이 잠식되어
그는 두 번째로 모스크바 사교계와 작별했다.
그리고는 조용한 서재에서 언뜻 머리에 떠오른 것은
시끄러운 저 사교계 한가운데서
저 잔학한 우울증에 쫓기고 쫓고
나중에 갈 데가 없어 우울증에 목덜미를 잡혀
방 한 구석 컴컴한 곳에 갇혔던
그 즈음의 추억이었다.

35

그는 손에 잡히는 대로 책을 읽기 시작했다.
기번*, 루소,
만조니*, 헬더*, 샹포르*
스탈 부인*, 비샤*, 티소*를 숙독하고,
토론 금지를 무시하고 때론 헤르더도,
회의주의자 벨*도 읽었다.
퐁트넬*의 책도 읽었다.
우리나라 것도 몇 가지를 싫다 않고 읽어 보았다.
문집*도, 잡지도 읽었다.
우리에게 걸핏하면 교훈을 내리고
또 요새는 나를 한창 비난의 대상으로 삼는 잡지도.
일찍이 나는 바로 그 잡지에서 나에 대한
대단한 칭찬을 들은 일도 있지만*.
뭐, 언제나 태연하오*, 신사 여러분.

36

어찌 되었을까? 눈은 글자를 쫓고 있었지만
생각은 저 멀리서 헤매고 있었다.

갖가지 공상이나 소원이나 비애가
머리에 밀물처럼 치닫는다.
종이에 인쇄된 글자와는 다른 글줄을
그는 영안(靈眼)으로 읽고 있었다.
그러한 행간 읽기에만 몰두하고 있었다.
그것은 저 그리운 어슴푸레한
먼 옛날의 신비스런 설화.
아무 일에도 관계가 없는 꿈
또 꿈이나 갖가지 위협이나 교훈
아니면 기나긴 민화의
생생한 느낌의 쓸데없는 소리
그것도 아니면 젊은 처녀들에게서 오는 갖가지 편지.

37

이렇게 그는 차츰차츰 감정과
사상의 수면 속으로 빠져든다.
'상상(想像)'의 육안 앞에서
갖가지 파라온* 딱지를 배부한다.
어느 때는 녹기 시작한 눈의 이불 위에
야영하듯 꼼짝 않고 쓰러져 있는 청년을

흔들어 깨운다. 몸이 굳어 있다. 으스스하다.

"이젠 할 수 없군*……." 하는 소리가 들린다.

또 어느 때는 잊은 지 오래된 적이나

비방하는 자나 심술궂은 비겁자나

젊은 배반자의 여인 군상이나

멸시를 받아 마땅한 동무들의 모임이 보인다.

또 어느 때는 어느 지주의 집 —

창가에는 그녀가 앉고…… 꿈이라면 으레 그녀가 나타난다.

38

이러한 경지에 자기도 모르게 빠지는 버릇이 생겨

그는 금방 발광을 할 듯

무슨 시인 따위가 될 듯도 했다.

(그랬다면 아마도 매우 재미있었을 것이다.)

아니 정말 그 당시 최면술의 힘을 빌려

어쩐지 머리가 둔한 내 제자 하나도

러시아 시의 메커니즘을 조금만 더 했더라면

터득하기로 되어 있었다.

방구석에 혼자 앉아 눈앞에서 벽난로가 활활 타고 있는데

그런 때 〈베네데타〉*라든가

〈아이돌 미오〉*를 중얼거리며
불 속에 때로는 슬리퍼 때로는 잡지를 떨어뜨리는 모습은
바로 시인 그대로다.

39

세월은 기다리지 않아도 간다. 데워진 대지에서는
벌써 겨울이 끝나려는 기색이 보인다.
그러나 그는 시인도 되지 못하고
열기도 식은 채 죽지도 않았다.
봄기운이 깃들자 그는 소생한 느낌이 들었다.
모르모트 모양 그가 동면하고 있던
꽉 닫았던 방들이나 이중창이나
벽난로 따위를 모른 체하고 그는 오랜만에
바깥 공기를 심호흡하고 네바 강가로 썰매를 달렸다.
이리저리 금이 가 있는 얼음 위를
햇살이 비쳐 반짝이고 있었다.
길가에서는 파헤쳐진 눈이
구중중하게 녹아 내려간다.
그 위를 썰매를 몰아 예브게니는

40

대체 어디로 가려는 것인가?

여러분이 짐작하는 대로다.

반성하는 빛이 조금도 없는 우리의 별난 사람은

주책없이 또 타치아나 집으로 직행하고 있다.

그 안색은 썩어 송장 같지만, 의젓하게 찾아 들어갔다.

입구의 복도에는 개미새끼 한 마리도 없다.

거실로 들어간다. 또 더 들어간다. 아무도 없다.

문 하나를 불쑥 열었다.

이때 그를 몹시 놀라게 한 것은 무엇이었던가?

눈앞에 공작부인 — 타치아나가 혼자 있을 뿐이다.

실내복을 입고 안색이 새파래져 있다.

무언가 편지를 읽고 있다.

턱을 괴고 홀로

조용히 눈물을 줄줄 흘리고 있다.

41

아! 누가 잠깐 동안에

말 없는 그녀의 괴로움을 알아차리지 못할 자가 있겠는가?

예브게니 오네긴

옛날의 타냐 가엾은 타냐가
누가 지금 공작부인임을 인정하겠는가?
미칠 듯한 회한에 가슴이 막혀 예브게니는
털썩 그녀의 발밑에 몸을 던졌다.
그녀는 움찔 몸을 떨었다.
말 없이 예브게니를 지켜보고 있다.
노여운 빛도 놀란 표정도 없다…….
병자 같은 그의 광채를 잃은 눈
애원으로 가득 찬 그의 표정, 말 없는 비난
그 모두를 그녀는 알아차렸다.
이제야 다시 지난 꿈을 추억하고
순진한 처녀가 그녀 자신의 마음속에서 되살아났다.

42

그녀는 그를 일으키려고 하지 않는다.
또렷이 내려다보며 강제로 끌어당겨 입맞춤을 당한
감각 없는 자기의 손을 잡아당기려고도 않는다.
이제 어떤 몽상에 젖어 있는 것인가?
오랜 침묵의 시간이 흘러갔다.
드디어 그녀는 낮은 목소리로

"자! 이젠 일어나세요.

제 기분을 당신에게 감추지 않고

모두 말씀드리고 싶어요.

오네긴님! 당신은 뜰의 줄나무 길에서

운명이 우리들을 어울리게 해서

제가 그러한 솔직한 타이르심을 끝까지 들었을 때

그때 일을 기억하시겠습니까?

오늘은 저의 차례가 왔습니다."

예
브
게
니

오
네
긴

43

"오네긴님! 그 당시의 저는 더 젊었고

아마 지금보다는 이쁜 편이었을 겁니다.

저는 당신을 사랑하고 있었습니다.

그런데 참 기가 막혀요.

도대체 어떤 대답을 준비하셨는지요? 다만 냉혹뿐.

당신에게는 순진한 계집아이의 애정 따위는

전혀 새로운 것이 아니라는 것이었습니까?

지금도, 신이여, 당신을 생각하면

차디찬 그 눈동자, 엄숙한 설교,

지금 생각을 해도 피가 얼어붙는 걸요……

313

그렇다고 저는 당신을 공격하지는 않습니다.
무서웠던 그때 당신은 고상하게 처신해 주셨습니다.
저에 대해서 취해 주신 태도는 인도에 벗어나지 않았습니다.
이제 서야 진심으로 감사드립니다……."

44

"그때는 그렇지 않으셨는지? 세상의 쓸데없는
소문을 떠난 황야의 가운데 있던 탓으로
당신의 눈에 띄지 않던 저였습니다…….
그런 저를 왜 지금은 쫓아다니시는 겁니까?
왜 이제야 제가 당신의 눈에 띄었나요?
제가 이젠 상류 사회에 얼굴을 내놓아야 할 일
저에게는 돈도 높은 지위도 있는 일
전쟁에 나간 제 남편이 병신이 된 일
그 때문에 궁중의 은총을 받고 있는 일
그런 일이 있었기 때문이 아닙니까?
지금이라면 저의 불명예가
세상에 널리 알려져 이야깃거리가 된다면,
이런 일이 당신에게는 추문을 이용한
명예가 될는지도 모르기 때문이 아닙니까?"

45

"저는 울고 있습니다…… 당신의 타냐를

아직 잊지 않고 계신다면 아무쪼록 이해해 주세요.

그 힘만 저에게 있으면

저주스러운 정열이나

여기에 있는 편지나 눈물 따위보다는

오히려 당신의 신랄한 꾸지람이나

냉철하고 엄숙한 말씀을 저는 기꺼이 듣겠어요.

그때 당신은 저의 유치한 꿈을 적어도 가엾게 여겨 주셨습니다.

나이에 대한 고려만은 해 주셨습니다……

그런데 지금은! 무엇이 당신을

제 발 밑에 무릎을 꿇게 했겠습니까?

무슨 쓸데없는 짓을 하시는 겁니까!

당신만한 정감과 지성을 가지신 분이 보잘것없는

감정의 노예가 되어도 좋으신 겁니까?"

46

"오네긴님! 저에겐 이 화려함,

화가 날 만한 이 생활의 화려 찬란한

사교계의 회오리바람 속에서 남의 눈을 끄는 일

현대식 저택이나 야회 따위

저에게 그러한 것이 무슨 소용이 있겠습니까?

지금 당장이라도 저는 무도회의 이 따위 옷차림이나

눈부신 화려함이나 떠들썩함이나 독기 같은 것은

낡은 책과 황폐한 뜰, 우리들의 다소곳한 안식처

제가 처음 당신을 봬온 그곳이나

저의 가엾은 유모가 이제는

십자가와 나무 그늘 아래에

고이 잠들고 있는 조촐한 무덤

만약에 그런 것들을 위해서라면

기꺼이 그 화려한 것들과 바꾸겠습니다.”

47

“행복은 당신에게도 실현될 듯했는데

당신 가까이에도 행복이 문을 두드리고 있었는데……

하지만 저의 운명은 벌써 결정되어 버렸습니다.

어쩌면 제가 취한 태도는 경솔했는지도 모릅니다.

당신을 굳이 기다리라고 어머니는 눈물 흘리며 말렸습니다.

그러나 박복한 이 타냐에게 어떤 운명도 마찬가지였죠.

저는 결혼했습니다. 저의 뒤를 쫓는 것만은

제발 그쳐 주십시오. 소원입니다.

당신 가슴속에는 자랑도 있고

순수한 체면이라는 것도 있음을 알고 있습니다.

저는 지금도 당신을 사랑하고 있습니다.

감춰도 소용없고 나타내도 이젠 소용이 없지만요.

어떻든 저는 당신 이외의 남자분과 결혼을 한 몸

그분에게 일생을 바칠 각오에 흔들림은 없을 것입니다.”

48

그녀는 자리를 떠나 버렸다.

예브게니는 벼락이라도 맞은 듯 우두커니 서 있다.

만감교교(萬感交交) 회한의 폭풍우에

그는 쓰러질 듯했다.

별안간 마차 소리가 들리고

타치아나의 남편이 모습을 나타냈다.

여기서 나의 주인공 예브게니를

그를 위해선 매우 불리한 지금 이때에

독자 여러분 우리 내버려 두고 갑시다.

오래…… 아니 영구히.

그의 뒤를 따라 우리들은 꽤 오래

단 하나의 길만을 골라 세계를 헤맨 셈입니다.

지금은 서로 육지와 닿은 것만을 축복합시다.

만세! 벌써 와 있었던 것이다! 정말로.

49

독자여 당신이 누구이든 간에

친구이건 적이건 나는

당신과 정다운 친구로서 헤어지고 싶다.

그럼 안녕. 이제 헤어져야 할 때.

당신이 나를 따라오면서

이 오만한 말에서 찾아낸 게 무엇이든

가슴 설레는 추억이나 일을 한 뒤의 휴식이거나

살아 움직이는 듯한 묘사거나 신랄한 경구거나

더 나아가서는 문법상의 잘못이든지

어떻든 당신이 책 속에서 조금이라도

위안을 위해, 공상을 위해, 정조를 위해

또는 잡지의 가타부타 싸움을 위해 필요한 것을

찾아낼 수 있다면 다행이다.

자! 그러면 헤어지자, 안녕!

50

그리고 안녕, 나의 기묘한 동행자여,
그리고 너도, 거짓 없는 나의 이상이여,
그리고 너도, 보잘것없지만
생명력에 가득 찬 부단한 노고여.
너희들과 더불어 나는 시인으로서
선망의 표적이 되는 모든 것을 알 수 있었던
이 세상의 폭풍우 속에서 삶의 망각이나
허심탄회하게 이야기하는 벗들과의 담소 따위.
젊은 타치아나와 더불어 예브게니가 몽롱한 꿈에 나타나
제멋대로 이어지는 소설의
저 요술의 유리알을 거쳐
내가 아직 뚜렷이 분간을 못하고 있던
그 당시부터 얼마나
얼마나 많은 나날이 흘렀으랴.

51

그러나 만날 때마다 첫째의 연(聯)을
내가 읽어 들려 준 사람들.

그 옛날의 사디*의 말에도 있듯이

"어느 사람은 이미 없고

어느 사람은 저 멀리에 있다."

그들이 없는 곳에서 예브게니의 화상(畵像)은 완성되었다.

그러나 타치아나의 그리운 이상(理想)의 형태를 굳혀 준 여인은……

아! 얼마나 많은 것을 '운명'은 빼앗아 갔더냐!

맛있는 술이 가득 부어진 술잔을

다 비우지도 못하고

인생의 제전을 일찌감치 떠나가 버린 자,

인생의 소설을 다 읽지도 않고

마치 내가 예브게니와 헤어진 것처럼

별안간에 그것과 헤어진 자는 진실로 행복한지고.

역주(譯註)

제1장

제명(題銘)

＊ 브야젬스키 공작—공작 표트르 브야젬스키(1792~1878)는 작가의 친구이며 시인이자 비평가였음. 이 제명은 이 공작의 〈첫눈〉이라는 제목의 장시(1822)에서 따온 것. 앞줄의 "혈기에 넘치는 젊은이는 이와 같이 하여 삶의 표면을 더듬어 간다."라는 구절에 이어진다.

1

＊ ……다시 보게 되었지—시골에서 살고 있는 독신의 숙부가 임종의 자리에서 그를 유산 상속인으로 지정한 것을 가리킴. 제1장 52조를 참조할 것.

2

＊ 루스란과 류드밀라—작자가 1820년에 발표한 풍자적 서사시 〈루스란과 류드밀라〉의 주인공들.
＊ 네바 강가의 도시—당시의 수도 페테르부르크를 가리킴.
＊ ……몸에는 독이었지—1820년 작가가 황제의 총애를 잃고 남러시아로 추방당한 사실을 가리킴.

3

＊ 아베—가톨릭의 수도원장. 자세히는 알려져 있지 않으나 예브게니의 이 가정교사는 19세기 초에 프랑스로부터 이주해 온 예수회원 중의 한 사람이었다고 생각된다.
＊ 여름 공원—페테르부르크의 네바 강변에 있는 공원 이름.

6

＊ 유에나리스—고대 로마의 풍자 시인.
＊ 발레— '안녕히!'라는 라틴어.
＊ 〈아에네이스〉—고대 로마의 시인 베르길리우스(기원전 70~19)의 12권의 서사시.

＊로물루스—전설적인 로마의 건국자.

7

＊호메로스와 테오크리토스—호메로스는 〈일리아스〉, 〈오디세이아〉의 작자라 알려진 그리스 최고
의 서사 시인(기원전 800년경). 테오크리토스는 역시 고대 그리스의 목가 시인(기원전 3세기 전반).
＊논쟁을 하는 재주를 알고 있었다—예브게니의 이 논쟁은 애덤 스미스보다 오히려 18세기 중엽
의 프랑스에서 일어난 케네 등의 중농주의 이론에 근거하고 있다고 한다.

8

＊나소—고대 로마의 시인 푸브리우스 오비디우스 나소(기원전 43〜후 17)를 말함. 작가가 좋아한
고대 시인 중의 한 사람. '사랑의 길'을 노래했다고 하는 말은 이 시인의 작품 중 하나인 〈사랑
의 기술〉이 사랑의 기교를 가르치는 것이기 때문이다. 오비디우스는 아우구스투스 황제의 비
위를 거슬려 몰다비아(제8장 제5의 주 참조)에서 가까운 흑해 연안의 거리 토미스로 추방되어 그
고장에서 죽었으나 추방당한 원인 중의 하나는 〈사랑의 기술〉에 있었다고 추측된다. 푸슈킨이
오비디우스를 좋아한 것은 그 자신과 로마 시인과의 운명이 비슷하다는 점에서 더욱 흥미가
돋우어졌기 때문이기도 하다.

12

＊포블라스—프랑스의 작가 장 바티스트 루베 드 쿠브레(1760〜97)의 소설 3편에 공통된 주인공.

15

＊볼리바르 모양의 모자—실크햇의 일종. 명칭은 남미의 해방자 시몬 볼리바르(1783〜1830)에서
유래한다. 1819년 파리와 페테르부르크에서 특히 유행하였다고 한다.
＊도시의 큰거리—작가의 청년 시절 페테르부르크의 중심가였던 네프스키 가의 일부인 네프스
키 가로수길을 가리킨다.
＊브레게 시계—프랑스의 유명한 시계 기사 아브람 루이 브레게(1747〜1823)가 고안한 시계. 스
프링을 누르면 분 단위의 시각까지 알려 주었다.

16

＊탈롱—프랑스의 피에르 탈롱이 네프스키 큰거리에서 경영하고 있던 당시의 유명한 레스토랑.
＊카베린—작자의 친구 표트르 카베린(1794〜1855)을 가리킴. 경기병 장교로서 당시의 대표적인
풍류 남아 중의 한 사람이었다.
＊혜성이 보인 해의 포도주—프랑스에서 포도 농사가 풍년 들었던 1811년에 만든 샴페인. 이 해
에 혜성이 나타났었으므로 그로 인해 풍년이 든 것이라고 생각되어 1811년에 제조된 포도주
는 '혜성 포도주(vin de la cométe)'라고 불리어졌다.

＊ 통조림 필로그―프랑스의 스트라스부르의 명물인 거위의 간으로 만들어진 파이 요리(Pâté de foie gras). 통에 담아서 러시아에 수입되었다.

＊ 푸른 곰팡이가 낀 치즈―벨기에의 린부르크 지방에서 나는 부드럽고 맛이 좋은 치즈.

17

＊ 모이나―오제로프의 비극 〈핑갈〉(1805년 첫 공연)에 등장하는 여주인공.

18

＊ 폰비진―극작가·시인·평론가였던 데니스 폰 비진(1745~92). 유명한 풍자 희극 〈부모 등골 빼먹는 놈〉(1782년 초연)의 작가.

＊ 쿠냐주닌―극작가 야코프 쿠냐주닌(1742~91). 프랑스 극의 모방만 하였다.

＊ 오제로프―〈핑갈〉을 포함하는 다섯 개의 감상주의적 비극의 작가 브라지스라프 오제로프(1769~1816). 〈핑갈〉의 성공은 여주인공 모이나로 분장한 명배우 예카테리나 세묘노바(1786~1849)의 뛰어난 연기에 힘입은 바 크다.

＊ 카테닌―작가의 친구이며 시인·평론가인 파벨 카테닌(1792~1853). 코르네이유의 〈시드〉를 번역(1822)하면서 이름을 날렸다.

＊ 샤호프스코이―극작가 알렉산드르 샤호프스코이 공작(1777~1846). 프랑스 희극을 번안한 희극 작품을 많이 발표했다.

＊ 디드로―프랑스의 무용가 샤를 루이 디드로(1767~1837). 1801년부터 페테르부르크에서 발레의 연출을 맡아 '발레의 바이런'이라는 호칭을 받았다.

19

＊ 테르프시코레―그리스 신화에 나오는 무용의 여신.

20

＊ 이스토미나―당시의 유명한 발레리나 듀냐샤 이스토미나(1799~1848). 디드로의 제자. 그런 인연으로 그녀는 푸슈킨의 장시 〈코카서스의 포로〉에 근거한 같은 이름의 발레(1823년 초연. 디드로가 연출)에서 체르케스의 시녀역을 맡아 했다.

＊ 에올루스―그리스 로마 신화에 나오는 바람의 신.

22

＊ 손뼉을 치며―추위를 막기 위하여 두 손바닥을 앞뒤로 마주치는 동작.

24

＊ ……이상하게 생각했다―이 에피소드는 장 자크 루소(1712~78)의 〈참회록〉 제2부 제9장에 나

와 있다. 그림은 독일 태생의 프랑스 백과전서파 프레데릭 멜키올그림(1723~1807)을 말함.

25

＊챠다에프―푸슈킨과 친교를 맺고 있던 자유사상가 표트르 챠다에프(1793~1856)를 말함. 러시
아 사상에 이름 높은〈철학서관〉(1836년에 일부 발표)의 저자로서 당시 사교계에 이름난 멋쟁이
였다.

26

＊아카데미아의 사전―1789~94년에 페테르부르크에서 발간된 《러시아 아카데미아 사전》(6권)
을 가리킴. 이 사전에는 외래어는 일절 수록되어 있지 않음.

32

＊다이아나―로마 신화의 달과 수렵의 여신.
＊플로라―로마 신화의 봄과 꽃의 여신.
＊엘비나―푸슈킨의 작품에 몇 번씩 나오는 가공의 여자 이름.

33

＊아르미다―타소의 서사시 〈해방된 예루살렘〉(1581)에 나오는 여마법사의 이름. 18세기 프랑스
에서 요염한 여인의 대명사로 쓰여졌다.

38

＊스플린―spleen. '우울증 환자.'
＊차일드 해럴드―바이런의 담시(譚詩) 〈차일드 해럴드의 편력〉(1812)의 주인공. 원작의 철자
Childe Harold를 Child Harold로 한 것은 영어를 거의 몰랐던 작가가 주로 사용한 프랑스식
철자법을 그대로 쓴 것.
＊보스턴―트럼프 놀이의 한 가지.

42

＊세―프랑스의 경제학자 장 바티스트 세(1836~96).
＊벤덤―영국의 법학자 제레미 벤덤(1748~1832).

43

＊저 무리―시인과 작가의 패거리를 가리킴.

45

＊포르투나―고대 로마의 운명의 여신.

48

* ……시에도 있듯이— '저 시인'이란 시인 미하일 무라비요프(1757~1801)를 가리킴. 이 시인의 〈네바의 여신에게〉라는 시에 "화강암 돌담에 기대어 잠 못 이루며 한밤을 지새우는 감격에 넘치는 시인은 호의에 가득한 여신의 현존하는 모습을 본다."라는 구절이 있다.
* 미리온나야—페테르부르크의 거리 이름.
* ……팔행시—여기서 작가는 베네치아(베니스) 곤돌라의 뱃사공이 밤에 토르쿠아토 타소(1544~95)의 시를 노래한다(또는 노래하지 않는다)는 바이런 등의 영국 및 프랑스 문인이 전해 주는 말을 회상하고 있다.

49

* 브렌다—베네치아의 근처에서 아드리아 해로 흘러들어가는 강의 이름.
* 알비온의 하프—알비온은 영국의 옛날 이름. 하프란 바이런을 가리킴.
* 페트라르카—르네상스 시대 이탈리아의 대시인(1304~74).

50

* 나의 아프리카—작자의 외증조부 아브라함 한니발(1693?~1782)이 에티오피아의 왕족 출신이었던 것에 대한 회상.

52

* ……테이블 위에 놓여 있었다—러시아에서는 고인의 유해를 테이블 위에 안치하는 풍습이 있다.

55

* 파르니엔테(far niente)— '안일'이라는 뜻의 이탈리아어.
* 일찍이—1817년 및 1819년의 여름을 어머니의 영지 미하일로프스코에에서 보냈을 때의 일을 말함.

57

* 산의 처녀—작가의 시편 〈코카서스의 포로〉(1822)에 나오는 체르케스인 처녀.
* 사로잡힌 여인—작가의 시편 〈바흐치살라이의 샘〉(1824)의 주인공. 크리미아 강 어구의 바흐치살이에 있는 궁성의 후궁에 있는 연인들. 사르기르는 크리미아에 있는 강 이름.

<h1 style="text-align:center">제2장</h1>

제명

* O rus! …Hor./O Pycb!—O rus!는 라틴어로 '오오, 전원이여!'라는 의미. Hor.는 고대 로마의
  시인 호라티우스(Horatius)로서 위의 구는 그 대표작의 하나 〈풍자시〉(Saturae) 제2권에 "오오,
  전원이여! 어느 날엔가 나는 너를 볼 수 있으리……."라고 되어 있는 것에 의함. O Pycb!는 러
  시아어로 '오오! 러시아여!'의 의미이다.

3

* 나리프카—과일즙에 정류 알콜과 설탕을 섞어서 만드는 과일 술.
* 1808년의 달력—1808년 발행의 달력. 아마 푸슈킨의 《대위의 딸》 제1장에서 주인공의 아버지
  가 애독했다는 '궁정력'과 같은 것을 가리키는 듯하다.

5

* 파르마존—프랑스어 franc-macon을 틀리게 발음한 것으로 프리메이슨을 가리키는 것. 여기
  서는 '자유사상가', '무신론자', '혁명가' 같은 뉘앙스를 지닌다. 18세기 러시아의 프리메이슨
  조합은 매우 자유주의적 경향을 띠고 있었으므로 보수적인 지주들의 공포의 대상이 되었는데
  1832년에 이르러 공식적으로 금지되었다.

6

* 괴팅엔 정신—괴팅엔은 독일 서부의 하노버 주에 있는 유명한 대학 도시. 19세기 초기에 이 대
  학은 자유주의적 기풍이 넘쳐 러시아 유학생도 많았는데, 예를 들면 제1장 16에 나오는 작자
  의 친구 가베린 등도 그런 유학생 중의 한 사람이었다.

12

* ……이 집으로—페르디난트 키우아(1751~1831)의 희가극 〈도나우 강의 처녀〉(1798년 초연)에
  서 따온 니콜라이 클라스노폴리스키의 《드네프르 강의 물의 요정》(1803년 페테르부르크에서 초
  연)의 제1막에서 여주인공 레스타가 부르는 아리아의 일절. 이 아리아는 당시 러시아에서는 모
  르는 사람이 없을 만큼 유명했던 것 같다.

16

* 북방의 시—스탈 부인(1766~1817)이 〈독일론〉(1810)에서 칭찬을 아끼지 않은 18세기 후반의 독
  일 시인들(클로프슈토크, 실러 등)의 작품, 그리고 제임스 맥퍼슨의 〈오시안 작품집〉(1765) 등을
  가리키는 것이라 생각된다.

24

＊ 타치아나─타치아나는 아가폰(제5장 9 참조), 표클라, 표들라 등과 같이 '울림이 높은' 즉 그리
스계의 이름인데 이런 이름은 그 당시에는 평민들만이 쓰고 있었다.

29

＊ 리처드슨─영국의 작가 새뮤얼 리처드슨(1689~1761). 편지체 소설 〈클라리사〉(1747~48), 〈찰
스 그랜디슨의 이야기〉(1753~54)의 작가이다.

＊ 루소─소설 〈신엘로이즈〉(1761)의 작가 장 자크 루소이다.

30

＊ 그랜디슨─앞의 〈찰스 그랜디슨의 이야기〉의 주인공. 미남이며, 미덕의 화신이라고도 할 수
있는 청년 귀족.

＊ 로브라스─앞의 〈클라리사〉의 주인공인 탕아 라브레이스를 말함. 로브라스는 프랑스어 발음임.

32

＊ 깎든지─농노를 군대에 보내어 병사로 근무시킨 것. 군대로 보내진 농노는 구별하기 쉽게 앞
머리를 깎게 하는 풍습이 있었다.

33

＊ 폴리나라고 부르고─플라스코비야의 애칭은 팔라샤 또는 파샤인데 그것을 프랑스식으로 폴
리나라고 다시 바꿔 말한 것임. 또한 타치아나의 어머니 이름도 플라스코비야였던 것은 제7장
의 41에서 파샤를 프랑스식으로 바꾼 파셰트란 이름으로 부르는 것을 보면 분명히 알 수 있다.

＊ 아클리카─아클리나라는 평민 출신의 여자에게 많은 이름의 비칭.

35

＊ 버터 주간─사순절 시작의 전주. 서유럽의 카니발 주간에 해당된다.

＊ 부링─러시아식 핫케이크. 버터의 주간에는 이것에 버터, 캐비어, 발효 크림을 발라 먹는 풍습
이 있다.

＊ 접시의 노래─크리스마스로부터 공현절(1월 6일)까지의 크리스마스 시즌에 여자들이 점을 치
면서 부른 노래. 자기의 반지나 패물을 물을 채운 접시 안에 넣고 접시를 덮은 다음 〈접시의 노
래〉를 부르고 노래가 한 곡 끝날 때마다 패물을 하나씩 꺼낸다. 그 패물의 임자가 바로 전에 부
른 노래의 가사로 자신의 운명을 점쳐보는 것이다.

＊ 삼위일체의 일요일─성령강림절 후의 첫째 일요일을 말함.

＊ 땅두릅 작은 다발─삼위일체의 일요일에는 땅두릅(그러나 땅두릅이 틀림없는지는 의문이긴 하지
만)의 작은 꽃다발을 교회로 갖고 가서 지은 죄의 대가로 그 꽃다발의 꽃가지 수만큼의 눈물방

울을 흘려야 한다고 믿었다.

＊ 쿠아스—라이보리와 엿기름으로 만든 러시아 특유의 청량 음료.

36

＊ 새 관이 씌워졌다—혼례를 받는 '첫 번째 관'에 이어 '두 번째 관'을 받는 것. 즉 죽음을 말한다.

37

＊ 불쌍한 요리크(Poor Yorick)—셰익스피어의 〈햄릿〉 제5막 제1장에서 햄릿이 어릿광대 요리크
의 해골을 손에 들고 하는 말.

＊ 오챠코프—몰다비아에 있었던 터키의 요새. 1788년 러시아군의 공격을 받고 함락되어 1792년
러시아의 영토가 되었다.

40

＊ 레테 강—그리스 신화에 나오는 저승에 있는 강의 하나. 레테는 '망각'을 의미한다. 죽은 사람
의 영혼은 이 강의 강물을 마시고 생전의 괴로움과 즐거움을 모두 잊게 된다고 한다.

<h1 style="text-align:center">제3장</h1>

제명

＊ Elle était fille……—그대로 풀이하면 "그녀는 처녀였다, 그녀는 사랑을 하고 있었다. 말피라
트르." 말피라트르는 프랑스의 시인 자크 샤를 루이 드 말피라트르(1733~67). 이 제명은 그의
시 〈나르시스 또는 비너스의 섬〉(1768)에서 따온 것으로 '그녀'란 미소년 나르시스를 너무나
사랑하던 나머지 수풀 속의 메아리가 되어 살고 있다는 그리스 신화에 나오는 요정 에코를 가
리킴.

2

＊ 필리스—베르길리우스의 〈시선〉에 나오는 양치기 여자 이름의 하나로 서유럽 문학의 유형의
하나인 '목가'에 자주 쓰인다.

5

＊ 스베틀라나—시인 바실리 쥬코프스키(1783~1852)의 유명한 발라드 〈스베틀라나〉(1812)의 여
주인공. 이 발라드의 둘째 연에 "사랑스러운 스베틀라나는 말 없이 슬픔에 잠긴 듯"이라는 구
절이 있고 17번째 연에는 "그녀는 창가에 …… 앉았다."고 되어 있다.

9

＊ 줄리 볼마르의 연인—루소의 소설 〈신엘로이즈〉의 여주인공 줄리 데탕쥬가 폴란드 귀족 볼마르와 결혼하기 전에 그녀의 연인이었던 가정교사 생 풀을 가리킴.

＊ 말렉 아델—프랑스의 여류 작가 소피 코탕(1773~1807)의 소설 〈마틸드〉(1805)의 주인공. 제3회 십자군 시대의 사라센인의 용장으로서 영국의 공주 마틸드와 사랑하게 된다.

＊ 드 리나르—독일의 여류 작가 바르바라 율리아나 폰 클류데넬 남작 부인(1764~1824)이 프랑스어로 쓴 소설 〈발레리, 또는 귀스타브 드 리나르로부터 에르네스 드 G에 보낸 편지〉(1803)의 여주인공 백작 부인 발레리 드 M의 로맨틱한 연인의 이름.

＊ 베르테르—두말할 것도 없이 괴테의 감상주의적 소설 〈젊은 베르테르의 슬픔〉(1774)의 주인공.

10

＊ 클라리사—앞(제2장 29의 주)에 나온 〈클라리사〉의 여주인공 클라리사 해로. 바람둥이 라브레이스(로브라스)에 의해 농락당하고 죽음.

＊ 줄리—제3장 9의 주를 참조할 것.

＊ 델핀—스탈 부인의 소설 〈델핀〉(1802)의 여주인공. 21세의 젊은 미망인 델핀 달베마르와 이미 아내가 있는 레온스 드 몽드빌과의 3년에 걸친 정사를 그렸다.

12

＊ 뱀파이어—바이런의 주치의 존 윌리엄 플리도리가 바이런의 이름으로 발표한 소설 〈뱀파이어〉(1819)의 주인공.

＊ 멜모트—아일랜드의 목사 찰스 로버트 마튜린(1782~1824)의 소설 〈방랑자 멜모트〉(1820)의 주인공. 악마적인 프라이드와 지식욕을 가진 사나이.

＊ 영원한 유태인—방황하는 유태인이라고도 한다. 예수 그리스도가 십자가에 못 박히기 전에 예수를 비웃었기 때문에 예수가 재림할 때까지 이 세상을 방황할 운명이 지워졌다는 전설적 인물. 아하스벨스라든가 그밖의 이름으로 여러 문헌에 나타나 있다.

＊ 코세어—바이런의 장시 〈해적〉(1814)의 주인공. 코세어는 프랑스식의 발음이다.

＊ 스보가르—프랑스의 작가 샤를 노디에(1780~1844)의 소설 〈장 스보가르〉(1818)의 주인공. 아드리아 해 연안에 출몰하는 로맨틱한 해적 두목이다.

22

＊ “영원히 희망을 버려라.”—단테의 〈신곡〉 ‘지옥편’ 3과 9에 “나를 지나서 가려는 자는 영원히 희망을 버려라.”고 되어 있음.

27

＊ 《선의의 사람》—우화 시인 알렉산드르 이즈마이로프(1799~1831)가 편집하고 있던 월간지. 후

에 주간지(1818~1827)의 이름.

29

＊ 보그다노비치—시인 이폴리토 보그다노비치(1743~1803). 라 퐁텐을 모델로 한 장시 〈두셴카〉
의 작가로서 초기 푸슈킨에게 약간 영향을 끼쳤다.
＊ 파르니—프랑스의 에발리스트 데지레 드 포르쥬 드 파르니(1753~1814). 초기의 푸슈킨이 애독
했다.

30

＊ ……비애의 시인—애가 시인 예브게니 바라틴스키(1800~44)를 가리킴. 1820년부터 4년간 병
사로서 핀란드에 종군 중 오시언식의 애가 〈핀란드〉(1820) 및 페테르부르크에서 친구와 주연을
베풀었던 것을 회상한 애가 〈향연〉(1821)을 썼다.

31

＊ 〈마탄의 사수〉—칼 마리아 폰 베버(1786~1826)의 유명한 오페라의 서곡을 가리킴.

제4장

제명

＊ La morale est……—"모랄은 사물의 본성 안에 있다." 네케르가 밀라보에게 했다는 말로서, 자
크 네케르(1732~1804)는 프랑스의 재정가, 스탈 부인의 아버지. 이 말은 스탈 부인의 〈프랑스
혁명의 주요한 여러 사건에 관한 고찰〉(1818)의 제2부 제20장에 나와 있다.

7

＊ 로브라스—제2장 30의 주를 참조할 것.

14

＊ 휘멘—그리스 신화에 나오는 혼인의 신. 아폴론의 아들.

19

＊ 다락방—그 무렵 이렇게 불리었던 페테르부르크의 샤호프스코이 공작(제1장 18의 주 참조)의 주
택을 가리키는 말인 듯. 공작은 그곳에서 정기적으로 야회를 베풀고 푸슈킨도 1818년 12월 이
래 가끔 이 야회에 참석하였다.
＊ 소위 친구—그 무렵 모스크바의 사교계에서 무법자라고 소문이 났던 백작 표트르 이바노비치

톨스토이(1782~1846. 레프 톨스토이의 당숙이 됨)를 가리키는 것이라 생각됨. 푸슈킨이 남러시아
로 추방당하기 직전 그가 내무성 소관의 비밀경찰에 의해 고문당했다는 헛소문을 퍼뜨린 자가
있는데 이것이 바로 표트르 톨스토이라는 사실을 추방지로 출발하고 나서야 알게 된 푸슈킨이
1826년 모스크바로 돌아오자마자 즉시 결투를 신청했으나 친구의 중재로 화해하였다.

26

＊샤토브리앙─프랑스의 작가 프랑수아 르네 드 샤토브리앙(1786~1848).

28

＊Qu'ecrirez－vous sur ces tablettes?
＊t. â v.(tout â vous Annette)

30

＊톨스토이─당시의 유명한 화가 표트르 페트로비치 톨스토이 백작(1783~1873). 앞의 19의 주에
　나오는 톨스토이와는 다른 사람.
＊바라틴스키─제3장 30의 주를 참조할 것.
＊앙 쿠아르토─사절판(四折版).

31

＊야즈이코프─작가가 상당히 높이 평가하고 있던 시인 니콜라이 야즈이코프.

32

＊비평가─작가의 친구이며 시인인 빌리겔림 퀴헤리베켈(1797~1846)을 가리킴. 그는 1824년,
　당시 러시아의 애가(哀歌)를 비난하고 송시를 찬양한 에세이를 발표했다.
＊송시(오드)─작가가 생각하고 있던 것은 19세기의 시인 바실리 트레지아코프스키(1703~69)라
　든가 미하일 로모노소프(1711~65) 등이 쓴 송시로서 그는 이 시들에서 볼 수 있는 과장되고 생
　경한 수사를 싫어하였다.

33

＊〈사람의 의견〉─풍자 시인 이반 드미트리에프(1760~1837)의 풍자시(1795). 앞의 '풍자 시인'도
　'교활한 서정 시인'도 이 작품 중의 인물로서 전자는 작가 자신, 후자는 송시 전문의 고전주의
　시인을 말함. 〈사람의 의견〉은 당시 잘못되어 〈외국의 교인〉(즉 프랑스 직수입의 의사 고전주의)이
　라고 해석되었으나 드미트리에프의 작품 그 자체는 소위 고전주의와 이에 반항하는 센티멘틸
　리즘 내지 로맨티시즘 어느 편에도 치우치지 않았다.
＊두 개의 시대─고전주의적 송시가 많이 씌어졌던 18세기와 낭만주의적 애가가 씌어지기 시작

한 19세기 초까지의 약 4반세기를 가리킴.

35

* 유모―작가가 1824년 오데사에서 외가의 영지 미하일로프스코에로 이사 가서 같이 지낸 가정부 알리나 로지오 오노브나(1758~1828)를 가리킴.
* 비극―당시(1824~25) 작가가 집필중이던 〈보리스 고두노프〉를 가리킴.

37

* 귀르날의 작가―귀르날은 바이런의 장시 〈해적〉의 여주인공 가르네아의 프랑스식 발음. 그 작가라는 것은 물론 바이런이다.
* 헤엄쳐 건너간다―헬레스폰트는 다다넬스 해협을 가리킴. 바이런은 1810년 5월 3일 한 시간 10분에 이 해협을 헤엄쳐 건넜다고 친구에게 보낸 편지에 썼다.

42

* 각운(脚韻)―원문 제1행은 morozy(혹한)이고 이 작품에서 언제나 제1행과 각운을 맞추고 있는 제3행은 rozy(장미)로 끝나고 있다.

43

* 플라트―프랑스의 정치 평론가 도미니크 드 플라트(1759~1837).

44

* 차일드 해럴드―제1장 38의 주 참조.

45

* 과부 클리코 또는 모에―둘 모두 프랑스의 샴페인 제조업자.
* 히포크레네―그리스의 헬리콘 산 위에 있는 뮤즈에게 바쳐진 샘의 이름.

46

* 아이―북프랑스의 마른 현에 있는 아이라는 거리에서 양조된 최고급 샴페인을 말함.

47

* 늑대와 개의 시간―프랑스 말의 entre chien et loup를 그대로 번역한 것. 양치기가 제가 데리고 있는 개와 늑대를 분간할 수 없게 되는 어두운 저녁 무렵을 말함.

49

* 영명 축일—자기의 영세명과 같은 이름의 성자의 기념일로서 러시아에서는 이날 친척과 친구
들을 초대하여 축하를 받는다. 성 타치아나(203년경 로마에서 순교)의 기념일은 1월 12일.

50

* 라 퐁텐—독일의 소설가 아우구스트 하인리히 율리우스 라 퐁텐(1758~1831). 150편 이상 되는
엄청난 가정 소설의 작가.

예
브
게
니

오
네
긴

제5장

제명

* 무서운 이 꿈들을—쥬코프스키의 발라드 〈스베틀라나〉(제3장 5의 주 참조)의 에필로그에서 따
온 것.

3

* 또 다른 시인—브야젬스키 공작의 장시 〈첫눈〉을 염두에 두고 있다(제1장의 주 참조).
* 핀의 처녀—바라틴스키(제3장 30의 주 참조)의 〈에다〉(1825)를 생각하고 있다.

7

* 크리스마스 시즌—12월 25일 크리스마스 다음날부터 1월 6일의 공현절까지의 12일간.

8

* 가락지가 떠오른다—제2장 35의 주 참조.
* 영광 있으라!—크리스마스 시즌의 노래 중 하나, 영광 있으라는 후렴. 그런데 이 노래는 나이
많은 노인의 죽음을 예언하는 노래라고 믿어지고 있었다.
* 암코양이—크리스마스 시즌의 노래 중 하나. 결혼을 예언하는 노래라고 믿어졌다.

9

* 거울을 비춘다—젊은 처녀가 달밤에 네거리에 서서 거울에 달을 비추면 장래의 남편 될 사람
의 얼굴이 거울에 나타나며 그때 마침 그 옆을 지나가는 사람의 이름을 물어 보면 그 이름과 같
은 이름의 사나이가 장래의 남편이 된다고 믿어졌다.
* 아가폰—타치아나 등과 같이(제2장 24의 주 참조) 그리스 계통의 이름으로 그 무렵의 농민들이
주로 많이 쓰던 촌스러운 이름이라고 생각되었다.

10

* 스베틀라나—제3장 5의 주 참조. 쥬코프스키의 〈스베틀라나〉에서는 여주인공이 밤에 2인분
의 음식을 차려 놓은 식탁에 앉아 거울과 촛불로 점을 치고 있는데 1년 동안이나 못 만나고 있
던 연인이 갑자기 나타나서 그녀를 자기의 무덤으로 데리고 간다. 그러나 후에 모든 것이 꿈이
었다는 사실을 알게 된다.
* 레리—슬라브 민족의 민간 전승으로 전해 오는 사랑과 숲의 신.

22

* 마르틴 자데카—점쟁이 마르틴 자데카 또는 마르틴 자테크의 이름은 19세기 중에 러시아에서
발간된 여러 가지 점술책에 나타났다. 자데카의 이름과 그의 점은 서유럽에서 전해진 것으로
원본은 어떤 스위스인이 1770년에 가공의 이름으로 출판한 〈조로투른에 사는 스위스인 마르
틴 자데크의 예언서〉라고 하는 것인 듯하다. 이 점쟁이도 물론 가공의 인물이다.

23

* 〈말비나〉—코탕 부인(제3장 9의 주 참조)의 소설(800)의 이름.
* 〈표트르 대제 송시〉—표트르 1세를 예찬한 송시 내지 서사시는 18세기로부터 19세기초에 걸
쳐 여러 편이 씌어졌다.
* 마르몽텔—프랑스의 작가 장 프랑수아 마르몽텔(1733~99). 전집(파리, 1878) 제3권에는 〈교훈
소화집〉과 〈신교훈소화집〉이 들어 있다.

26

* 푸스차코프—이 절에 나오는 인명은 모두 희극적 웃음을 자아내게 하기 위해 일부러 지어낸
이름들로서 푸스차코프는 '시시한 것', 그보즈진은 '못', 스코치닌은 '짐승', 페투슈코프는 '수
탉', 브야노프는 '난폭자', 프리야노프는 '과일로 만든 파이'를 의미하는 명사에서 각각 파생된
것이다.
* 솜털투성이—술에 취해 옷도 갈아입지 않고 찢어진 이불 속에 기어들어가서 잠을 자기 때문에
온몸에 솜털이 붙어 있는 것이다.
* 나의 사촌 동생 브야노프—브야노프는 작자의 백부 바실리 푸슈킨(1770~1830)의 담시(譚詩)
〈음흉한 이웃〉의 주인공. 작가는 농담 삼아 이 인물을 백부의 아들이라 간주하여, 나의 사촌 동
생이라고 부른 것이다.

27

* 하를리코프—이 역시 익살스런 이름으로서 '큰 소리로 떠들다'라는 동사와 관계가 있다.
* 눈을 떠라. 잠자는 미녀여(Reveillez vous, belle endormie)—이 노래는 1710년경 프랑스의 극작
가 샤를 리비에르 뒤플레니(1648~1724)가 작사 작곡한 발라드 〈잠자는 미녀〉(La Belle

Dormeuse)의 수많은 가사 바꿔 부르는 노래 중의 한 가지로서 그 무렵 러시아에서 크게 유행됐
던 것 같다.
* 아름다운 니나―belle Nina.
* 아름다운 타치아나―belle Tatiana.

32

* 침랸스코에―돈 강에 면한 코사크 마을 침랸스코야에서 나는 거품이 잘 이는 포도주의 이름.
* 지지―작가가 외가의 영지 미하일로프스코에에 체재하고 있을 때 가끔 방문한 이웃 마을 트리
고올스코에의 여자 지주 플라스코비야 오시포바(볼리프)의 막내딸 에흐프락시야 볼리프(1809~
83)의 애칭. 이 여자는 그 무렵 굉장히 뚱뚱하였던지 작가는 그녀의 허리를 '가늘고 긴 와인 글
라스'라고 비유하여 일부러 익살을 부린 것이다. 그런데 지지의 영명 축일이 타치아나와 마찬
가지로 1월 12일이었기 때문에 작가는 여기서 그녀를 생각해 냈던 것인 듯하다.

35

* 보스턴, 옴버, 휘스트―모두 트럼프 놀이의 방식.

36

* 브레게 시계―제1장 15의 주 참조.

39

* 파리스―트로이 왕 폴리아모스의 아들. 스파르타 왕 메넬라오스의 아내 헬레네를 유혹하여
트로이로 데려왔기 때문에 트로이 전쟁이 일어났다고 한다.

40

* 알바노―이탈리아의 화가 프란체스코 알바노 또는 알바니(1578~1660). 18세기에는 라파엘로
와 맞먹는 대화가라는 평을 들었다.

44

* 코티용―춤의 일종.

예
브
게
니

오
네
긴

제6장

제명

* La, sotto I giorni……―"저편 안개 짙고 짧은 나날에 죽음을 고통이라고 하지 않는 인자는 태

어나다." 페트라르카 〈라우라의 생애〉 제28과 제49 및 51행.

5

* 칼뮈크―현재의 칼뮈크 자치 공화국(볼가 강 하류의 우안)에서 나는 말(馬).
* 레굴루스―고대 로마의 장군. 제1차 포에니 전쟁 때 카르타고의 포로가 되어 가혹한 화의의
  조건을 강요하는 카르타고측의 사자가 되어 로마로 보내졌다. 그러나 오히려 로마에 와서는
  계속 항전을 하라고 설득하고 그로 말미암아 잔인한 형벌을 받을 것을 알고도 카르타고로 돌
  아갔다(기원전 250년경 죽음).
* 벨리―유명한 파리의 카페 겸 레스토랑의 이름.

11

* 이것이 여론이다!―알렉산드르 글리보에도프(1795~1829)의 유명한 4막 희극 〈지혜의 슬픔〉
  (1824년 탈고, 1833년 발간)의 제4막 제10장, 주인공 챠츠키의 대사에서. 작자는 이 희곡이 출간
  되기 전인 1825년 1월에 친구가 보내준 필사본으로 이 희극을 읽었다.

20

* 델비크―남작 안톤 델비크(1798~1831). 시인. 작가의 친구 중의 한 사람.

25

* 르파쥬―파리의 총기 제조업자 장 르파쥬(1779~1822).

44

* 서른 살―이 절(및 43절, 45절)은 1827년 8월 10일 미하일로프스코에에서 집필되었는데 작가는
  당시 28세였다.

제7장

제명

* 모스크바여……―드미트리예프(제4장 33의 주 참조)의 시 〈모스크바의 해방〉(1795)에서.
* 모스크바에서……―글리보에도프의 희극 〈지혜의 슬픔〉(제6장 11의 주 참조) 제1막 7장의 여주
  인공 소피아와 주인공 챠츠키의 문답에서.

4

* 레프신―18세기의 저술가 바실리 레프신(1746~1826), 비극, 소설, 러시아 설화집 등 다방면의

저술 중 여기서는 원예라든가 채소 재배를 논한 것을 염두에 두고 있는 듯하다.
* 프리아모스—50명이 넘는 자녀가 있었다는 전설적인 트로이의 왕. 여기서는 전원에서 편안히
  가부장적 생활을 영위하는 온화한 노인의 의미로 쓰이고 있다.

19
* 팔짱 낀 사나이—나폴레옹을 말함.

22
* 자우어와 돈 후안의 시인—바이런을 말함. 자우어는 바이런의 시 〈이단자〉(1813)를 말함. 돈 후
  안은 시편 〈돈 후안〉(1819)을 가리킴.

33
* 철학적 일람표—프랑스의 수학자이며 기사인 샤를 뒤팡(1784~1873)의 저서 〈드 플라트 씨가
  행한 영국과 러시아의 국력 대비에 관련하여 두 나라의 국력을 논함〉(1824)에 있는 통계표를
  가리킴. 이 책은 당시의 러시아에서 상당히 널리 알려졌다.

34
* 키클롭스—그리스 신화에 나오는 외눈의 거인들. 불과 금속의 신 헤파이스토스와 더불어 시
  칠리아의 에토나 화산 분화구 안에서 제우스의 번개를 만들고 있었다고 한다.

35
* 아우트메돈—〈일리아스〉의 영웅 아킬레우스의 전차를 모는 마부.

37
* 페트로프스키 성채—모스크바의 서부에 오늘날도 남아 있는 궁전. 1775~82년에 러시아의 대
  건축가 마토베이 카자코프에 의해 건립되었다.
* 헛되게 기다리고 있던 곳이다—나폴레옹은 1812년 모스크바에 침입했을 때 화재가 일어나자
  크레믈린에서 9월 4일에 페트로프스키 성채로 옮겨 알렉산드르 1세가 화의를 청해 오기를 기
  다렸다.

38
* 브하라 사람—아프리카스탄의 북쪽에 있는 브하라 지방의 주민으로 모스크바에 중앙 아시아
  에서 나는 양탄자 등을 팔러 온 행상인이다.
* 문에 새겨진 사자—문의 위 또는 앞에 놓인 철제 또는 설화 석고로 만든 사자 상.

예브게니 오네긴

40

∗ 하리토니—성 하리톤(303년경 순교) 교회.

∗ 칼뮈크인으로……들고 있었다—칼뮈크인은 오늘날의 칼뮈크 자치 공화국(제6장 5의 주 참조)
  에 지금도 살고 있는 몽고족의 한 부족이다. 손에 짜고 있던 긴양말을 든 채 안내차 나왔던 것
  이다.

41

∗ 모낭쥬(mon ange!)— ‘나의 천사여!’

∗ 파셰트(Pachette)—타치아나의 어머니의 이름 플라스코비야의 애칭인 파샤를 프랑스식으로 부
  른 것.

∗ 알리나—여자 이름 알렉산드라의 애칭. 이 인물은 제2장 30에 나오는 타치아나 어머니의 사촌
  이다. 공작의 딸 알리나와 같은 인물이다.

∗ 시메온 가—모스크바의 성 시메온(390~457) 교회의 교구에 있는 거리 이름.

45

∗ 클럽—아마 모스크바에 있는 이른바 ‘영국 클럽’. 당시 고급 요리와 도박 시설로 유명했음.

49

∗ 문서과의 귀공자님—외무성 문서과(당시 이 과는 모스크바에 있었다) 근무의 청년 귀족들을 가리
  킴. 작가의 친구 소볼레프스키의 명명.

∗ 브야젬스키—제1장 제명의 주 참조.

50

∗ 멜포메네—비극의 뮤즈. 여기서는 비극 여배우를 가리킴.

∗ 타리아—희극과 목가의 뮤즈. 여기서는 희극 여배우를 가리킴.

51

∗ 귀족회—1783년에 개설된 러시아 귀족회(또는 귀족 클럽)라고 불리는 호화로운 클럽.

55

∗ 서문도 마련된 셈이니까—18세기의 고전주의적 서사시는 베르길리우스의 〈아이네이스〉의 첫
  머리를 모방하여 이따금 ‘우리는 노래한다’라고 시작되는 허두가 붙어 있었다. 작가는 여기서
  짐짓 구식의 과장적인 허두의 패러디(parody)를 삽입하여 고전주의를 야유했다.

제8장

제명

＊ Fare thee well……—"잘 가라! 그리하여 혹시 이것이 영원한 이별이라면, 영원히 잘 가라." 바이런의 시 〈이별〉(1816)의 첫 구절.

1

＊ 리체—알렉산드르 1세가 귀족의 자제를 위해 1810년 페테르부르크 근교 차르스코예셀로(오늘의 푸슈킨시)에 개설한 중등 교육을 위한 학교. 작가는 1811년 이 학교에 입학하여 1817년에 졸업하였다.

＊ 아플레이우스—고대 로마의 문인 루키우스 아플레이우스(23~?). 전기(傳奇)소설 〈변형담〉(일명 〈황금의 노새〉)의 작가.

＊ 키케로—로마의 웅변가·정치가·철학자 마르쿠스 툴리우스 키케로(기원전 106~43).

＊ 뮤즈가……—작가는 리체에 재학할 때부터 시작(詩作)을 시작했다. 인쇄된 최초의 작품은 1814년 잡지 《유럽 통보》에 실린 〈나의 친구, 시인에게〉이다.

2

＊ 늙은 델자빈—18세기 러시아 최대의 시인 가브리라 델자빈(1743~1816). 1815년, 즉 델자빈이 죽기 전해에 리체의 공개 시험 때 15세의 작가는 그 자리에 있던 72세 노시인 앞에서 작가의 〈차르스코예셀로의 회상〉을 외어 노시인을 감격케 하였다.

4

＊ 멀리 도망갔을 때—작가가 황제의 비위를 거슬려 1820년 5월 남러시아로 추방된 것을 가리킨다.

＊ 코카서스—1820년 여름 대부분을 작가는 코카서스에서 보냈다.

＊ 레노레—독일의 시인 고트프리트 아우구스트 뷔르거(1747~94)의 발라드 〈레노레〉(1774)의 젊은 여주인공. 달밤에 이미 죽은 여인이 찾아와서 말에 태워 무덤으로 데려간다. 또한 쥬코프스키의 〈레노레〉의 번안이다.

＊ 타우리스—크리미아를 말함. 작가는 1820년 코카서스를 여행한 다음 떠나 약 3주일 동안 크리미아의 남부에 머물러 있었다.

＊ 네레이스—그리스 신화에 나오는 바다의 신 네레우스와 오케아노스의 딸인 도리스 사이에서 태어난 약 1백 명의 딸들.

5

∗ 몰다비아—현재의 몰도바공화국, 소련을 구성했던 15개 공화국의 하나로 1991년 독립하였
다. 서쪽으로 루마니아, 동·북·남쪽으로는 우크라이나와 접한다. 작가는 수도였던 키시뇨프
에 1820년 가을부터 1823년 여름까지 머물렀다.

∗ 유랑민—집시를 말함. 작가는 남부에 머물던 중 집시의 생활에 흥미를 느끼고 그들과 자주 어
울렸다. 서사시 〈집시〉(1824년 탈고)는 그 성과이다.

∗ 광야의 노래—예를 들면 앞의 〈집시〉 중에서 여주인공 젬피라가 부르는 노래 따위를 가리키는
듯함.

∗ 나의 뜰—작가가 1824년 8월부터 1836년 9월까지 머물렀던 외가의 영지 미하일로프스코에를
가리킴. 앞의 '시골서 자란 아가씨'는 두말할 것도 없이 〈예브게니 오네긴〉의 여주인공 타치아
나를 말함.

7

∗ 스플린—제1장 38의 주 참조.

8

∗ 멜모트—제3장 12의 주 참조.

12

∗ 데몬—작가의 〈데몬〉이란 시(1825)를 말함. 친구 알렉산드르 라에프스키(1795~1868)의 '바이
런적' 성격을 묘사한 것이라고 하는 사람도 있으나 작가 자신은 부정하고 있다.

13

∗ ……무도회—글리보에도프의 희극 〈지혜의 슬픔〉 제1막 7장에서 주인공 챠스키는 외국으로
부터 해로로 페테르부르크에 이르는 7백 킬로미터가 넘는 먼 거리를 45시간 동안 말을 타고 달
려 어느 겨울날 아침 모스크바의 연인 소피아의 집에 당도한다. 그날 밤 소피아의 집에서는 무
도회가 베풀어진다. 그러나 예브게니는 외국 여행을 한 흔적이 없으므로 '배에서'는 단순히
'여행길에서'라는 의미일 것이다.

14

∗ 시슈코프—정치가, 문학가이자 아카데미 총재였던 해군 대장 알렉산드르 시슈코프(1754~
1842). 〈러시아어에 있어서의 신구 양 문체를 논함〉(1803)에서 신파의 문학가들에 의한 프랑스
어법과 신어의 남용을 공격하고 같은 목적으로 구파의 문학가들을 규합하여 1811년 '러시아
어 애호자 담화회'를 조직하였다. 푸슈킨은 두말할 것도 없이 쥬코프스키, 브야젬스키들과 같
이 신파에 속해 있었다.

＊ le comme il faut— ‘나무랄 데 없는 점잖은 품위’ 정도의 의미.

15

＊ 벌거(vulgar)— ‘천한’이란 뜻의 영어.

16

＊ 니나 보론스카야—가공의 여인. 한때(1828년의 여름) 푸슈킨의 연인이었다고 생각되는 백작 부인 아글라페나 자클레프스카야(1799~1879)를 가리키는 것이라는 설은 의심스럽다.

23

＊ 테타테트— ‘마주 대함’이라는 뜻의 프랑스어.

25

＊ 벤젤리—벤젤리란 여기서는 황제의 머리글자를 새긴 배지를 가리킴. 두 자매가 황후를 시중드는 여관이 되어 그 배지를 배수했다.

26

＊ 프롤라소프—또는 플로라조프. ‘빈틈없는 야심가’를 의미하는 말에서 파생된 이름으로서 18세기 러시아의 희극이나 풍자화에 흔히 쓰였다.

＊ 생 프리(St. Priest)—프랑스로부터 온 망명자의 아들로서 풍자화가였던 엠마뉴엘 생 프리(1806~28).

＊ 성지 주일의 천사—성지 주일(부활절 직전의 주)에 노점에서 파는 과자에 붙어 있는 종이로 만든 천사.

28

＊ 모르페우스—로마 신화에 나오는 꿈의 신.

33

＊ 십이야(十二夜)—크리스마스날 밤부터 세어서 12일째 되는 1월 5일의 밤, 공현절 전야.

35

＊ 기번—영국의 역사가 에드워드 기번(1737~94).

＊ 만조니—이탈리아의 작자 알렉산드르 만조니(1785~1873). 소설 〈약혼자〉(1827)의 작가.

＊ 헬더—독일의 비평가·사상가, 요한 고트프리트 폰 헬더(1744~1803).

＊ 샹포르—프랑스의 모럴리스트인 니콜라 세바스티앙 로크드 샹포르(1741~94). 〈성찰·잠언·일

화〉(1803)의 저자.

* 스탈 부인(Madame de Staël)—여기서는 소설 〈델핀〉(제3장 10의 주 참조)을 가리키는 듯함.

* 비샤—프랑스의 해부학자 · 생리학자인 그자비에 비샤(1771~1802).

* 티소—스위스의 의학자 시몬 앙드레 티소(1728~97). 〈문인의 건강에 관하여〉의 저자.

* 벨—프랑스의 철학자 피에르 벨(1647~1706). 18세기 자유사상의 효시가 된 《역사 · 비평사전》
의 저자.

* 퐁트넬—프랑스의 문인 베르나르 르 보뷔에 드 퐁트넬(1657~1757). 유명한 통속 과학서 《세계
다수 문답》의 저자.

* 문집—당시 부정기적으로 발행되고 있던 소형의 시문집.

* ……들은 일도 있지만—예를 들면 반동적 문학자로서 악명이 높았던 파디 불가린(1789~1859)
의 편집에 의한 《북방의 꿀벌》 등을 가리키는 듯함. 이 잡지는 1830년까지는 푸슈킨에 대해 상
당히 호의적이었으나 그해 이후로 심한 악평을 퍼붓기 시작했다.

37

* 파라온—이른바 '은행', 트럼프 놀이의 일종.

* ……이젠 할 수 없군—제6장 35의 렌스키가 결투에서 쓰러졌을 때 시중꾼 자레츠키가 한 말.

38

* 〈베네데타〉(Benedetta)—Benedetta sia la madre(어머니는 축복을 받으시라)로 시작되는 베니스의
뱃노래.

* 〈아이돌 미오〉(Idol mio)—Idol mio, piu pace on ho(나의 우상이여, 나에게는 이미 안식이란 없도
다). 빈체초 가부시(1800~1846)의 이중창〈그리운 이여, 만일 그대 미소짓는다면〉의 후렴.

51

* 사디—페르시아의 대시인 무샤리프 웃 딘 사디(1184년경~1292). 대표작은 〈장미의 동산〉(1258).

독후감 길라잡이

《예브게니 오네긴》은 '제사, 헌시, 제1장, 제2장, 제3장, 제4장, 제5장, 제6장, 제7장, 제8장 마지막으로 예브게니 오네긴에 부치는 주석'으로 이루어져 있습니다.

첫째로, '제사'와 '헌시'에서는 각각《예브게니 오네긴》이 어떤 내용을 담고 있는 책인지를 알 수 있는 힌트가 주어집니다. '제사'는 한자로는 '題詞'인데요. 제목 '제'자에 '글 사'자로 뜻을 풀이하면 '책의 첫 머리에 그 책과 관계되는 노래나 시 따위를 적은 글'입니다. 《예브게니 오네긴》의 제사에는 다음과 같은 글귀가 적혀 있습니다.

그는 허영심에 가득 차고, 게다가 선행도 악행도 똑같은 무관심으로써 고백하는 특수한 오만을 몸에 지니고 있었습니다. 그것은 우월감, 아마도 가공(架空)이 우월감 때문입니다.

그리고 제사 다음으로는 '헌시'가 적혀 있습니다.《예브게니 오네긴》이 어떤 내용 이길래, 다음과 같은 '제사'를 작가가 적은 것인지 계속해서 살펴봅시다.

▌제1장▐

1장에서는 병환이 위중한 숙부가 있는 주인공 '예브게니'를 소개하고 있습니다. 예브게니의 아버지는 한 해에 세 번씩 무도회를 열던

사람이었는데, 사치로 인해 결국 파산하게 되었고 어린 예브게니는
여러 사람의 손을 떠돌면서 자라게 됩니다. 예브게니는 영민하고 사
랑에 있어서는 열정적인 사람이었습니다. 하지만 진실한 사랑을 몰
랐기에 많은 무도회에 초대를 받으면서도 지루해 하고 무료해 했습
니다. 쾌락만을 추구하면서 나태한 삶을 사는 사람인 거죠. 그리고
그런 생활을 하던 중 결국 병든 숙부가 돌아가셨고, 오네긴은 숙부의
소유였던 농촌, 포도주 공장, 호수, 강, 숲, 땅의 소유자가 됩니다. 그
리고 숙부의 소유였던 그 시골로 들어가서 도시에서 벗어난 삶을 살
면 자신의 낭비적인 생활 방식이 어떻게든 고쳐질 것이라고 생각합
니다. 하지만 고치지 못합니다. 시골에서도 도시에서 느꼈던 것과 마
찬가지의 졸음과 권태를 느끼게 되기 때문이죠.

　1장의 마지막에서는 작가의 목소리가 등장해서 1장 전체에 대한
자신의 생각을 서술합니다.

▌제2장▐

　자신의 영지에서 홀로 지내는 예브게니는 심심함을 못 견디고 시
간을 때워보자는 생각에 신제도 실시를 기획했습니다. 그래서 모두
가 예브게니를 괴짜라고 생각하기 시작했죠. 그러던 중 예브게니는
'렌스키'라는 부자이고 잘 생긴 남자를 만나 친구가 됩니다.

▌제3장▐

　렌스키와 함께 예브게니는 '라린씨'의 댁으로 가게 됩니다. '라린

씨'에게는 두 명의 딸이 있는데, 첫째 타치아나는 조용하고 항상 혼자 창가에 앉아 달을 바라보곤 했고, 둘째 올가는 반대로 활발하고 사교적이었습니다. 렌스키, 예브게니, 타치아나, 올가는 서로 사랑에 빠지게 되는데요. 렌스키는 이전부터 올가를 좋아해서 라린씨 댁에 많이 방문을 하고 있었고, 타치아나는 자신의 집에 방문한 예브게니에게 사랑에 빠져서 몰래 편지까지 전합니다.

타치아나는 예브게니에게 편지를 전한 후 예브게니가 자신의 집에 방문하자, 떨리는 마음을 주체하지 못해 정원으로 달려 나갑니다. 그리고 화단에 앉아 노래를 부르며 심장의 떨림이 고요해지기를, 두 뺨의 열기가 지나가기를 초조하게 기다립니다. 마침내 한숨을 내쉬고 일어난 그녀의 앞에 예브게니가 우뚝 서 있습니다. 타치아나 또한 우뚝 멈춰 섰죠.

▌제4장▐

예브게니가 그녀에게 다가가서 말했습니다. 당신이 쓴 편지에는 영혼에서 우러난 솔직한 고백이 있으니 부정하지 말아 달라고 합니다. 당신의 진정은 소중하고 내게는 당신의 진정은 오래 전에 내게 멈춰버린 감정을 일렁이게 했다고.

예브게니는 자신도 솔직한 고백으로써 그 진정에 보답하려고 한다고 고백합니다. 그러나 결혼은 우리에게 고통이 될 거고 내가 당신을 얼마나 사랑하든지 간에 익숙해지면 곧 당신에게 싫증을 낼 게 뻔하다고 합니다. 예브게니는 이렇게 타치아나에게 설교를 했고, 타치아

나는 눈물이 앞을 가리고 숨이 막혀 아무 대답도 못했습니다. 그런
중에 올가와 렌스키는 계속해서 서로 사랑을 합니다. 렌스키는 올가
에게 올가가 좋아하는 책을 읽어주고. 올가를 향한 시를 쓰고. 올가
를 위한 앨범을 만들기도 하죠.

예브게니와 타치아나의 사랑은 그렇게 끝나는 듯 했으나, 타치아
나의 명명일(일종의 생일이라고 할 수 있습니다)에 올가와 올가의 어머니
가 렌스키와 함께 예브게니를 초청합니다.

▌제5장▌

5장은 타치아나가 영혼 깊이 러시아 영혼이고 차가운 아름다움을
지닌다는 등의 서술로 시작됩니다. 타치아나는 옛날부터 전해오는
민간의 이야기들을 믿고 꿈과 카드 점, 달의 예언을 믿는데, 예언들
이 모두 불길한 전조가 있어 타치아나는 매우 불안해합니다. 슬픈 예
감으로 가득 차서 불행을 기다리고만 있는 거죠.

그러던 중 타치아나는 이상한 꿈을 꿉니다. 꿈에서 타치아나는 산
책을 하다가 강물을 바라보며 서 있었는데, 갑자기 곰이 으르렁 거리
며 날카로운 발톱을 내밀며 나타납니다. 놀란 그녀는 뒤돌아볼 엄두
도 못 내고서 발걸음을 재촉합니다. 결국엔 눈 속으로 쓰러진 그녀를
누군가 업고 가는데, 깨어난 타치아나의 앞에 오네긴이 앉아 있습니
다. 그리고 갑자기 올가가 나타나고 렌스키가 나타납니다. 오네긴은
불청객들에게 욕을 하고 말다툼 소리가 점점 커집니다. 예브게니가
갑자기 칼을 잡고 순식간에 렌스키는 베어집니다. 타치아나는 비명

을 지르고 무서움에 떨며 잠에서 깨어납니다.

그러한 꿈을 꾸고 난 타치아나는 여러 가지 꿈 해설을 찾아보며 무서운 꿈의 의미를 알아내기 위해 노력합니다. 하지만 어느 곳에서도 해결할 수가 없었죠.

마침내 타치아나의 생일이 되어 많은 사람들이 그녀의 집에 옵니다. 그녀를 칭송하는 시가 노래로 불리기도 하죠.

그런데 오네긴이 렌스키의 연인인 올가에게 다가가 올가와 왈츠를 계속 춥니다. 그 모습에 렌스키는 열이 올라 제정신이 아니게 됩니다. 불타는 질투의 분노에 휩싸였습니다. 그리고 작가는 다음과 같이 다음 장의 내용을 예고하며 5장을 마무리 합니다.

"피스톨 두 자루. 탄알 두 발뿐, 그것만이 단 한 번에 그의 운명을 결정하리라."

▌제6장▌

다음 날 오네긴은 렌스키에게서 도전장, 이른바 결투신청서를 받게 됩니다. 렌스키는 정중하고 차갑도록 명확하게 친구에게 결투를 신청하고 있었습니다. 오네긴은 즉시 그 자리에서 심부름을 하는 사절을 향해서 '언제라도 좋다'고 전하라고 합니다. 그 말을 전해들은 렌스키는 불안해합니다. 다시 만난 올가가 자신을 사랑한다는 것을 느꼈고 친구에게 총을 겨누는 결투를 신청한 것에 대해서도 안타까움을 느끼고 있는 것이죠. 그런데 후회를 하는 것은 오네긴도 마찬가지였습니다. 서로

'그냥 웃어 버리고 말 수는 없는 걸까? 사이좋게 그냥 헤어질 수는 없는 걸까?'라고 고민하게 되죠. 하지만 운명의 시간은 다가왔고 결국 오네 긴이 쏜 총으로 인해 심장을 관통당한 렌스키가 죽고 맙니다.

▌제7장▐

렌스키의 죽음에 올가는 많이 슬퍼했지만, 오랫동안은 아니었습니다. 다른 남자가 그녀의 관심을 끌어서 사랑스러운 위안으로써 그녀의 고통을 잠재우는 데 성공한 것이죠. 올가는 새로운 남자인 창기병이 속해 있는 연대가 이동을 하자 그와 함께 집을 떠납니다. 그리고 타치아나는 이제 혼자가 되었습니다. 타치아나는 오네긴이 떠나버린 빈 집을 방문합니다. 그리고 감동 어린 시선으로 주위의 모든 것을 바라봅시다. 불 꺼진 램프가 놓인 책상 위에다 쌓아 놓은 책무더기, 창 밑으로 양탄자가 덮인 침대 등 모든 것이 다 그녀에게 비할 데 없이 소중해 보입니다. 그녀의 지친 영혼을 생기롭게 할 정도로 말이죠. 그 후에도 계속 그 집을 방문해서 서재에 있는 책을 읽습니다. 그의 책들을 읽으면서 예브게니를 진정으로 이해하기 시작하죠.

그 후 타치아나는 여러 남자들에게 청혼을 받지만 모두 거절합니다. 그러다가 어머니의 권유로 어머니와 함께 시골을 벗어나 모스크바로 떠나게 됩니다. 모스크바에서 타치아나는 사교계에 발을 들입니다. 소란한 여러 무대에도 다니는데 이는 전적으로 타치아나를 결혼 시키려는 어머니의 권유로 인한 것이죠.

한편 결투에서 친구를 죽이고 나서 오네긴은 목표도 하는 일도 없이 26세까지 살면서 심심해서 죽을 지경이었습니다. 봉직도 없고, 아내도 없고, 대업도 없어 무엇에도 흥미를 느끼지 못하고 장소를 바꾸고 싶은 욕구가 오네긴을 온통 휩쌌습니다. 그는 피투성이 망령이 눈앞에 타나나는 마을과 숲과 들판의 고독을 떠나 감정에만 따르면서 줄곧 목표 없이 방랑하기 시작했습니다. 하지만 세상의 모든 것과 마찬가지로 여행도 곧 지겨워졌고, 무도회장으로 가게 됩니다.

이때에 장면은 다시 제1장의 첫 부분과 일치하게 됩니다. 예브게니는 오페라 안경을 통해서 공연장에 있는 타치아나를 발견하게 되는 것이죠. 그런데 세상에 타치아나는 자신의 친구인 공작의 아내가 되어 있었습니다. 공작의 소개로 타치아나와 조우하게 되고 예브게니도 타치아나도 충격을 받습니다. 허나 그녀는 겉으로는 조금도 흔들림이 없었습니다. 말씨는 여전했고 인사도 여전히 고요했습니다. 그리고 중요한 것은 예전의 타치아나의 흔적이라고는 발견할 수가 없었습니다. 오네긴을 당황하면서도 그녀와 대화하려고 애썼으나 잘 되지 않았습니다. 지금의 타치아나는 오네긴이 간직하고 있는 편지를 쓴 그녀가 아니었습니다.

변해버린 타치아나의 모습을 보며 오네긴을 오히려 그녀에게 더욱더 빠지게 됩니다. 어린애처럼 사랑에 빠져서 사랑의 그리움으로 애타하며 밤낮을 보내죠. 결국 그는 타치아나가 예전에 자신에게 그랬던 것처럼 자신이 그녀에게 편지를 씁니다.

"무엇이든 저는 예감할 수가 있습니다. 슬픈 비밀의 이 고백은 당신 기분을 나쁘게 만들 겁니다. 자존심에 넘친 당신의 눈빛은 괴롭고 모멸스러운 빛을 띨 것입니다.

　나는 무엇을 희망하고 있는 걸까요? 무슨 목적으로 내 마음을 속속들이 당신 앞에 털어 놓을까요! 얼마나 심술궂은 웃음거리가 될지 안다 해도 나는 선언하렵니다."

하지만 타치아나는 답장을 하지 않습니다. 두 번째, 세 번째 편지에도 답장이 없고 그를 만나도 쳐다보지 않을뿐더러 말 한마디 붙이지 않죠. 그래서 오네긴은 결국 타치아나의 집으로 그녀를 찾아갑니다. 그때 타치아나가 오네긴에게 이렇게 말합니다. 화려함이며 번쩍거리는 허식이며 사교계의 소용돌이 속의 자신의 성공이며 이것들이 무슨 의미가 있냐고 말하며 행복은 그런 것이냐고 묻습니다. 그리고 자신은 이미 결혼했고 운명이 결정됐다고 말입니다. 자신의 행동이 조심성 없는 행동인지 몰라도. 결혼을 했으니 자신을 포기해 달라고 간청합니다. 타치아나는 오네긴에게 당신의 가슴속에 자존심도 있고 강직한 명예심도 있다는 것을 알고 당신을 사랑하지만 저는 다른 사람과 한평생을 약속했기에 그 사람에게 충실하려고 한다고 말입니다.

　이렇게 타치아나는 오네긴을 떠나고 《예브게니 오네긴》의 이야기는 끝납니다.

《예브게니 오네긴》은 러시아의 천재 작가 푸슈킨의 대표작이자 러시아 삶이 백과사전이라고 칭송받는 운문 소설입니다. 권태에 사로잡힌 귀족 예브게니 오네긴과 순수하고 아름다운 여인 타치아나의 엇갈릴 수밖에 없는 안타까운 사랑을 통해 당대 러시아인의 삶을 그린 작품이죠. 오네긴과 타치아나라는 두 인물은 푸슈킨 이후 후대 러시아 문학 작품 속에서 전형적인 인물로 발전되어 나갑니다.

《예브게니 오네긴》으로 인해 러시아 문학에 비로소 사실적인 문학 작품이 탄생했으며 급속히 발전되었다고 평가받습니다. 이 소설에서 소재를 얻어 페테르 일리치 차이코프스키는 같은 이름의 3막 가극을 작곡하였으며 1879년 모스크바에서 초연되었죠.

주인공 예브게니 오네긴은 국외자, 잉여인간으로 살아가던 당시 지성인들의 자화상이라고 할 수 있는데요. 오네긴은 목적도 의미도 없이 살아가지만 그는 자신이 처한 세계를 정확하게 이해하고 있는 인물입니다. 《예브게니 오네긴》은 당시 지성인의 정체성 문제를 깊이 있게 다루면서, 자신의 모습을 들여다보고 회의하는 고독한 인간의 모습을 보여 주고 있습니다.

많은 19세기 소설들이 일반적으로 그렇듯이, 《예브게니 오네긴》도 잡지에 먼저 차례로 연재되는 형식으로 발표되었습니다. 그리고 판본을 거듭할 때마다 많은 부분에서 작고 큰 변화가 있었죠.

▌예브게니 오네긴 ▌ 작품의 주인공으로 죽은 숙부의 재산을 받아 부유한 삶을 살고 있는 남자. 사교계에서 많이 활동하고 있고 무도회도 많이 다니면서 생활을 하지만 사교계의 생활을 지겨워하고 자신의 생활에 권태를 느끼는 사람입니다. 도시 생활에서의 권태를 해소하려고 시골로 갔지만 시골의 생활에도 지겨움을 느끼는 것은 마찬가지였습니다. 오네긴은 시골에서 자신을 좋아하게 된 타치아나의 고백을 받았지만 냉정하게 거절합니다. 그러던 중 예기치 않게 자신의 친구였던 렌스키와 결투를 해서 렌스키를 죽이게 됩니다. 그 이유로 시골을 떠나 또 다시 방황하게 되죠. 방황하던 오네긴 앞에 타치아나가 다시 나타나는데, 이때 오네긴은 뜻밖에도 타치아나에게 빠집니다. 하지만 이번에는 타치아나가 거절하죠.

▌타치아나 ▌ 라린 씨의 딸로 독서와 사색을 즐기는 여자입니다. 조용한 성격인데 오네긴에게 사랑에 빠져 고백하여 거절당합니다. 렌스키의 죽음으로 슬퍼하던 동생 올가가 다른 남자를 만나 떠나고 어머니와 단 둘이 살다가, 어머니의 권유로 모스크바로 이사합니다. 모스크바에서 사교계의 활동을 활발하게 하기 시작하고 결국 결혼을 해 남작 부인이 됩니다.

▌렌스키 ▌ 타치아나의 동생인 올가의 약혼자이고 시인입니다. 자

신의 영지로 거처를 옮긴 오네긴과 친구가 되어 즐거운 생활을 합니다. 그러던 중 타치아나의 생일날 열린 파티에서 오네긴이 렌스키를 약올리기 위해 올가와 춤을 췄는데, 그에 대해 질투와 분노를 느낍니다. 그래서 오네긴에게 결투를 신청했고 결국 오네긴의 총에 맞아 죽게 됩니다.

┃올가┃ 타치아나의 동생이자 렌스키의 약혼녀입니다. 활발한 성격의 여성으로 렌스키의 죽음으로 인해 슬픔에 빠지지만 금세 극복하고 다른 남자를 만나 집을 떠납니다.

❹ 작가 들여다보기

《예브게니 오네긴》의 작가 알렉산드르 세르게예비치 푸슈킨은 모스크바 출생으로 러시아 리얼리즘 문학[1]의 확립자입니다. 푸슈킨은 명문 중류층 귀족의 장남으로 외조부는 표트르 대제를 섬긴 아비시니아 흑인 귀족이었습니다. 그는 유년시절을 백부 바실리와 그 친지인 카람진 제코프스키 등 러시아 낭만주의 시인들의 영향을 받으면서 자랐습니다. 그리고 1811년부터 1817년까지 수도 상트페테르부르크 근교의 차르스코예셀로의 전문학교에 다녔습니다. 그래서 그곳의 자유주의적 분위기, 나폴레옹 전쟁에 대한 국민들의 환호 등은

---

1 리얼리즘 문학 : 사회현실을 문학 속에 담으려고 하는 문예 사조입니다.

그의 사상 형성에 큰 기반이 되었습니다. 푸슈킨은 전문학교 재학 때부터 진보적인 낭만주의 문학 그룹 '알자마스'에 참가하여, 1814년 시《친구인 시인에게》를 처음으로 발표하였습니다.

졸업 후에는 상트페테르부르크의 외무성에 근무하였는데요. 혁명적 사상가 차다예프와의 교류, 데카브리스트의 한 그룹 '녹색 등잔'에의 참가 등으로, 그의 농노제[2] 타도의 정치사상은 차차 확고해 지기에 이릅니다. 시《차다예프에게(1818)》,《농촌(1819)》등도 이러한 배경에서 쓰인 것들이죠.

그는 1820년 최초의 서사시《루슬란과 류드밀라》를 완성하였습니다. 그런데《농촌》등 자유를 사랑하는 내용의 시를 발표해서 남부 러시아로 유배되고, 키시뇨프 오데사에서 살게 됩니다. 하지만 이런 시련에도 불구하고, 푸슈킨은 이 시절에 데카브리스트 남부회의 구성원들과 사귀고, 그들의 사상에 공감을 가지게 됨과 동시에, 서사시《캅카스의 포로(1822)》,《바흐치사라이의 샘(1823)》을 비롯하여, 낭만주의의 특질이 강한 많은 작품을 써냅니다.

1824년 푸슈킨은 국외 망명에 실패하고 미하일로프스코 마을에 유폐되어 여기서 서사시,〈집시〉를 완성하고 그에 이어, 사실적인 운문 소설《예프게니 오네긴(1823~1830)》의 집필을 계속하였으며, 비극《보리스 고두노프(1825)》, 풍자적 서사시《누손 백작(1825)》을 탈고하였습니다.

---

2 농노제 : 농민이 봉건 지주에게 예속되어 지주의 땅을 경작하고 부역과 공납의 의무를 지녔던 사회 제도입니다.

고독하고 불우한 유폐생활은 푸슈킨에게 오히려 높은 사상적·예술적 성장을 가져다주었고, 러시아의 역사적 운명과 민중의 생활 등에 대하여 깊은 통찰의 기회를 주었다고 할 수 있습니다. 1825년 12월 데카브리스트가 파괴되어 멸망한 후, 그들과 친교가 있던 푸슈킨은 이듬해 수도로 소환되었습니다. 그런 상황 속에서 푸슈킨은 친구를 잃은 슬픔과 고독에도 좌절하지 않고, 1828년 역사시《폴타바》를 완성합니다.

1830년에는 보르지노 마을에서 《인색한 기사》,《모차르트와 살리에리》,《돌의 손님 》,《질병 때의 주연(酒宴)》, 그리고 《벨킨 이야기》등의 짧은 비극 4편을 탈고하였습니다. 그리고 그 해에《예프브게니 오네긴》도 완성하였는데, 이 작품은 러시아 문학사상 최초의 리얼리즘의 달성을 보여준 작품으로 당시 러시아 사회의 특질을 아주 잘 그리고 있습니다.

또한, 생애의 마지막 시기에는 산문소설《스페이드의 여왕(1834)》,《대위의 딸(1836)》등을 써서, 19세기 러시아 리얼리즘 문학의 초석을 쌓는 인물이 됩니다. 마지막 서사시《청동의 기사(1833)》에서는 전제적 국가권력과 개인과의 대립 모순을 조명하고, 제정 러시아의 역사적 숙명을 제시하였습니다.

1837년 1월 27일 푸슈킨은 아내 나탈랴를 짝사랑하는 프랑스 망명귀족 단테스와 결투했다가 그 부상으로, 2일 후 38세의 나이에 죽었습니다. 그런데 그 결투는 명백히 그의 진보적 사상을 미워하는 궁정 세력이 짜놓은 함정이었다고 합니다.

그렇게 짧은 생애 동안 푸시킨이 써낸 많은 작품들은 모두 농노제하의 러시아 현실을 정확히 그려내는 것을 지향하였습니다. 또 깊은 사상과 높은 교양으로 일관되게 담아내서, 후대의 러시아 문학의 모든 작가는 모두 '푸시킨의 영향을 받았다'고 해도 과언이 아니라고 할 수 있습니다.

그럼 연대표를 보면서 작가의 생애를 살펴볼까요?

1799년	6월 6일 러시아 모스크바에서 출생.
1811년	차르스코예 셀로에 있는 학습원에서 자유주의 교육을 받음.
1816년	공개 진급시험에서 자작시 《차르스코예 셀로의 추억》을 낭독.
	노시인 가르릴라 데르자빈을 감격시킴.
1817년	학습원을 졸업하고 외무성에 들어감.
	농노 제도 및 전제 정치를 공격하는 시 〈자유〉 발표.
1818년	《차다예프에게》 발표.
1819년	시 〈마을〉 발표.
1820년	남러시아로 추방당함.
	설화를 주제로 하면서 구어를 대담하게 채용한 서사시 《루슬란과 류드밀라》 발표.
	러시아 시에 새 경지를 개척. 시인으로서의 지위를 굳힘.

357

1822년	바이런의 영향을 받아 《카프카스의 포로》 발표.
1823년	《집시》 발표, 운문 시 《예브게니 오네긴》의 제1장 발표.
1824년	《바흐치사라이의 샘》 발표. 오데사의 총독과 충돌하여 프스코프 현에 있는 모친의 영지 미하일로프스코 촌에 칩거하게 됨. 《예브게니 오네긴》의 후속작과 《보리스 고두노프》를 발표. 리얼리즘으로의 이행을 시작함.
1825년	데카브리스트[3] 반란 후 위험인물로 취급되어 황제의 직접 검열을 받아야 하는 상황에 처함. 《삶이 그대를 속일지라도》 발표.
1830년	《예브게니 오네긴》 완성. 신문 단편집 《벨킨 이야기》 발표.
1831년	소문난 미인인 나탈리야 곤차로바와 결혼함.
1833년	시 〈인색한 기사〉, 〈청동의 기사〉 발표.
1834년	단편 〈스페이드 여왕〉
1836년	중편 소설 〈대위의 딸〉
1837년	아내 나탈리야가 부정한 생활을 한다는 거짓 소문을 퍼뜨린 귀족들에 의해 프랑스인 귀족과 부득이하게 결투를 벌이게 됨. 결투로 인한 부상으로 이틀

---

3 데카브리스트 : 1825년 12월에 러시아에서 최초의 근대적 혁명을 꾀하였던 자유주의자들을 말합니다.

후인 2월 10일 37세의 나이로 러시아 상트페테르부르크에서 사망.

❺ 시대와 연관 짓기

푸슈킨은 러시아 문학의 낭만주의 시대를 대표하는 것으로 평가받습니다. 하지만 낭만주의라는 말만으로 그의 문학 세계 전체를 규정하기는 힘들죠. 많은 비평가들은 그가 신고전주의에서 낭만주의를 거쳐 리얼리즘으로 가는 길을 반영한다고 봅니다. '낭만주의적이었으되 낭만주의적이지 않았다'는 말이 있을 정도입니다. 푸슈킨은 러시아 문학의 발전뿐 아니라 러시아어 자체의 발전에도 기여했다는 평가를 받습니다. 러시아어 표현에서 부족함을 느낄 때 푸슈킨은 과감하게 새로운 단어나 표현을 고안해 냈습니다. 또 푸슈킨은 풍부한 감성을 유감없이 발휘하여 문장을 써냈기 때문에 러시아 문학을 푸슈킨 이전과 이후로 나누게 할 정도였습니다. 서유럽에 비해 문화적으로 뒤떨어졌던 19세기 러시아에 푸슈킨은 유럽의 모든 문학 장르를 도입시켰습니다. 서정시, 서사시, 소설, 단편, 에세이, 희곡 등 모든 장르에 걸쳐 창작의 불꽃을 피워 올린 것이죠. 푸슈킨이 아니었다면 이반 투르게네프, 이반 곤차로프, 톨스토이 등이 가능하지 않았다는 평가도 있습니다.

《예브게니 오네긴》은 러시아의 생활 백과사전이라고 할 만큼 19세기 러시아인의 삶이 사실적으로 재현되며 인물들의 전형성이 잘 드러나는 작품입니다. 작가는 오네긴을 세상에 환멸을 느끼고 냉소를 보내는 염세주의자로, 렌스키를 꿈과 사랑과 자유를 중요하게 여기는 낭만주의자로 묘사합니다. 또 한편 주인공 타치아나는 푸슈킨의 이상을 상징하는 인물로 타락한 귀족 사회에서도 고결한 마음을 지킬 줄 알고, 참된 사랑의 가치를 믿는 인물로 그렸습니다.

러시아 작가들은 자신들을 비롯하여 러시아 문학의 전반에 많은 영향을 끼친 푸슈킨을 칭송했습니다. 푸슈킨을 2백년 만에 한 번 나타날 수 있는 작가라고 평가하며 푸슈킨의 죽음을 애도했고, 푸슈킨이라는 위대한 인물이 그를 시기한 무리들의 함정에 빠져 죽게 된 것에 분노를 표현하기도 했습니다. 특히 푸슈킨은 당시의 시대에 맞서 자신의 생각을 문학으로서 당당하게 표현해냄과 더불어 당대 러시아의 모습을 아주 잘 표현하며 시대와 인간의 삶 안에서의 고민을 풀어내고자 했습니다.

푸슈킨은 1815년 리체이의 상급반 시험장에서 '차르스코예 셀로의 회상'이라는 자작시를 낭송하여 시인으로서 자질을 인정받게 됩니다. 그리고 리체이 시절(1811~1817)에는 자유주의적 기풍에 물들며 진보적인 낭만주의 문학 그룹에 참여했죠. 학업을 마치고 푸슈킨은 외무성에 근무했지만 혁명적 사상가 및 운동가들과 교류하면서 러시아의 전통적인 농노제를 타도해야 한다는 사상을 굳혀 나갔습니다.

당시 러시아에서 푸슈킨은 자유를 찬양하는 내용의 시를 당당하고 자유롭게 써냈습니다. 그리고 그것이 화근이 되어 남부 러시아로 유배당했죠. 그러나 그곳에서도 그는 러시아의 낙후된 질서를 파괴하고 새로운 사회를 꿈꾼 데카브리스트 구성원들과 교류하며 그들에 공감했고, 1824년에는 국외 망명을 시도했으나 실패했습니다. 이후 집안 영지인 미하일로프스코에 유폐되어 계속 창작에 몰두했고, 푸슈킨을 예술적, 사상적으로 더욱 성숙한 작가가 됩니다. 1825년 데카브리스트가 괴멸당한 뒤 그는 유폐 생활에서 풀려났지만, 푸슈킨은 러시아의 역사적, 정치적 상황에 대한 예민한 성찰을 계속해서 해 나갑니다. 푸슈킨은 진정으로 민중에 대해 관심을 가졌던 러시아의 '국민 작가'였던 것입니다.

❻ 작품 토론하기

❶ 《예브게니 오네긴》은 일반적인 소설과 달리 '운문' 즉 '시'로 된 시소설입니다. 일반적인 산문소설과 운문소설이 어떻게 다른지 이야기해 봅시다.

▶**학생 1** : 산문 형식의 소설보다 운문 형식의 소설이 주인공의 감정이나, 작가의 생각이 다양하게 표현되는 것 같다는 생각이 들었어요.

▷**학생 2** : 저는 소설이 운문으로 되어 있어서 이해하기가 힘들었어요. 스토리 이해도 힘들고 어떤 것이 등장인물들의 심리고 어떤 부분이 작가의 말인지 구분하기가 힘들었어요. 그런 점에 있어서는 운문보다는 산문 소설이 더 좋은 것 같아요.

▲**학생 3** : 맞아요. 이해하기가 힘든 부분이 있었죠. 하지만 저는 그 이유가 번역된 작품이기 때문에 그런 것 같다는 생각이 들어요. '시'적인 표현인데 우리나라 말이 아니라서 이해하기가 힘든 거죠.

▶**학생 1** : 한 페이지 한 페이지가 모두 시의 한 연으로 이루어져 있어서 일반적인 소설보다 굉장히 드라마틱하고 주인공의 심리도 작가의 심리도 감각적으로 잘 표현되어 있어요. 일반적인 소설에서 단순하게 상황이나 심리를 묘사하는 것과는 다른 느낌이죠.

▷**학생 2** : 그런 부분에 있어서는 저도 동의합니다. 산문 소설과 다른 운문 소설만의 특징이 있는 거죠. '시적인 소설'이라는 말이 가장 적절한 것 같네요.

❷ 렌스키와 오네긴은 서로 친한 친구 사이였습니다. 그런데 파티에서 오네긴이 올가와 춤을 춘 사건으로 인해 두 사람은 결투를 하게 됩니다. 두 사람의 모습을 통해 진정한 우정이 무엇인가에 대해 이야기해 보도록 합시다.

▶**학생 1** : 렌스키와 오네긴이 결투하게 된 과정을 살펴보면 렌스키와 오네긴 두 사람 다 고민했던 것을 볼 수 있어요.

▷**학생 2** : 저는 렌스키도 오네긴도 상당히 어리석은 행동을 했다고 생각해요. 두 사람은 얼마든지 화해할 수 있었고 그랬다면 렌스키가 그렇게 허무하게 죽게 되지는 않았을 거예요.

▲**학생 3** : 그렇죠. 하지만 렌스키에게도 오네긴에게도 결투를 할 만한 이유가 있었어요. 렌스키는 자신의 약혼녀와 춤을 추는 오네긴으로 인해 상당히 자존심이 상했겠지요. 그리고 오네긴은 렌스키가 청해보는 결투를 가볍게 물리칠 수도 없었어요. 친구가 자존심을 걸고 결투를 신청했다는 것을 알았으니까요.

▷**학생 2** : 그래도 화해하지 않아서 죽음에 이른 것은 어리석었어요. 결투장에서 서로를 만났을 때에도 기회가 있었던 거잖아요. 특히 오네긴은 결투를 하지 않겠다고 말하려다가 만듯한 심경이었어요. 만약에 진정으로 친구를 위했다면 결투를 취소하자는 말을 한 마디만 하면 되는 것 아니었을까요?

▶**학생 1** : 아마 자존심의 싸움이었을 거예요. 그리고 서로를 이미 용서를 했고, 용서라고 말하기에는 어려운 사사로운 사건이 뜻하지 않게 커져버린 것이죠. 타치아나의 표현을 밀리자면 바로 그것이 운

명의 사건이 아닐까 싶습니다.

▶▶독후감 1 : 활발한 성격이 좋은 성격인 걸까?

여자 주인공 타치아나는 활발한 성격이 아니었습니다. 조용하고 침착한 성격인데다가 독서와 사색을 좋아하는 여자이죠. 저 또한 타치아나의 성격과 비슷합니다. 말을 많이 하는 것을 별로 좋아하지 않아서 다른 사람들과 어울리는 것이 어려운 편이죠. 조용히 혼자 책 읽는 것을 좋아하기도 하고요. 그런데 소설 속의 타치아나가 오네긴에게 거절을 당했듯이 저도 저의 성격 때문에 친구들과 가까워지지 못하곤 합니다. 저는 어울려서 함께 친하게 지내고 싶은데 친구들은 제가 말을 많이 하는 성격이 아니기 때문에 저와 대화를 하는 것을 좋아하지 않는 것 같습니다.

타치아나는 렌스키가 죽은 사건으로 인해서 충격을 받고 어머니와 단둘이 살다가 모스크바로 떠나게 됩니다. 그리고 그곳에서 사교계 활동을 하고 무도회를 다니면서 새로운 사람을 만나죠. 물론 성격도 이전과는 180도 다르게 활발하고 사교성 있는 성격으로 변합니다. 그렇게 변한 타치아나의 앞에 오네긴이 나타납니다. 그리고 변한 타치아나의 모습에 이번에는 오네긴이 사랑을 느낍니다. 타치아나의 모습에 반하게 된 것이죠. 저는 그게 타치아나가 활발하고 사교적이고 도도한 성격으로 바뀌었기 때문에 가능했던 일이라고 생각합니다. 그래서 타치아나를 보고 '나도 성격을 바꿔야 하나?' 라는 고민을 많이 하게 되었습니다. 활발한 성격이 좋은 성격인 걸까요?

저도 타치아나가 그랬던 것처럼 제 성격을 활발하게 바꾸면 지금보다 더 친구들과 잘 어울리며 지낼 수 있게 되는 걸까요? 아직은 '무엇이 좋다', '이게 좋은 성격이다' 라고 단정 지어서 말할 수는 없을 것 같습니다. 하지만 이 소설을 계기로 제 스스로에 대해 고민해보는 시간을 갖으려고 합니다.

▶▶독후감 2 : 푸슈킨의 운문 소설 《예브게니 오네긴》

푸슈킨의 삶을 보면 그는 정말 극적인 삶을 산 사람이고 감상적이고 열적적인 사람이라는 것을 알 수 있습니다. 그래서 《예브게니 오네긴》과 같은 운문 소설이 탄생할 수 있었던 것이 아닌가 싶습니다. 자신의 작품 활동하는 데에도 열정적이고 사랑하는 여인을 만나 그 여자와 결혼하여 살게 되는 과정을 비롯해 자신을 죽음에 이르게 할지도 모르는 결투를 하는 것도 모두 그의 열정적인 성격에서 비롯된 것이라고 생각합니다.

또 신기했던 점은 오네긴과의 결투에서 렌스키가 죽음을 맞이한 것이 마치 푸슈킨이 프랑스인과의 결투에서 입은 상처로 죽게 된 것과 비슷하다는 것입니다. 푸슈킨은 자신의 앞날을 알고 있었던 것일까요? 아님 푸슈킨을 시기해서 죽게 만든 사람들이 푸슈킨의 작품을 보고 렌스키처럼 푸슈킨이 허무하게 죽게 의도한 것이었을까요? 만약 푸슈킨이 살아있었더라면 《예브게니 오네긴》 보다 더 시적이고 아름다운 운문 소설을 더 많이 창작했을 거라는 아쉬운 생각이 듭니다.

푸슈킨의 운문 소설은 소설이라기보다는 여러 개의 시가 연속되어서 담겨 있는 소설이라는 생각이 듭니다. 페이지 한 장, 한 장이 등장인물의 심정과 작가의 심정을 시적으로, 그리고 부드럽고 운율이 느껴지도록 잘 표현해 낸 것이죠. 소설보다는 시집의 느낌입니다. 그래서 전체적인 스토리의 전개보다는 상황의 묘사, 인물의 묘사가 더 구체적입니다.

인물에 있어서는 저는 오네긴이 너무나도 늦게야 타치아나의 매력을 깨달았다는 것이 아쉬웠습니다. 조금만 더 일찍 깨닫고 타치아나의 마음을 받아줬더라면 권태로운 일상에서도 벗어날 수 있고 행복할 수 있었을 텐데 말이죠. 타치아나가 사교계로 인해 순수함을 잃은 것도 안타까웠습니다. 그녀가 새로운 사람을 만나 남작 부인이 된 것이 그녀 스스로는 만족하는 듯이 나타났으나, 제가 느끼기에는 예전에 순수하고 정열적인 모습의 타치아나가 진짜의 타치아나라는 생각이 들었습니다.

독후감 제대로 쓰기

　우리는 책을 통해서 지식을 쌓고 학문을 연마하게 됩니다. 또한 교양을 얻고 수양을 쌓게 되지요. 그리하여 즐겁고 보람 있는 생활을 할 수 있는 것입니다. 이러한 습관이 지속된다면 이것이 곧 나의 생활 자체가 되고, 책을 읽는 시간이 얼마나 가치 있고 즐거운 시간인지 깨닫게 될 것입니다.

　독후감을 쓰기 위해서는 책을 읽어야 함은 말할 것도 없습니다. 그러나 아무 책이나 읽는다고 다 좋은 것은 아닙니다. 특히 중학생은 아직 양서를 구별할 만한 충분한 지식을 갖추지 못했기 때문에 선생님 혹은 부모님, 그리고 선배들이 권하는 책이나, 이미 국내적으로나 세계적으로 잘 알려진 명작이나 명저를 찾아 읽는 것이 바른 방법이라고 볼 수 있습니다. 예컨대 사회적으로 존경받을 만한 사람들의 일대기를 그린 위인전이나 자서전 같은 것은 읽을 가치가 있으며, 명시 모음집이나 명작 소설, 특정한 분야의 관찰기, 평론집 같은 것도 좋은 읽을거리가 될 수 있습니다.

　그럼 효율적인 독서를 위해서 유의해야 할 점을 알아볼까요?

　첫째, 본문을 읽기 전에 책의 앞부분에 있는 머리말이나 해설하는 글을 먼저 정독합니다. 그러면 책을 쓰게 된 동기나 평가 등에 대하여 잘 알 수 있게 되죠.

　둘째, 목차를 잘 살펴봅니다. 목차에서 그 책의 내용이 어떻게 전개될 것인가에 대해 미리 파악할 수 있기 때문입니다.

셋째, 본문을 읽기 시작하면, 그 중에 잘 모르는 단어나 문구가 나오기 마련입니다. 그런 것은 곧 사전을 찾아 뜻을 알아두어야 합니다. 그런 것을 무시했다가는 자칫 전체를 이해하지 못하는 오류를 범할 수 있거든요.

넷째, 각 문단별로 소주제가 무엇인지를 파악하고, 그 줄거리를 요약하는 습관을 길러야 합니다. 특히 필자가 표현하려는 것과 그 뒷받침되는 내용이 무엇인지 알아내는 것이 필수겠지요.

다섯째, 글의 배경은 무엇인지, 앞뒤 맥락이 어떻게 이어지고 있는지를 잘 생각하면서 읽어야 합니다. 그리고 소설일 경우에는 주인공과 등장인물들의 성격이나 특성을 파악해야 하지요.

여섯째, 다 읽은 다음에는 줄거리를 만들어 보고, 전체적인 주제가 무엇인지 정리하는 작업도 필요합니다.

❷ 책을 감상하는 방법

책을 읽을 때는 내용을 진지하게 파고들어 가며 읽어야 합니다. 즉 자기의 현재 생활과 비교해 가며 생각의 폭과 사고를 넓히는 것이 중요하답니다. 그리고 작품의 문체·제목·주제·논제 등도 염두에 두고 읽으면 독후감을 쓰기가 좀더 수월해집니다.

그리고 저자가 강조하고 있는 내용과 사건들이 현재 우리 사회에 어떤 의미를 가지고 있으며 어떻게 발전시켜 나가야 할 것인가를 생각하며 읽습니다. 더불어 저자가 작품에서 강조하려고 하는 것이 무

엇인가를 파악하며 읽을 필요가 있습니다. 그렇다고 굉장한 부담을 느끼면서 책을 읽을 필요는 없습니다. 책 읽는 것 자체를 즐긴다면 그리 깊게 생각하지 않아도 작가가 말하려는 바를 깨닫게 될 테니까요.

그렇다면 각 문학 장르에 따라 어떤 점에 유념하여 책을 읽어야 하는지 알아볼까요?

▌소설▌ 작품의 주제를 파악하고 작중 인물의 성격과 배경을 생각하며 주인공이 어떻게 변화되어 가고 있는가를 염두에 두고 읽습니다. 자신의 생각이나 현실과 결부시켜 보는 것도 재미를 배가시켜 줄 거예요.

▌시▌ 선입견 없이 그대로 느낌을 받아들이며 읽습니다.

▌희곡▌ 무대 상연을 전제로 하여 쓰여진 것이기 때문에 시간적·공간적 제약을 받는다는 것을 염두에 두어야 합니다.

▌역사 소설▌ 인물·사건 등을 작가가 상상력에 의존하여 구성한 글로서, 항상 계몽사상이나 민족의식 고취 등 어떤 목적이 들어 있는지를 파악하며 읽어야 합니다.

▌역사▌ 역사는 역사 소설과는 구분지어야 합니다. 이것은 정확한 기록으로 글쓴이의 주관적 해석이 들어 있을 수 없으며, 시간의 흐름에 따라 사건을 나열한 것임을 생각해야 합니다.

▌수필▌ 지은이의 인생관이 들어 있습니다. 심리적 부담감이 적으므로 편안한 마음으로 읽을 수 있습니다.

▌전기문▌ 인물의 정신, 자취, 시대적 배경과 사회적 환경을 먼저

파악해야 합니다.

┃과학 도서┃ 미지의 세계에 대한 탐구심, 합리적 사고력 배양, 지
식과 정보의 입수, 창의력을 기르는 데 도움이 되므로 평소 이에 대한
흥미를 갖는 것이 중요합니다.

❸ 독후감이란 무엇인가?

독후감은 말 그대로 어떤 글이나 책을 읽고, 그에 대한 느낌이나 생
각을 쓰는 것입니다. 좋은 책을 읽고 그것을 정리해 두지 않는다면
곧 그 내용을 잊어버려, 독서를 한 만큼의 가치를 얻지 못할 수도 있
으니까요. 그러므로 한 권의 책을 읽으면 곧 그 책의 내용을 정리하
고, 느낌이나 생각을 적어 두는 것이 좋습니다.

독후감은 느낌이나 생각을 거짓 없이 써야 하나, 그렇다고 아무렇
게나 써도 되는 것은 아닙니다. 즉 독후감도 글이므로 수필의 형식
으로 쓰든, 논술의 형식으로 쓰든, 정확하게 읽고 주제와 내용에 맞
게 써야 함은 물론이죠. 아무리 좋은 글이나 책이라도, 잘못 읽어 실
제와 맞지 않는 생각이나 느낌을 쓰면 좋은 독후감이라고 할 수 없거
든요. 그러므로 좋은 독후감을 쓰려면 독서를 잘해야 한다는 것이
전제됩니다. 독서를 잘하는 방법은 따로 있는 게 아니라, 그저 많이
읽다 보면 요령이 생기고, 이해도 쉽게 되며, 능률도 오르게 되는 것
입니다.

독후감을 쓰는 목적은 독후감을 작성함으로써 독서하는 능력이 향상되고 글 쓰는 훈련을 할 수 있기 때문입니다. 그러므로 독후감을 쓰기 위해 책을 읽으면 보다 깊은 생각을 하면서 책을 읽게 됩니다. 또한 책을 통해 생활을 반성하며, 책에서 얻은 지식과 감명을 음미하여 자기 생활에 적용시킬 수 있습니다. 문장력과 논리적 사고가 향상되는 것은 물론이고요! 그럼 독후감을 왜 쓰는지 다음과 같이 정리해 볼까요?

1 읽은 책의 내용을 되살려 다시 음미해 볼 수 있습니다.

2 감동을 간직하고 책 읽는 보람을 얻을 수 있습니다.

3 책을 통해 지식을 심화시킬 수 있습니다.

4 책을 통해 자신의 문제를 연관지어 볼 수 있습니다.

5 글을 써 봄으로 해서 생각을 깊이 있게 할 수 있습니다.

6 독서 목표를 확실히 할 수 있습니다.

7 작품에 대한 비판력과 변별력을 기를 수 있습니다.

8 생각을 조리 있게 쓸 수 있는 작문력을 향상시켜 줍니다.

9 사고력과 논리력, 추리력을 기를 수 있습니다.

10 바르게 책을 읽는 습관을 형성할 수 있습니다.

독후감은 수필의 형식이든 논술의 형식으로든 쓸 수 있다고 했는데, 사실 이 둘의 차이는 모호합니다. 다만, 수필이 자유롭게 붓 가는 대로 쓰는 것이라면 논술은 논리 정연하게 쓴다는 점이 다르다고 할 수 있습니다.

붓 가는 대로 자유롭게 수필의 형식으로 쓰는 독후감이라도 글의 앞뒤가 맞지 않는다든지, 주제가 통일되지 않으면 좋은 평가를 받을 수 없습니다. 논리 정연하게 쓰는 독후감이라면, 서론·본론·결론으로 나누어 서술해야 함은 물론이구요.

서론에 해당되는 부분에서는 그 책에 대한 소개나 쓴 사람의 생애, 또는 특기할 만한 일화 같은 것을 적는 것이 일반적입니다.

본론에 해당하는 부분에서는 그 책을 읽고 특별히 다루려는 내용을 체계적이고 구체적으로 써야 합니다.

결론에서는 본론에서 다룬 내용을 요약하거나, 자신이 읽은 후의 감상, 그 책의 좋은 점, 나쁜 점 등을 들어서 마무리를 해야 합니다.

독후감은 짧게 쓰는 것이 상례이므로, 작품 전체를 거론하기보다는 특정한 주제를 잡아서 쓰는 것이 좋습니다. 보편적으로 다룰 수 있는 몇 가지 주제를 제시해 보면 다음과 같습니다.

첫째, 작가의 의식이나 주인공의 언행, 성격과 연관지어 주제를 구현시키는 방법입니다. 문학 작품이라면 주제가 애정이나 애국, 의리나 배반일 수 있으므로 이러한 점에 초점을 두고 써야겠지요. 또한 과학에 관계된 것이라면, 그 발명의 의의나 연구자의 노력과 관련시켜 서술해야 하겠지요.

둘째, 저자의 이념이나 생애, 업적에 관심을 두고 쓰는 방법입니다.

그 작품을 통하여 알 수 있는 저자의 철학이나 사상 또는 저자가 그 작품을 남기기까지의 역경이나 작품을 쓰게 된 동기, 작품의 가치나 다른 작품에 미친 영향 등 작품과 연관시켜 쓰는 것이지요.

셋째, 작품의 내용을 중심으로 기술합니다

예컨대, 작품 속 주인공의 성격을 분석하거나 다른 사람과 비교해 볼 수도 있고, 그 작품의 사건이나 시대적 배경을 논의하거나, 작품의 구성 같은 것에 초점을 두고 이야기할 수도 있습니다.

이와 같이 작품을 읽기 전에 먼저 어떤 점에 중점을 두고 독후감을 쓸 것인가를 염두에 둔다면, 그렇지 않은 경우보다 훨씬 이해가 쉽고, 나중에 독후감을 쓰는 데도 도움이 될 것입니다.

❻ 독후감의 여러 가지 유형

1. 처음에 결론부터 쓴 다음 왜 그러한 결론이 도출되었는지 감상을 자세하게 쓰거나, 감상을 먼저 쓰고 결론을 씁니다.

2. 책을 읽게 된 동기부터 설명하고 글 중간에 자기의 감상을 씁니다.

3. 저자나 친구에 대한 편지 형식으로 감상을 쓰거나 주인공에게 대화 형식으로 씁니다.

4. 시(詩)의 형태로 감상문을 씁니다.

5. 대화문(對話文) 형식으로 씁니다.

6. 줄거리부터 요약한 다음 자기의 느낌이나 생각을 씁니다.

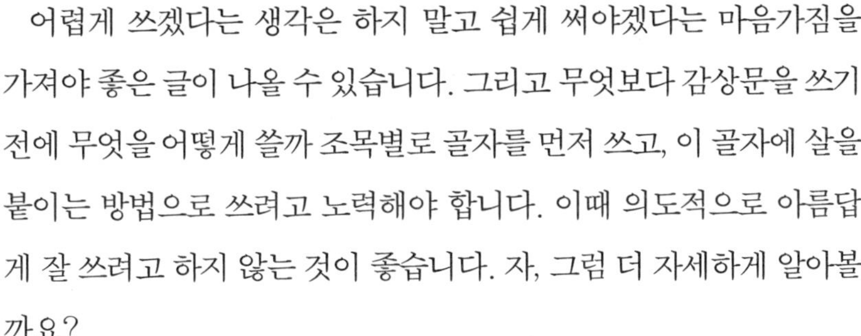

❼ 독후감을 구체적으로 쓰는 방법

어렵게 쓰겠다는 생각은 하지 말고 쉽게 써야겠다는 마음가짐을 가져야 좋은 글이 나올 수 있습니다. 그리고 무엇보다 감상문을 쓰기 전에 무엇을 어떻게 쓸까 조목별로 골자를 먼저 쓰고, 이 골자에 살을 붙이는 방법으로 쓰려고 노력해야 합니다. 이때 의도적으로 아름답게 잘 쓰려고 하지 않는 것이 좋습니다. 자, 그럼 더 자세하게 알아볼까요?

1. 먼저 제목을 붙입니다.

2. 처음 부분(머리글)을 씁니다.

   ﹡ 책을 읽게 된 이유나 책을 대했을 때의 느낌을 씁니다.

   ﹡ 자신의 생활 경험과 관련지어 써 봅니다.

   ﹡ 제일 감동받은 부분을 씁니다.

   ﹡ 지은이나 주인공을 소개하는 글을 씁니다.

3. 가운데 부분을 씁니다.

   ﹡ 자기의 생활과 견주어 씁니다.

   ﹡ 주인공과 나의 경우를 비교해서 씁니다.

·⫸ 시시비비를 분명히 가려야 합니다.

·⫸ 가장 극적이었던 부분을 소개합니다.

4. 끝부분을 씁니다.

·⫸ 자신의 느낌을 정리합니다.

·⫸ 자신의 각오를 씁니다.

독후감을 쓴 다음에는 다음과 같은 추고의 과정이 필요합니다.

첫째, 쓴 글을 다시 한 번 읽으면서 맞춤법이나 표준어 규정에 어긋나는 것은 없는지 살펴봐야 합니다.

둘째, 문장이 잘 구성되어 있는지, 또 문단이 잘 짜여져 있는지 알아보아야 합니다. 한 문단에는 소주제문과 보조문들이 있어야 하는데, 그런 점이 잘 지켜져 있는지 유의해야 합니다.

셋째, 글 전체의 구성이 잘 이루어졌는지 살펴봅니다. 예를 들어 서론에 해당하는 부분이 지나치게 길다든지, 결론에 해당하는 부분이 너무 짧다든지, 전체적인 구성이 균형을 잃고 있다면 다시 고쳐 써야 하겠지요.

우리가 시간을 들여 열심히 책을 읽고 난 후 독후감을 잘 쓰기 위해서는 책을 읽고 있는 동안의 느낌을 잊지 않고 글로써 표현할 줄 알아야 하며, 책을 읽고 가장 감명받은 부분을 기억하고 있어야 합니다. 또한 다른 사람들은 어떻게 독후감을 썼는지 남의 것을 읽어 보고, 자신의 것과 비교해 보며 자주 글을 써 보는 것이 중요합니다. 그렇게 하다 보면 자신만의 개성 있는 필치로 독특한 감상문을 쓸 수 있게 되

지요. 학교에서 아무리 독후감 숙제를 내주어도 부담없이 즐거운 기
분으로 끝낼 수 있을 겁니다!

❽ 그 밖에 알아두면 유익한 것들

▌독후감 쓰기 10대 원칙 ▌

1. 자신의 수준에 맞는 책을 선택합시다.

2. 독후감 쓰는 형식이 있기는 하지만 너무 거기에 구애받을 필요
   는 없습니다.

3. 자신이 작가라면 어떻게 글을 이끌어갈지를 생각하며 읽어 봅
   시다.

4. 평소 음악 평론이나 영화 평론을 많이 읽어 봅시다.

5. 읽으면서 마음에 와닿는 것이 있다면 따로 적어 둡시다.

6. 현대 사회의 문제점과 비교하면서 읽어 봅시다.

7. 모르는 것이 있으면 적어 두는 습관을 기릅시다.

8. 신문 사설이나 칼럼을 스크랩해서 필요할 때 사용합시다.

9. 요약하는 데에만 집착하지 말고 제대로 책을 읽읍시다.

10. 읽은 후에는 꼭 독후감을 직접 써 봅시다.

▌책을 읽는 10가지 방법 ▌

1. 아주 어릴 때부터 책과 친하게 지내는 습관을 기릅시다.

2. 너무 속독하려 하지 말고 담겨진 내용을 충실히 읽는 습관을 기

릅시다.

3. 항상 작품이 나와 어떠한 상관 관계가 있는지 체크를 해 가며 읽읍시다.

4. 무조건 책장을 넘길 것이 아니라 시시비비를 가려 가면서 읽읍시다.

5. 매일매일 조금씩이라도 책을 읽는 습관을 들입시다.

6. 책 속에 담긴 뜻을 음미하고 되새기면서 읽읍시다.

7. 너무 자신의 취향에 맞는 책만 읽지 말고 다양한 장르의 책을 골고루 읽도록 합시다.

8. 책 속에 담겨진 교훈을 깊이 생각하고 생활에 적용시킵시다.

9. 책에 따라 읽는 방법을 달리하는 습관을 들입시다. 모든 책이 만화책은 아니기 때문이죠.

10. 바른 자세로 앉아 눈과의 거리를 30cm 두고 밝은 곳에서 읽읍시다.

❾ 원고지 제대로 사용하기

▌제목 및 첫 장 쓰기▐

1. 제목은 석 줄을 잡아 둘째 줄 가운데에 씁니다.

2. 1행 2칸부터 글의 종별을 표시합니다. 가령 수필이면 '수필'이라고 씁니다. 간혹 글의 종별을 비워 두는 경우가 많은데 이는 적는 것을 잊었거나, 원고지 사용법에 무관심하기 때문입니다.

3. 제목을 쓸 때에는 마침표를 찍지 않고, 물음표와 느낌표는 붙이
   지 않는 것이 좋습니다.

4. 제목에 줄임표는 사용하지 않는 것이 상례입니다.

5. 이름은 넷째 줄 끝에 두 칸 정도를 남기고 씁니다. 특별한 경우
   에는 서너 칸을 남겨도 됩니다.

6. 성과 이름은 붙여 씁니다. 다만, 성과 이름을 분명히 구별할 필
   요가 있을 경우에는 띄어 쓸 수 있습니다.

   예) 임채후 (O), 남궁석 (O), 남궁 석 (O)

7. 본문은 여섯째 줄부터 쓰는 것이 좋습니다. 단, 특수한 작문인
   경우는 넷째 줄부터 본문을 시작해도 상관없습니다.

8. 학교 이름이나 주소가 길 경우에는 세 줄로 쓸 수 있습니다.

9. 주소는 보통 표제지에 기재하고 원고지 첫 장에는 제목과 성명
   만 간단하게 적는 것이 상례입니다.

10. 성명의 각 글자는 시각적 효과를 위해 널찍하게 한두 칸씩 비
    워 써도 무방합니다.

11. 학교 앞에 지명을 기입할 때는 학교명을 모두 붙여 써서 지명
    과 학교명의 구분을 명확히 해 주는 것이 좋습니다.

▌첫 칸 비우기▐

1. 각 문단이 시작될 때는 첫 칸을 비우고 씁니다.

2. 대화체의 경우는 첫 칸을 비우고 씁니다.

3. 인용문이 길 때는 행을 따로 잡아 쓰되, 인용 부분 전체를 한 칸

들여서 씁니다.

4. 첫째, 둘째, 셋째 등으로 이야기를 전개해야 할 때는 시작할 때마다 첫 칸을 비울 수 있습니다. 단, 그 길이가 길거나 제시된 내용을 선명하게 하고자 할 때 비워 둡니다.

5. 시는 처음 두 칸 정도 줄마다 비우고 씁니다.

▌줄 바꾸기 ▌

1. 문단이 바뀔 때는 줄을 바꾸어 씁니다.

2. 대화는 줄을 새로 잡아 씁니다.

3. 인용문을 시작할 때는 줄을 바꾸어 씁니다. 단, 그 길이가 길 때 한해서입니다.

4. 대화나 인용문 뒤에 이어지는 지문은 글이 다시 시작되는 것이므로 한 칸을 들여 씁니다. 단, 이어 받는 말로 시작되는 지문은 첫 칸부터 씁니다.

▌문장 부호 및 아라비아 숫자, 영문자 ▌

1. 문장 부호는 한 칸에 하나씩 넣는 것이 원칙입니다.

2. 아라비아 숫자는 한 칸에 두 자씩 넣습니다.

3. 한자(漢字)로 쓸 때는 띄어 쓰지 않습니다. 그러나 한자와 한글이 함께 쓰이면 띄어 쓰기를 합니다.

4. 마침표(.)와 쉼표(,) 다음에는 통례상 한 칸을 비우지 않으며, 느낌표(!), 물음표(?) 다음에는 통례상 한 칸을 비웁니다.

5. 행의 첫 칸에는 문장 부호를 쓰지 않습니다. 첫 칸에 문장 부호를 써야 할 경우는 그 바로 윗줄의 마지막 칸에 글자와 함께 씁니다.

6. 영문자의 경우, 대문자는 한 칸에 한 글자, 소문자는 한 칸에 두 글자씩 넣습니다.

❿ 문장 부호 바로 알고 쓰기

1. 마침표 : 문장을 끝마치고 찍는 문장 부호로 온점(.), 물음표(?), 느낌표(!)를 이르는 말입니다.

2. 쉼표 : 문장 중간에 찍는 반점(,) 가운뎃점(·) 쌍점(:) 빗금(/)을 이르는 말입니다.

3. 따옴표 : 대화, 인용, 특별어구를 나타낼 때 쓰는 문장 부호로 큰따옴표("")와 작은따옴표(' ')를 씁니다.

4. 그 밖의 문장 부호 : 물결표(~)는 '내지(얼마에서 얼마까지)'라는 뜻에 씁니다. 줄임표(……)는 할말을 줄였을 때와 말이 없음을 나타낼 때 씁니다.

⓫ 마치며

초등학교나 중학교에서는 독후감이라는 말을 사용하지만 고등학교에 가게 되면 독후감이라는 말보다는 아마 논술이라는 말을 더 많이 쓰고 더 많이 듣게 될 것입니다. 논술이란 말 그대로 어떠한 논제를 가지고 논리적으로 서술하는 것을 말하는데, 이는 하루아침에 이루어지지 않습니다. 다양한 분야의 많은 것을 폭넓고 깊이 있게 알고, 주관을 뚜렷이 할 때만이 논술을 잘 쓰게 되는 것이지요. 그러기 위해서는 중학교 시절부터 많은 책을 읽어 보고 스스로 글을 써 보는 훈련을 하는 것이 중요합니다.

실제로 고등학교에 가면 교과목 공부에도 시간이 모자라 제대로 책을 읽을 시간이 없거든요. 무엇을 알아야 글을 쓸 것이고, 자신의 주장을 피력할 것 아니겠어요? 그러니 중학생 시절부터 좋은 책을 많이 읽어 보고, 생각해 보며, 글을 써 보는 노력을 하는 것이 여러분의 미래를 더욱 밝게 해줄 것입니다. 아마 그렇게 한 사람은 그렇지 않은 사람보다 10리쯤 앞서 나가지 않을까 생각되는데 여러분 생각은 어떠세요?

┃성 낙 수┃
한국교원대학교 교수, 연세대학교 졸업, 동 대학원에서 석사·박사 학위 받음
┃오 은 주┃
서울여고 교사, 현재 한국교원대학교 대학원 재학, 국민대학교 졸업
┃김 선 화┃
홍천여고 교사, 현재 한국교원대학교 대학원 재학, 강원대학교 졸업

판 권
본 사
소 유

중학생이 보는

예브게니 오네긴

초판1쇄 인쇄 2012년 11월 20일
초판1쇄 발행 2012년 11월 30일

엮 은 이 성낙수 · 오은주 · 김선화
지 은 이 알렉산드르 푸슈킨
옮 긴 이 이철
펴 낸 이 신원영
펴 낸 곳 (주)신원문화사

주   소 서울시 영등포구 당산동 121-245 신원빌딩 3층
전   화 3664—2131~4
팩   스 3664—2130

출판등록 1976년 9월 16일 제5－68호

＊ 잘못된 책은 바꾸어 드립니다.

ISBN 978－89－359－1622－1 44800
ISBN 978－89－359－1582－8 (세트)